KB069045

도시의 확장과 변형

─ 문학과 영화편 ─

이 책은 2019년 대한민국 교육부와 한국연구재단의 지원을 받아 수행된 연구임
(NRF-2019S1A5C2A04082394)

대구대학교 인문과학연구소
동아시아도시인문학총서

5

도시의 확장과 변형

─ 문학과 영화편 ─

권 은·권응상·한상철·허영은·서주영·양종근

學古房

성급한 바람을 담은 말이지만 지구촌 전체를 강타한 팬데믹이 이제 백신의 개발과 접종으로 인해 서서히 끝을 향해 달려가는 것 같다. 역사적으로 유래를 찾아보기 힘든 팬데믹 사건은 바쁘게 치달았던 일상의 폭주기관차에 제동을 걸고 달려온 길에 대해서 뒤돌아보게 한다. 울리히 벡이 '위험사회'라는 말로 인류에게 경고하며 제안했던 '성찰적 근대'라는 말이 남다른 감회로 다가온다. 많은 소회들이 있지만, 코로나가 안겨준 인류의 위기 앞에 인문학의 효용과 임무가 그 어느 때보다 절실하다는 사실을 직시하게 된다. 선진국이라고 믿었던 경제 강국들이 효율과 경쟁의 논리에 갇혀 국가 안전망이 뚫린 채 허둥대는 모습을 지켜보면서, 그들이 자부해 왔던 민주주의 체제가 개인주의적 자유주의에 잠식당해 형식적 민주주의에 머물러 있다는 사실을 확인하게 된다. 신뢰와 소통, 배려와 양보가 기반이 된 이타적 공동체를 구성하고 협력과 상호존중의 사회적 신뢰 자산을 쌓아가는 일이 고도화된 현대사회일수록 더욱 절실하게 필요하다는 사실이 코로나를 통해 확인되고 있다. 이와 같은 무형의 자산들을 사회적으로 유통시키고 확산해 가는 일이야말로 인문학 본연의 임무임을 인문학 전공자로서 무게 있게 깨닫게 된다.

이번에 시리즈로 출간될 3권의 책은 한국연구재단의 후원을 받아

5

대구대학교 인문과학연구소가 2020년도 하반기에서 2021년 상반기까지 진행한 'LMS-ACE 교육과정 개발 및 인문교육 시스템 구축: 철길로 이야기하는 동아시아 도시인문학' 프로그램의 연구 성과물로 구성되어 있다. 코로나로 인해 제한된 상황 속에서도 본 연구소는 학술대회, 콜로키움, 시민인문강좌 등의 학술 행사들을 진행하였고, 그 결과물들을 하나로 묶어 결실을 보게 되었다.

세계는 점점 복잡하게 구성되고 빠르게 변화하며 예측 불가능한 방식으로 진행된다. 본 연구팀은 국가(민족) 단위로 세분화된 현재의 학과(부) 편재로는 급변하는 글로벌 시대를 선도하는 인문학 교육이 한계에 봉착했다는 문제의식에서 출발하여, 일국적 관점을 지양하고 초국가적인 세계관과 비전을 함양함으로써 미래의 세계 시민으로 우뚝 설 수 있는 인재를 양성할 새로운 인문 교육의 패러다임을 구축하고자 한다. 지역의 좁은 틀에 얽매이거나, 자국과 자문화 중심주의에 매몰되어서는 창의적이고 개방적인 국제 사회의 일원이 될 수 없다. 미래 사회의 비전은 복합적이고 다차원적인 인식의 지평을 요구하며, 이는 국제 관계의 역동성과 중층성을 이해하는 것에서 출발한다. 이와 같은 문제의식이 반영된 혁신적인 인문교육 프로그램을 마련하기 위해 본 연구팀은 지금도 노력 중이며, 문제의식을 함께 하는 지역 안팎의 연구자, 실천가들로부터 고견을 듣고 의견을 나누며 토론하고 있다. 이 저서는 그와 같은 노력과 협력의 결과물이다.

본 시리즈 저서는 '도시의 확장과 변형: 동아시아 도시인문학의 지형과 과제'라는 큰 주제 아래 내용별로 각각 〈도시〉, 〈문화〉, 〈문학과 영화〉로 나누어져 있다. 이와 같은 구분은 편의적인 것일 뿐 정확하게 내용적으로 구별되는 것은 아니다. 도시 이야기에 문화적 내용이 포함되어 있고, 문화, 문학, 영화 이야기에 도시라는 배경이 포함

될 수밖에 없기 때문이다.

1번째 책인 〈도시〉편에서는 근대화 시기 대구, 부산, 교토, 베이징 등 동아시아 주요 3국의 생활상들이 소개되고 있다. 김명수의 「1920년대 대구 상업의 공간적 분포와 조선인 상점」은 1920년과 1923년에 대구상업회의소에서 펴낸 대구상공인명록을 통해 1920년대 대구 상업의 공간적 분포를 분석한 것으로, 상인 공간이 민족에 따라 이분된 공간으로 형성되어 있음을 보여주었다. 이 시기 대구는 경부선 부설과 대구역이 건설된 이후 읍성의 북쪽과 동쪽에는 일본인 상점이, 그리고 서쪽과 남쪽에는 조선인의 상점 분포되어, 상당히 활발한 움직임을 보였다는 것을 보여주고 있다. 문재원의 「부산 시공간의 다층성과 로컬리티: 부산 산동네의 형성과 재현을 중심으로」는 '부산 산동네'가 간직한 다양한 주체들의 기억, 경관, 문화의 재구성 과정을 고찰하고 있다. 이를 통해, 이 공간이 구축하고 탈구축하는 로컬리티를 살펴보고, '부산 산동네'라는 공간에 존재하는 전 지구적인 것과 지역적인 것의 경합을 보여줌으로써, 공간의 형성과 재현을 통해 형성되는 공간의 역설성과 이중성을 드러내는 동시에 과거 슬픈 기억의 현재화에 관한 문제를 제기하고 있다. 야스다 마사시의 「일본 교토와 대구·경북의 경계를 넘어 일했던 사람: 재일 조선인1세 조용굉씨의 생애사」는 일본 교토의 직물 산업인 니시징오리 산업(西陣織産業)에 종사하면서 일본과 한국을 오간 조선인 1세 조용굉(趙勇宏)씨의 삶을 통해 1945년 이전과 이후의 대구·경북 및 일본 교토의 산업과 관련된 재일조선인의 노동이나 활동, 행동 및 의미를 논하고 있다. 재일조선인의 과거와 현재를 통합하는 연구를 통해 기존의 지엽적이고 단절된 연구를 극복하고 있다는 점에서 의미있는 글이라 생각된다. 최범순의 「대구를 기록한 일본인: 후지이 추지로(藤井忠治郎)의 대구 하층사회 기록」은 '후지이 추지로'가 1922년 12월부터 1924년 6월까지 잡지 『경북(慶北)』에 연재한 1920년대 전반기 대구 하층사회 기록을 분석한 것이다. 일본의 식민지 지배정책과 사회사업의 틀에서 벗어난 특수성을 간직한 그의 기록은 식민지 조선의 대구라는 도시가 만드는 격차를 통한 근대적 발전 방향성에 대한 재고라는 거시적 의의와 함께, 이들을 희생하며 성장한 근대 한국의 도시가 가지는 모습의 기록이란 의의가 있다. 안창현의 「베이징 농민공의 문화활동과 정동정치」는 사회적 변화를 추동하는 힘으로서 정동의 역할을 강조하고 있는데, 베이징 농민공들의 문화활동을 통해 자신의 논거를 입증하고 있다. 피춘 문화 공동체에 참여하는 신노동자들의 경험적 서사들을 통해 소박하지만 믿음과 의욕으로 환기되는 그들의 정동을 차분히 설명하고 있다. 권응상의 「장안의 화제: 당대 기녀와 문인」은 국제적 도시였던 당나라 장안의 아문화를 문(文)과 압(狎)으로 구분하고, 이를 구성하는 두 축인 문인과 기녀가 만들어내는 문화를 고찰한 것이다. 기녀들은 문인을 상대하기 위해서 예술과 문학적 소양을 갖춘 '멀티 엔터테이너의 면모'가 필요했는데, 그녀들이 문인과 함께 만들어 내는 삶과 예술, 그리고 문학은 당대 시단을 다채롭게 해주었다. 특히 시를 노래하는 가수라는 기녀의 특수한 역할은 시의 전파와 사(詞)의 출현이라는 시가문학 발전사적 공헌이 있음을 이 글은 고찰하고 있다.

2번째 책인 〈문화〉편에서는 도시 공간에서 형성되는 문화적 장치와 실천들이 도시인들의 삶과 의식에 끼친 영향들을 확인할 수 있을 것이다. 먼저 박용찬의 「근대로 진입하는 대구의 교육과 출판」은 대구의 문학, 미술, 음악 등이 1920년 전후 성행의 기틀을 잡기 시작했다는 사실에 주목하고, 그와 같은 성행의 제도적 기반을 추적한다.

1910년 전후 대구의 문화 및 문학 장(場)을 움직인 동력을 교육과 매체에서 찾고 있는 이 글은 대구라는 우리 지역의 구체적 사례를 통해 근대라는 상상된 공동체가 어떻게 형성되는지를 보여주고 있어서 흥미롭다. 박정희의 「기억 서사로 본 베이징 도시공간과 도시문화」는 역사의 격랑 속에 변모를 거듭해온 베이징을 들여다본다. 봉건 제국의 고도가 사회주의 신중국의 수도로 재건되는 변모 양상을 분석하는 일은 다양한 각도에서 가능하겠지만, 이 글은 특히 생활 주거 양식에 주목함으로써 일상생활의 변화가 새로운 제도를 수용하는데 있어 중요한 역할을 할 수 있다는 사실을 입증해낸다. 윤경애의 「『조선시보』 대구지국 독자우대 대연극회를 통해 본 1910년대 대구의 공연 문화」는 제목처럼 1910년대의 대구 공연 문화를 소개하고 있는데, 앞서 박용찬이 지적한 바 1920년대 대구의 문화적 부흥을 위한 기틀을 닦았던 1910년대의 문화 현상을 사례를 통해 이해할 수 있는 기회를 제공하고 있다는 점에서 흥미롭다. 이 글은 지방 연극사에 대한 소중한 기록을 정리하고 그 의의를 밝히고 있을 뿐 아니라 지역의 문화사 및 경제사 연구를 위한 초석이 될 수 있다는 점에서 의미있는 글이다. 노우정은 「이청조의 달콤 쌉싸름한 사랑과 인생의 노래: 변경의 도시문화에서 꽃 핀 사(詞)」라는 글을 통해 남송과 북송 시대에 걸쳐 널리 사랑받았던 이청조라는 여류문인을 소개하고 있다. 당시 세계에서 가장 큰 도시이자 문화의 중심지였던 변경과 항주에서 일상의 아름다움에서 인간의 세밀한 감정을 포착했던 그녀의 '사(詞)'라는 문학 장르를 감상해봄으로써 여성에게 가해진 시대적 제약을 뚫고 창작과 학술로 자신의 인생을 개척해간 주체적인 인물을 만날수 있을 것이다. 이경하의 「베이징(北京)과 상하이(上海): 20세기 최고의 로맨티스트 쉬즈모(徐志摩)와 그의 뮤즈들」은 국내에서도 당시

인기가 있었던 쉬즈모의 사랑과 문학에 대해서 설명하고 있다. 맹목적인 로맨티스트이자, 중국 사회의 병폐와 봉건예교의 속박에 대해 비판적이었던 지식인이자, 중국 현대시의 발전을 위해 시의 형식과 내용에 대해 진지하게 고민하며 해결의 길을 모색했던 신월파 시인이었던 그의 행적과 문학세계를 함께 따라가다 보면 20세기 중국의 정취를 느낄 수 있게 될 것이다. 서주영의 「북경 자금성 둘러보기」는 북경성과 자금성의 역사, 구조, 및 건축에 관한 문헌적 고찰을 통해, 베이징이 수도로서 간직한 의미를 통시적으로 고찰하고, 동시에 북경성과 자금성의 건축 구조가 가지는 의미를 살펴본 것이다. 또한 이들이 1950년 이후 겪게 되는 변화와, 과거 자금성의 '오문(午門)'으로 대표되는 황제의 권력이 '천안문'이라는 인민(人民)으로 옮겨가는 상징적 의미의 허실에 관해서 고찰하였다.

　3번째 책인 〈문학과 영화〉편에서는 문학과 영화 속 다양한 동아시아 근대인들의 모습을 볼 수 있다. 권은의 「경성에 살던 일본인들, 그들의 문학 작품 속 경성 풍경: 다나카 히데미쓰의 『취한 배』를 중심으로」는 식민지 시기 경성이 한국인과 일본인이 공존하던 이중 도시였다는 사실에 주목한다. 전체적인 경성을 조망하기 위해서는 한국인에 의해 재현된 모습뿐만 아니라 일본인의 눈을 통해 그려진 경성의 모습도 간과해서는 안 된다는 것이다. 이 글은 다나카 히데미쓰의 『취한 배』를 분석하면서 '이중도시' 경성의 독특한 공간적 특성과 조선인과 일본인의 대비되는 심상지리적 특성을 잘 보여주고 있다. 한상철의 「철로 위의 도시, 대전(大田)의 두 얼굴: 20세기 전반의 '대전역'과 근대문학」은 식민과 제국의 갈림길에 세워진 '신흥 도시' 대전에 대한 한국과 일본의 문학적 형상화를 도시의 관문 '대전역'을 중심으로 읽어간다. 주목할 점은 한 세기 전 제국주의에 희생당한 비극적

10

인 한반도의 모습이 상징적 공간인 대전역을 통해 다양하게 묘사되고 있다는 사실이다. 한편 허영은은 「여성 요괴들은 어떻게 만들어지는가?: 괴물이 된 헤이안 여성들」이라는 글을 통해 사회적으로 여성 이미지가 만들어지고 통용되고 확대 재생산되는 이데올로기를 헤이안 시대 여성 이미지를 통해 분석하고 있다. 주목할 점은 그러한 이미지가 교토라는 도시의 공간적 특성과 연결시키고 있다는 점인데, 헤이안 시대와 교토의 시공간이 직조하는 여성의 차별과 이미지화된 여성 차별의 이데올로기를 따라가면서, 우리 시대의 여성 이미지와 비교해 보는 것도 흥미로운 독서가 될 것이다. 권응상의 「순간에서 영원으로: 당(唐)나라 성도(成都)의 설도(薛濤) 이야기」는 당나라 성도(成都)의 기녀이자 시인이었던 설도를 소개하고 있다. 그녀의 파란만장한 인생과 사랑 이야기가 그녀의 시들과 함께 펼쳐지고 있어서 사건과 그에 따른 심정이 절절하게 다가온다는 점이 이 글의 매력이라고 할 것이다. 양종근의 「회광반조(回光返照)의 미학: 근대와 전통적 가족의 해체: 오즈 야스지로의 〈동경 이야기〉」는 일본 근대화 시기 동경의 중산층 가족을 그리고 있는 오즈 야스지로의 영화 〈동경 이야기〉를 분석하고 있다. 근대적 생활양식이 바꾸어 버린 일상과 전통적 가족 관계의 해체에 관한 영화의 메시지를 필자는 내용적 측면과 형식적 측면으로 나누어 차분하게 설명하고 있다. 고전 영화에 대한 향수와 관심을 환기할 수 있는 기회가 될 것이다. 끝으로 서주영의 「영화 『마지막 황제』: 청나라 12대 선통제(宣統帝) 푸이(溥儀)의 삶」은 몰락한 청나라의 마지막 황제에 관한 이야기를 담고 있다. 이 글은 몰락한 왕조의 마지막 황제가 평민으로 전락하는 개인적 비극을 서정적으로 묘사하면서도 푸이의 반민족적이고 반역사적인 행각에 대한 비판을 통해 단지 개인으로 치부할 수 없는 그의 책임의식을 묻고 있다는 점에서 이채롭다.

　이상의 간략한 소개를 통해서 알 수 있듯이 총 3권으로 구성된 본 저서는 한국을 포함하여 중국과 일본의 알려지지 않았던 사건과 인물에 대해 소개하고 있다. 근대 형성기의 이야기들이 주를 이루고 있긴 하지만, 근대에 국한하지 않고 역사적 지평을 좀더 넓게 확장하여 근대와 근대 이전의 풍속과 문화를 비교해 볼 수 있도록 하였다. 동아시아 3국의 유사한 듯하면서도 다른 도시 공간과 문화유산, 상호 침투되는 역사적 기억들이 몽타주 되어 벤야민이 『아케이드 프로젝트』에서 보여주려 했던 것과 흡사한 동아시아의 문화 전도를 독자들에게 보여줄 수 있기를 기대한다.

　이 책이 발간될 수 있었던 것은 전적으로 한국연구재단의 지원 덕분이다. 인문 자산의 생산과 확산에 실질적 지원을 아끼지 않는 한국연구재단의 지원 프로그램이 없었다면 이 책에 수록된 소중한 글들은 개인 연구자들의 개별적이고 산발적인 연구 성과에 그쳤을지 모른다. 함께 문제의식을 공유하고 토론하며 연구 분야에서 협력과 협업의 즐거움에 기꺼이 동참해 준 여러 선생님들께도 감사의 인사를 전한다. 끝으로 열악한 출판 환경에도 불구하고 기꺼이 본 저서를 출간할 수 있도록 마음을 내어주신 도서출판 학고방의 하운근 대표께도 감사의 인사를 드린다.

2021년 6월
대구대학교 인문과학연구소
동아시아도시인문학 사업단

동아시아도시인문학총서 5
문학과 영화편

경성에 살던 일본인들, 그들의 문학 작품 속 경성 풍경
- 다나카 히데미쓰의 『취한 배』를 중심으로

권은

1 경성에 살던 수많은 일본인들의 흔적

경성(京城)은 식민지 시기 서울의 옛 이름이다. 1930년대를 기준으로 식민지 조선에 거주하던 일본인들은 전체 인구의 약 2.7%, 다른 국적의 외국인은 0.3% 정도였다. 이들은 경성이나 평양과 같은 주요 도시에 모여 살았다. 경성에서는 일본인이 28%, 외국인이 약 2% 정도의 비중을 차지했다. 쉽게 말해, 대규모의 일본인들이 경성에 모여 살았으며 경성 전체 인구의 약 3분의 1을 차지했다는 의미이다. 또한 이들은 경성 전체 면적의 약 절반의 토지를 소유했다. 오늘날 흔히 서울을 '국제도시'라 칭하지만, 외국인의 거주 비율(약 3%)을 기준으로 보면 경성과는 비교가 되지 않는다.

그런데 한국 근대소설에서 '일본인'의 흔적을 찾는 것은 쉽지 않다. 경성 전체 인구의 약 3분의 1이 일본인이었던 것을 고려하면, 거리를

---

* 한국교통대학교 글로벌어문학부 교수.

걷다보면 쉽게 일본인을 마주쳤을 것 같지만 문학 작품 속에는 잘 나타나지 않는다. 설혹 일본인이 등장하더라도 구체적인 개성을 가진 인물보다는 '순사', '의사' 혹은 '관리자' 등 전형적인 인물로 등장하는 경우가 많다. 공간적으로 보더라도 경성은 균형있게 재현되지 않았다. 경성 내 일본인 집단 거주지역인 '남촌'과 일본인 주둔지역인 '용산' 등은 한국 근대소설에서 온전히 재현되지 못했다. 어쩌면 경성의 근대적 면모를 기억하고 싶으면서도 식민지배의 아픈 역사는 가급적 머릿속에서 지우고 싶은 한국인의 집단 심리가 작용했을 수도 있다.

이는 상당히 흥미로운 현상이라 할 수 있다. 그렇지만 일제강점기를 직접 경험해보지 못한 오늘날의 독자들이 이러한 특이한 현상을 눈치채는 어렵다. 문학 작품 속에 무엇이 등장하는지 파악하는 것은 어렵지 않다. 그렇지만 무엇이 재현되지 못하는지를 파악하는 것은 쉽지 않은 일이다. 문학 속에서 특징 시기에 특정 장소가 재현되는 것이 불가능했다면, 그 장소는 '금기' 혹은 '망각'의 장소였을 가능성이 높다. 흥미로운 것은 경성에 머무르던 일본인들의 문학 작품에서도 비슷한 현상이 발생했다는 점이다. 그들의 작품에서는 정반대로 '조선인'과 '북촌'이 온전히 재현되지 못했다. 이들은 경성에 함께 존재하는 조선인들의 존재를 중요하게 간주하지 않았고, 때로는 거추장스러운 존재 정도로 대했다. 이처럼 '이중도시' 경성에서 조선인과 일본인은 서로가 서로를 충분히 마주 보지 못했으며, 상대방을 재현의 주요 대상으로 삼지 못했다고 볼 수 있다. 이러한 현상은 '이중도시' 경성이 발생시킨 독특한 역사적 산물이라 할 수 있다.

경성은 조선인과 일본인이 공존하던 '이중도시'였고, 문학적으로도 조선인들이 재현한 구역과 일본인들이 재현한 구역이 달랐다. 그렇기 때문에 한국 근대문학 텍스트만을 읽어서는 당시 경성의 전체적인 면모를 충분히 파악할 수 없고, 구체적으로 무엇이 재현불가능했는지도 확인하기 어렵다. 한국 근대문학 텍스트에는 '일본인'과 '남촌'과 관련된 불가피한 공백 혹은 맹점이 존재하기 때문이다. 따라서 우리는 식민지 조선인 작가들과 재조선 일본인 작가들, 한국어 텍스트와 일본어 텍스트를 모두 포괄하는 '이중언어 문학장(文學場)'을 상정할 필요가 있다.

'이중도시' 경성은 한국어로 된 한국 근대문학뿐 아니라 일본어로 쓰인 다수의 일본어 문학도 발생시켰다는 점에서도 주목할 만하다. 특히 다나카 히데미쓰(田中英光)의 『취한 배(酔いどれ船)』는 경성의 재현문제와 관련해서 주목할 필요가 있다. 그는 일본인이지만 경성의 도시 공간에 익숙했고 그것을 작품 속에서 재현하는 데 탁월한 역량을 보여주었다. 대부분의 재조선 일본인 작가들이 아마추어 작가들이었던 것에 비해, 다나카는 일본 문단에 정식으로 등단한 유명 작가였다. 36세의 젊은 나이에 자살로 생을 마감한 다나카는 약 15년간 작가생활을 했는데, 그 기간 중 절반 가량을 경성에서 보냈다. 그는 동경에서 태어나 와세다 대학을 졸업한 후 요코하마 고무주식회사에 취직하여 경성 출장소로 파견을 왔다.[1] 그는 경성에서 2차례에 걸쳐 약 7~8년 간 체류하는데, 이 시기는 그의 문학세계에 중요한 영향을 미쳤다. 그의 작품들은 일본문학에 속하지만 식민도시 경성을 공간적 배경으로 한다는 점에서 한국문학과도 긴밀한 관련을 맺고 있다. 그의 작품에는 다수의 조선인 인물들이 등장하고 실제 역사적 사건과 사회적 맥락도 구체적으로 반영되어 있다. 특히 그가 재조선

---

1) 김윤식, 『일제말기 한국 작가의 일본어 글쓰기론』, 서울대학교출판부, 2003, 341면.

일본인의 시각으로 식민도시 경성, 그 중에서도 '남촌'과 '용산' 일대를 정밀하게 재현해 냈다는 점에서 상당히 중요한 의미를 갖는다.

2 일본인의 눈으로 바라본 경성의 모습

다나카 히데미쓰의 『취한 배(酔いどれ船)』(1948)는 작가의 자전적 경험을 토대로 한 사소설계열의 작품이다. 이 작품은 1942년 11월 도쿄에서 개최되었던 〈제1회 대동아문학자대회〉와 부산에서 열린 〈대동아문인대회 각국 대표 환영 간담회〉를 배경으로 하며, 그 행사에 참여한 실존 인물들을 연상케 하는 인물들이 등장한다. 작품 속에서 이광수, 이태준, 유진오 등이 실명으로 언급되기도 한다. 그래서 이 작품은 '전시 하 조선 문단의 귀중한 측면사(側面史)'를 알게 해 준다는 평가를 받기도 했다. 또한 김사량의 「천마」와 대화적 관계에 있는 작품으로 주목받기도 했다. 그래서 주요 논의는 작품 속에 그려지는 역사적 사건이나 인물의 모습이 실제 현실과 얼마나 거리가 있는가에 초점이 모아져 왔다. 그렇지만 이 작품은 식민도시 경성을 조선인 작가의 작품들 못지않게 정밀하게 재현했으며, 일본인 작가의 독특한 시각을 보여준다는 점에서도 주목할 만하다. 이 글은 『취한 배』에 대한 구체적인 분석보다는 이 작품에서 그려지는 경성의 공간적 특성에 좀더 주목해보고자 한다.

『취한 배』는 식민도시 경성의 주요 장소들을 이동하며 펼쳐지는 '산책자 텍스트'의 일종으로 간주할 수 있다. '산책자 텍스트'는 중심 인물이 도시 공간을 이동하면서 경험하게 되는 장소들이 서사를 이끌어가는 구조의 작품을 의미한다. 조이스의 『율리시즈』나 박태원의

「소설가 구보씨의 일일」 등이 대표적이다. 우리는 낯선 도시로 여행을 떠났을 때, 주요 거리를 돌아다니면서 서서히 그 도시의 특성에 대해서 알게 된다. '산책자 텍스트'는 독자들에게 낯선 도시 공간을 산책하거나 배회하는 것과 비슷한 경험을 제공해준다. 그래서 이러한 이야기 유형에서 실질적인 주인공은 배경이 되는 도시 자체가 되는 경우가 많다.

미즈노 타츠로(水野達朗)는 다나카의 경성 작품들이 북촌과 남촌으로 나뉘어진 경성의 내부 경계를 가로지르는 '월경의 이야기(越境の物語)'라고 했다.[2] 그의 「시시각각(時々刻々, 1936)」, 『사랑과 청춘과 생활(愛と青春と生活, 1947)』, 『취한 배』 등에서는 일본인 인물과 조선인 인물이 함께 등장하고, 이들이 남촌과 북촌을 번갈아 가며 이동하는 장면이 공통적으로 등장한다.[3] 일본인과 조선인이 함께 경성의 주요 장소를 산책한다는 설정은 다소 파격적이다. 채만식의 『냉동어』 등을 제외하면, 한국 근대소설에서는 찾아보기 힘든 설정이다. 이는 일본인이 혼자서 북촌을 돌아다니기 어렵고, 반대로 조선인이 남촌을 자유롭게 돌아다니는 것이 어려웠던 시대적 상황을 고려한 서사적 장치라 할 수 있다. 일본인과 조선인이 함께 이동함으로써 이들은 경성의 북촌과 남촌을 두루 살펴볼 수 있게 된다. 이러한 인물들의 '월경(越境)'은 주요 서사적 사건을 발생시키고, 경성의 이중도시적 특성을 부각시키는 역할을 한다.

---

2) 水野達朗,「田中英光"時々刻々"におけるモダン都市'京城'」,『日本學報』, 第71輯, 2007, 208面.
3) 다나카 히데미쓰는 이외에도 조선을 배경으로 하여 〈조선아이 삼제(鮮童三題)〉, 〈구름은 희고 풀은 푸르다(雲白く草青し)〉, 〈별 하나(星ひとつ)〉, 〈푸른 하늘 보이지 않다(碧空見えぬ)〉, 〈해주항에서(海州港にて)〉 등의 작품을 남겼다.

다나카의 작품에서 '경성'의 내부경계를 가로지르는 것은 플롯 상 가장 중요한 사건이라 할 수 있다. '취한 배(酔いどれ船)'는 작품의 제목이자 주요 인물인 '조선인 천재 여류시인' 노천심이 발표한 시의 제목이기도 하다. 이 시는 랭보의 유명한 시「취한 배(Le Bateau ivre)」를 다분히 의식하여 쓰인 작품이다. 랭보의 시는 배를 타고 미지의 세계로 나아가는 과정을 노래한 작품으로 알려지는데, 노천심의「취한 배」도 비슷한 주제를 담고 있다. "나는 길을 잃었다"4)라는 표현에서 알 수 있듯, '취한 배'는 나아갈 방향을 찾지 못한 채 방황하는 주인공들의 심리를 반영하고 있다. 이들이 경성의 도시공간을 탐색하는 행위는 곧 식민지 사회에서 자신들의 '돌파구'를 찾으려는 행위와 다르지 않다. 이 작품은 서사를 이끌어가는 인물(노천심)과 그것을 관찰하는 인물(고키치) 간의 정보의 격차에서 주요 긴장이 발생하는 특징을 보여준다.

'내선일체(內鮮一體)'가 강조되던 1940년대 일제 말을 배경으로 한 이 작품은 일본인 고키치와 조선인 노천심이 서로 얼마나 다가설 수 있는가 혹은 서로를 신뢰할 수 있는가 하는 질문을 던지는 이야기로 볼 수도 있다. 작품은 고키치와 노천심이 두 차례에 걸쳐 경성의 밤거리를 함께 배회하는 사건을 다룬다. 한 번은 남촌을 중심으로, 다른 한 번은 북촌을 중심으로 펼쳐진다. 이 두 차례의 "경성 밤거리를 돌아다니던 모험적인 산책"(384면)은 이동경로뿐만 아니라 공간에 대한 심상지리적 특성도 식민지 조선의 작가들의 텍스트와는 극명한 차이를 보인다. 우리는 다나카의『취한 배(酔いどれ船)』를 통

---

4) 다나카 히데미쓰/ 유은경 역, 『취한 배』, 소화, 2003, 251면. 이후에는 페이지수만 표시한다.

해 한국 근대소설에서 다가가지 못했던 영역을 살펴봄으로써, 식민도시 경성의 이중도시적 특성이 발생시킨 독특한 문학적 현상을 좀더 균형있게 이해할 수 있다.

3 '남촌'으로의 순례와 일본인의 심상지리

일반적으로 외국에 가면 우리는 이국적 풍경을 보면서 고독감이나 소외감을 느끼기 마련이다. 일본인들도 경성에서 그와 비슷한 감정을 느꼈을 것이라고 생각하기 쉽지만, 실제로는 그렇지 않았다. 1930년대 이후 경성에는 10만 명 이상의 일본인들이 거주했고, '남촌'은 '리틀 도쿄'라고 불릴 정도로 일본 분위기가 물씬 풍기는 곳이 되었다. 그래서 많은 재경성 일본인들은 경성을 '제2의 고향'으로 간주했다. 또한 식민지배 기간이 길어지면서 조선에서 태어나서 성장한 이주민 2세들인 '조센코(朝鮮子)'들이 등장하기 시작했다. 『취한 배』의 주인공 고키치도 이와 비슷했다. 그에게 '경성'은 일체감을 느낄 수 있는 친숙한 공간이다. 특히 '남촌'은 일본의 여느 도시처럼 일본화된 공간으로 재현된다. 반면, 조선인 노천심에게는 '남촌'이 낯설면서도 위험한 공간으로 제시된다. 조선인이자 여성인 그녀는 '남촌'의 밤거리를 혼자서 자유롭게 이동할 수 없다. 그는 일본인 안내자인 고키치의 도움이 필요하다.

경성에 외국인들이 집단으로 거주하기 시작한 것은 청일전쟁(1894-95) 이후부터였다. 이때부터 일본인들은 남산 부근에 터를 잡고 집단으로 거주하기 시작했고, 한일합방 이후부터 거류지를 확장하여 서쪽으로는 남대문 일대, 동쪽으로는 광희문 서측 일대, 북쪽으로는 황금정까지 뻗어나갔다. 남촌은 구역별로 남산정(南山町)·욱정(旭町)·수정(壽町) 등 일본인 주거지역, 본정(本町)·황금정(黃金町)·명치정(明治町) 일대의 상업지역, 신정(新町) 일대의 유흥지역, 남산의 경성신사와 조선신궁 일대의 종교지역, 통감관저 및 통감부 근처의 관사지역, 용산의 군사주둔지역 등으로 세분화되어 발전하였다.5) 이 일대는 오늘날의 중구와 용산구에 속하는 곳으로 여전히 이국적인 분위기가 강하다.

흔히 '남촌'을 일본인들의 구역이라 말하지만, 이 모든 구역에 조선인들의 접근이 제한된 것은 아니었다. 심훈의 『영원의 미소』(1933)에 보면, "날두 이렇게 풀렸는데 우리 혼부라나 한 번 허구 들어가자꾸나."라는 표현이 나온다. 지금은 낯선 '혼부라(本ブラ)'는 당시 젊은 세대들에서는 큰 인기를 끌었던 현상이었다. '혼부라'는 '본정(本町)'과 '돌아다니기(ブラ)'가 결합한 속어로 '본정을 산책한다'는 의미였다. 오늘날로 치면, 강남역 일대나 홍대 앞과 같은 장소에 젊은 세대들이 모여드는 현상과 비슷하다고 볼 수 있다. '본정'을 거닌다는 '혼부라(本ブラ)'가 조선 청년들 사이에서 엄청난 인기를 끈 것에서도 알 수 있듯, 상당수 젊은 조선인들은 '남촌'을 중심으로 유입된 근대적 문물과 첨단 유행에 열광했다. 그 중심에는 이상의 「날개」의 주요 무대였던 미츠코시 백화점이 있었다. 그리고 '신정' 유곽 등에도 조선인이 접근이 가능했다. 러일전쟁(1904-05) 직후 들어선 신마치는 일제에 의해 도입된 서울 최초의 공창 지역이었다. 그렇지만 일본인들이 거주하는 지역이나 종교지역, 관사지역, 군사주둔지역 등에는 조선인들이 쉽게 접근할 수 없었다. 식민지 조선 작가들의 작품에서도

---

5) 이연경, 『한성부의 작은 일본 진고개 혹은 본정』, spacetime, 2015, 325면.

표 1. 1934년 기준 남촌 주요 구역의 인구 구성비(출처: 『각정동직업별호구조서』)

	조선인		일본인		외국인		계
	인구	비율	인구	비율	인구	비율	
본정	1,820	20%	7,049	78%	157	2%	9,026
명치정	782	26%	2,089	70%	96	3%	2,967
욱정	564	12%	3,939	87%	46	1%	4,549
강기정	550	20%	2,159	78%	48	2%	2,757
신정	214	15%	1,212	84%	18	1%	1,444

이러한 구역은 재현되지 않거나 피상적으로 그려지는 경우가 많다. 『취한 배』에서는 주요 인물들의 공간적 이동에 따라 '남촌'의 거의 전 지역이 그려지며, 이를 통해 '남촌'의 전체적인 상(象)을 파악할 수 있다. 산책자는 도시의 생리를 누구보다 잘 알고 있는 사람이다. 그로 인해 도시 공간은 판독이 가능한 일종의 '텍스트'로 변모한다. 한국 근대소설에서도 남촌의 풍경이 펼쳐지는 작품들이 있다. 그렇지만 이 작품들에서 남촌의 일정 구역이 부분적으로 제시될 뿐, 인물들이 남촌의 여러 구역들을 배회하며 주요 장소들을 구체적으로 그리는 작품은 거의 없다. 『취한 배』는 대부분의 조선인 작가들이 구체적으로 재현하지 못한 '남촌'의 구석구석을 상세하게 그려낸다.

작품은 남대문에서 남산 자락으로 이어지는 아사히초(旭町, 오늘날의 회현동) 부근에서 시작된다. 주인공인 '사카모토 고키치(坂本享吉)'는 거의 언제나 술에 취해 있고, 수시로 매음을 즐기는 방탕한 인물이다. 그의 하숙집은 남대문 근처에 있고, 그의 회사는 메이지초(明治町, 오늘날의 명동)에 위치해 있다. 그리고 그는 집과 회사를 제외하고는 백화점과 카페가 밀집한 본정(本町, 오늘날의 충무로), 요정과 유곽이 즐비한 아사히초와 신마치(新町, 오늘날의 묵정동),

그림 1. 1930년대 선은전 광장의 모습

그리고 일본인 지인이 사는 용산의 오카자키초(岡崎町, 오늘날의 갈
월동) 정도를 오가는 생활을 한다. 그는 남촌과 용산 등 일본인들의
구역을 거의 벗어나지 않으면서도 자족적이고 안정적인 생활을 영위
한다. 주인공 고키치가 평소에 활동하는 장소들은 일본인의 비중이
80퍼센트를 넘는 구역들이었다.

소설은 '센킨마에(鮮銀前) 광장' 부근에서 시작된다. 서술자는 "조
선은행 앞 광장은 경성의 긴자(銀座)라고 불리고 있던 혼마치(本町)
입구에 해당하기 때문에, 경성 안에서 제일 사람의 왕래가 많은 곳"
이라고 이야기한다. '긴자'는 당시 도쿄의 가장 번화한 거리 이름이었
다. 서술자가 일본인의 시각에서 경성을 바라보고 있음을 알 수 있다.
이곳은 조선호텔, 동양척식회사 및 조선식산은행과 연계된 행정·경
제·문화의 중심지였다.6) 이곳에서 고키치와 노리타케가 노천심을
만나면서 본격적인 이야기는 시작된다. 고키치는 작가 자신을 모델

그림 2. 1920년대 신마치 풍경

로 한 인물이고, 노리타케는 조선총독부 촉탁 등을 지낸 노리타케 가즈오(則武三雄)를 의미했다. 그는 김종한, 노천명, 서정주, 백석 등과 교류한 것으로 알려진다. 조선의 천재 여성시인 노천심은 허구의 인물로 보이지만 이름은 여류시인 '노천명'에서 따온 것으로 보인다.

고키치는 노천심을 보면서 "아름다운 얼굴"과 "귀여운 목소리"를 가진 여성이라고 생각하며 이성적인 호감을 갖는다. 그러면서도 남촌 근처로 온 그녀를 "길 잃은 어린 양"(174면)과 같다고 생각하고, "그 어린 양이 이상하게 긴장된 모습을 보였다."(174면)고도 여긴다. 남촌에서의 여정이 고키치에게는 '산책'이지만, 노천심에게는 일종의 '모험'이 된다. 노천심은 은밀한 비밀을 간직한 인물로 나온다. 그는 〈제

---

6) 김백영, 『지배와 공간』, 문학과지성사, 2009, 378면.

1회 대동아문학자대회〉에 참석한 중국대표 문인 중 한 명이 '화평(和平)신청 비밀문서'를 가지고 있다는 정보를 입수하여 그것을 빼앗아 공산당 측에 넘겨주는 역할을 맡은 '첩자'이다. 고키치는 자신이 노천심에게 남촌을 안내한다고 여기지만, 실제로는 노천심이 고키치 일행을 이용해 자신이 도달하고자 하는 장소를 찾아가고 있다는 사실이 서서히 밝혀진다.

고키치와 노리타케는 본정의 음식점을 나와 "경성의 매음굴"(182면)인 신마치로 향하고자 한다. 그곳은 매춘을 하는 유곽지대였기 때문에 노천심이 동행하기에는 적합한 곳이 아니다. 그렇지만 노천심은 그들과는 다른 목적으로 그곳에 가고자 한다. 신마치에 있는 백계 러시아인 창녀인 '카르멘'과 그의 딸 '소냐 얀코프스키'를 만나고자 하는 것이다.

> 조선 제일의 여류 시인으로 알려진 노천심이 소냐를 만나러 간다는 것은 꽤 흥미로웠다. 그렇게 생각하며 고키치는 제대로 걷지도 못하는 노리타케를 노천심과 좌우에서 부축하면서 신마치(新町)로 갔다. 신마치는 언덕 아래가 미로 비슷한 조선인 매음굴이고, 언덕 위가 일본인 유곽과 요릿집이며, 언덕 중턱에는 그 두 부류가 뒤섞여 있었다. 일본인 유곽은 위생적인 느낌이 들었고, 조선의 갈보거리는 남루한 느낌이 들었다. 그중에서도 중국인 매음굴은 과연 마굴(魔窟)다운 분위기가 있어서 재미있었지만, 위생적인 일본인 관헌이 서소문에 고립시켜 놓았기 때문에, 신마치는 그만큼 시시해져 버렸다. 그런데 러시아인 카르멘이 경영하고 있는 '카르멘'은 언덕 위에 일본인 유곽 사이에 끼여 있었지만, 약간 산속의 찻집 같은 느낌이 들었다.(183면)

경성의 대표적 유곽지대인 신마치도 이중도시 경성처럼 일본인 구역과 조선인 구역이 나뉘어 있었다. 고키치는 조선인 구역을 '미로

그림 3. 남산과 조선신궁

(迷路)'와 같다고 생각한다. 이는 고키치가 신마치에서 조선인 구역
의 공간적 특성을 제대로 파악하지 못한다는 것을 암시한다. 신마치
유곽에서 나온 고키치 일행은 예기치 못한 소동으로 조선인들로부터
쫓기게 되고, 고키치와 노천심은 장충단 방향으로 몸을 피한다. 고키
치는 정신없이 도망을 치는 중에도 방향 감각을 잃지 않는데, 이는
그가 '남촌' 일대에 대해서 그만큼 친숙하다는 것을 의미한다. 그는
노천심이 어떠한 음모에 가담한 '스파이'일지도 모른다고 우려하면서
도, 그녀에게 매료된다. 장충단은 대한제국 시절 을미사변, 임오군란
등으로 순국한 충신과 열사를 기리던 국가 제사 공간이었다. 일제는
이곳의 기능을 폐하고 벚꽃나무를 심고 연못과 다리를 만드는 등 이
곳을 공원을 탈바꿈하였다. 이후 이곳은 경성의 주요 명소가 되었다.
그들은 장충단을 거쳐 경성신사(京城神社)와 조선신궁(朝鮮神宮)

일대로 이동한다.

> "사실은 나에겐 정치적 의견 따위는 아무것도 없어. 다만, 아까 노
> 리타케가 말한 바와 같이, 생식기와 위장만을 가진 카멜레온이야. 그
> 두 기관에 만족을 부여하기 위해서 형편에 따라 무슨 짓이든 하지. 그
> 만두자. 왠지 잠이 쏟아지는군. 이제 곧 경성신사(京城神社)고 조선신
> 궁(朝鮮神宮)일거야. 산이란 산마다 신사(神社)란 요새를 쌓아서, 빈
> 정거리기 잘하는 조선 민족을 위협하려고 하는 짓거리는 일본 관리의
> 머리가 나빠서일거야."
> "우리들은 지금 그런 말도 무서워서 못해. 사카모토 씨는 모를 거
> 야. 너무 오랫동안 노예로 살아온 우리 민족은 진실은 두려워서 말하
> 지 않아. 다시 말해서 말하기 전에 실행에 옮긴다는 말이야."(204면)

경성신사와 조선신궁 등은 재경성 일본인이 경성의 실질적인 주인
이 되었음을 보여주기 위해 설립된 상징적 공간이었다.[7] 다나카는
1937년에 조선신궁에서 결혼식을 올린 경험이 있었기 때문에 이 일
대를 생동감있게 재현할 수 있었을 것이다. 고키치는 "노천심과 팔장
을 끼고 조선신궁 계단을 내려"(206면)간다. 이러한 행위는 조선신궁
앞에서 고키치와 노천심이 하나가 되는, 다시 말해 '내선일체(內鮮一體)'
를 추구하는 비유적 장면으로 보일 수도 있다. 그렇지만 고키치는 그
녀와 조선신궁을 나란히 걸으면서도 "웬일인지 둘은 다른 세계를 걷
고 있는 듯"(202면)한 느낌을 받는다. 둘 사이에는 좁힐 수 없는 근원
적인 거리감이 존재하는 것이다. 그들은 아사히초에서 시작하여 본정
을 거쳐 신마치에 머물다 장춘단 공원을 거쳐 신사와 신궁을 돌아

---

7) 문혜진, 「일제 식민지기 종교와 식민 정책: 경성신사 사례연구를 중심으로」,
한양대학교 박사학위논문, 2015, 124면.

다시 아사히초로 돌아갔다. 이러한 이동경로는 당시 경성유람버스 등의 일주 코스와 상당히 흡사하다.[8]

『취한 배』에서 고키치와 노천심이 이동하는 '남촌'의 경로는 한국 근대소설의 대표적인 '산책자 텍스트'인 박태원의 『소설가 구보씨의 일일』에서의 경로와는 상당한 차이가 난다. 그동안 『소설가 구보씨의 일일』은 경성의 도시 공간을 정밀하고 충실하게 재현한 작품으로 간주되어 왔다. 그렇지만 다나카의 『취한 배』와 박태원의 『소설가 구보씨의 일일』을 겹쳐서 읽어보면, 『소설가 구보씨의 일일』이 경성의 절반만을 재현하고 있었다는 사실을 알 수 있다. 주인공인 구보는 작가 박태원을 그대로 닮은 인물로 자신의 집인 청계천변 '다옥정 7번지'에서 나와 하룻동안 경성의 구석구석을 배회한다. 그는 '다옥정-종로-화신상회-조선은행-장곡천정-남대문-경성역-광화문통-조선호텔' 등을 돌아다니다 다시 집으로 돌아간다. 『취한 배』의 '남촌' 경로와 겹쳐보면, 두 작품에서 공통되는 장소는 본정의 입구에 위치한 '조선은행' 정도라 할 수 있다. 『소설가 구보씨의 일일』이 북촌에서 출발해 남촌의 입구인 조선은행까지 왔다가 북촌으로 되돌아가는 이야기라면, 『취한 배』는 조선은행에서 시작해 남촌 일대를 순례하는 이야기라 할 수 있다. 이처럼 경성의 일본인과 조선인의 일상은 각기 다른 궤도를 순환했다고 볼 수 있다. 일본인과 조선인 간의 거리는 "일본인의 생활세계가 소멸되어도 조선인의 생활세계는 소멸되지 않을 만큼의 간극이며, 일본인의 생활세계에 조선인이 존재하면서도 그 조선인이 일본인의 생활세계에 관여하지 않을 만큼의 간극"[9]이라 할 수 있다.

---

8) 경성 유람버스는 경성역에서 출발하여 남대문을 지나 남산 중턱에 자리한 조선 신궁과 경성신사를 거쳐 장충단과 박문사를 관람하는 코스로 짜여졌다. 이경민, 『경성, 카메라 산책』, 아카이브북스, 2012, 167면.

4 '북촌'으로의 모험과 허구적 공간화

『취한 배』의 독특한 점은 '남촌'뿐만 아니라 '북촌'도 재현하고자
했다는 점이다. 한국 작가들이 '남촌'을 그리는 것이 쉽지 않았던 것
처럼, 일본인 작가가 '북촌'을 재현하는 것도 그러했을 것이다. 일본
인과 조선인의 남녀를 주인공으로 설정했기 때문에 이와 같은 구성
이 가능했다고 볼 수 있다. 이 작품에서 '남촌'과 '북촌'은 확연히 다
른 성격으로 공간으로 재현된다. 경성에 대한 작가의 공간 인식이 편
향적이었음을 의미한다. 고키치에게 '남촌'은 일체감을 느낄 수 있는
친숙한 공간이지만, '북촌'은 '미로'와 같이 혼란스러운 공간으로 그
려진다.

> 혼마치(本町)가 일본인의 긴자(銀座)라고 한다면, 여기[종로]는 조
> 선인의 긴자였다. 아직 전등불은 준경계경보여서 꽤 밝았다. 네온사인
> 과 장식등을 떼어낸 정도. 일본은 전쟁에서 패색이 짙어짐에 따라 조
> 선인을 관대하게 취급하기 시작했기 때문에, 여기서는 혼마치보다도
> 더 많은 취객들이 우글거렸다. 고키치는 흰 저고리에 살색 치마를 입
> 은 대학생 같은 노천심과 동행하여 화신백화점 뒤쪽 미로(迷路)로 들
> 어갔다. 길은 거미줄처럼 사방팔방으로 갈라져 있었다. 술집이 있는가
> 하면, 포장마차로 된 오뎅집이 있고, 꼬치구이집도 있고, 일본식의 카
> 페 옆에, 순조선식 갈비집, 설렁탕집이 있었다. 갈비는 소의 갈비뼈 고
> 기만을 구운 것으로, 조선요리 중에서 가장 맛있었다. 설렁탕은, 소머
> 리를 가게 앞에서 푹푹 고아대는 그로테스크한 요리. 그 길가 곳곳에
> 전쟁 이래로 두드러지게 늘어난 사창과 카페의 여급들이 호객행위를
> 하며 서 있었고, 또 그녀들 주위에는 감시원 같은 인상이 험악한 청년
> 들이 서성대고 있었다.(311면)

---

9) 차은정, 『식민지의 기억과 타자의 정치학』, 선인, 2016, 72~73면.

일본인들에게 '종로'는 조선인 구역을 대표하는 장소였다. '종로'를 제외하면 북촌의 지명은 재경성 일본인들의 문학작품 속에서 거의 등장하지 않는다. 이는 '○○동(洞)'과 같은 조선식 지명이 일본인들에게 익숙하지 않기 때문이었을 수도 있다. 그래서인지 종로를 지나 본격적으로 북촌으로 진입하게 되면, 일본인들은 자신들이 어디로 향하고 있는지도 잘 알지 못하고, 낯선 '조선어의 세계'가 펼쳐진다는 사실에 두려움을 느끼곤 했다. 고키치도 "화신백화점 뒤쪽 미로(迷路)"로 들어서면서 "길은 거미줄처럼 사방팔방으로 갈라져 있었다."고 했다. 노천심이 동행하지 않았다면, 그는 북촌으로 쉽게 나아갈 수 없었을 것이다.

　『취한 배』에서 화신백화점과 종로 일대의 풍경은 비교적 생생하게 묘사된다. 그렇지만 다나카가 '북촌'을 직접 체험했다기보다는 독서 등을 통해서 간접적으로 정보를 얻었을 수도 있다. 주인공 고키치는 자신이 처한 상황을 소설에 빗대어 설명하는 버릇이 있었다. 그는 "이런 일들을 캐내는 것은 마치 통속탐정소설 같았다."라거나 "어쩐지, 모파상의 소설이 생각나는군."이라고 말한다. 종로 일대, 특히 "순 조선식 갈비집, 설렁탕집" 등에 대한 묘사는 당시에 발행된 여러 책자에서 쉽게 찾을 수 있는 전형적인 조선 이미지였다.

　소설의 세계에서 중심인물이 낯선 공간으로 진입하는 것은 '모험'의 시작을 의미한다. 소설의 세계에서 등장인물이 잘못된 시간에 잘못된 장소로 움직이면 대부분 죽음을 맞거나 큰 위험에 노출되곤 한다. 그들은 도시 공간의 생태적 조화를 깨뜨리며 도덕적 질서를 혼탁하게 하므로 그 대가를 치러야 하는 것이다. 그는 북촌의 모험에서 두 차례의 생명의 위협을 받게 된다. 한 번은 북촌 초입에서는 일본 군인들에 의해, 또 다른 한 번은 '밀서'의 존재를 눈치채고 그들을

표 2. 1934년 기준 북촌 주요 구역의 인구 구성비(출처: 『각정동직업별호구조서』)

	조선인		일본인		외국인		계
	인구	비율	인구	비율	인구	비율	
종로	6,629	93%	323	5%	140	2%	7,092
계동	5,148	100%	0	0%	7	0%	5,155
가회동	2,600	99%	29	1%	3	0%	2,632
제동	1,283	99%	19	1%	0	0%	1,302
원동	3,283	97%	100	3%	4	0%	3,387

뒤쫓아온 조선인들에 의해서 발생한다. 이들의 월경은 일본인들과 조선인들 모두에게 위협적인 행위가 되는 것이다. 이처럼 경성의 내부 경계를 넘어서 일본인 주인공이 북촌으로 진입하면서 위험에 노출되게 되는 것은 경성을 배경으로 한 다나카 작품들에서 공통적으로 나타나는 특징이다.

흥미로운 것은 조선인과 일본인의 외양이 비슷하기 때문에 겉모습만으로는 구분하기 쉽지 않다는 점이다. 이 일대를 순찰하는 일본 군인들은 고키치를 '더러운 조센징'이라고 비웃고, 노천심을 희롱한다. 일본 군인들은 북촌을 거닐고 있는 고키치가 일본인이라는 사실을 깨닫지 못한다. 고키치도 "자신이 조선인이기라도 한 듯한 착각이 들어, 이유도 없이 온몸이 떨리기 시작"(312면)한다. 더 나아가 그는 "자신을 확실히 모욕당한 한민족의 한 사람이라고 생각"(312면)하게 된다. 이처럼 고키치는 조선인 구역인 북촌으로 진입하게 되면서 스스로 조선인이 된 듯한 감정을 느끼고, 조선민족의 한 사람으로써 민족적인 모욕을 당한 듯한 분노를 느끼게 되는 것이다.

고키치는 노천심 덕분에 일본 군인들과의 대치에서 벗어날 수 있었다. 조선인 구역인 '북촌'에서는 일본인 군인들보다 조선인인 노천심이 유리한 위치를 점할 수 있었기 때문이다. 특히 일본 군인들은 북촌의 깊숙한 곳까지는 들어서지 못하는데, "미로(迷路)에서는 조선인에게 복수 당하는 걸 두려워"(316면)하기 때문이다. 일본인들은 언젠가는 조선인들이 자신들에게 복수할지도 모른다는 근원적인 두려움을 갖고 있었고, 그래서 북촌의 큰 대로변을 벗어나 좁은 골목으로 들어서는 것을 두려워했다. 노천심은 일본 군인들의 추적을 따돌리고 고키치를 데리고 '외인 묘지(外人墓地)'에 들어선다. 작품 속에서 '외인 묘지'는 일본인과 조선인의 어느 쪽에도 속하지 않는 중립지대라 할 수 있다.

주위는 별빛으로 밝아 어슴프레한 외국인 묘지. 여기에는 조선시대 천주교의 박해로 희생이 된 네덜란드인 선교사들의 묘지도 있을 터였다. 시선을 집중시켜 눈앞의 묘표에 쓰여진 라틴어인 듯한 묘비명을 읽고 있던 노천심이,
"어머! 괴상한 말이 쓰여 있네."
라고 중얼거렸다.
그것은 그 주위의 둥근 무덤 위에 세워진 하얀 십자가가 꽂혀 있는 묘와 비교해 보면, 땅에 놓인 죄인 같은 나무 십자가였다.
"뭐라고 쓰여 있는데?"
어학에 소질이 없는 고키치는 왕년의 어학 천재인 그녀에게 이렇게 물었다.
"Satan sum et nihil humanum a me alienum pato. 나는 악마다, 그러니까 인간적인 모든 것은 나와 관계가 있다는 기묘한 문구야."
"호, 그렇다면 이것도 인류를 배신한 인간의 묘인가? 그 문구에 일맥의 진실은 보이지만 말야."
고키치가 말하면서 좀더 자세히 그 묘 쪽을 보니, 그 묘 옆에는 도랑이 있고, 도랑 가운데에 파묻혀 있는 검은 물체가 아무리 봐도 사람인 듯했다.(317면)

흥미로운 것은 여기서 묘사되는 종로 인근의 '외인묘지'가 실제로는 존재하지 않았다는 사실이다. 조선왕조의 수도였던 경성에서 본래 4대문 안에는 묘지를 쓸 수 없었다. 특히 조선에 머물던 외국인들의 무덤은 외교적으로도 중요한 사안에 해당했기에 조선인들과 함께 묻힐 수 없었다. 당시 '외인 묘지'는 종로 일대가 아니라 마포 당인리 부근의 양화진에 위치해 있었다. 이곳이 경성에 있는 유일한 외국인 묘지였다. 그러므로 화신백화점을 지나 북촌의 골목길로 진입한 고키치와 노천심이 '외인 묘지'에 닿는 것은 불가능했다. 이 작품에서 '남촌'의 공간적 재현이 상당히 구체적이고 사실적이기 때문에, '북촌'의 공간도 비슷하게 재현되었을 것으로 짐작하기 쉽다. 그렇지만 이 작품에서 재현되는 북촌은 구체적이지 않고 때론 비현실적일 만큼 허구적이다. 이는 경성에 대한 작가의 공간적 인식이 '남촌'에 치우쳐 있었기 때문일 수 있다. 그의 작품에서 '북촌'은 상상에 의해 그려진 공간에 가깝다.

중요한 것은 작가가 『취한 배』에서 실제 지리적 공간과 허구적 공간을 혼합한 이유가 무엇인가 하는 점이다. 소설 속에서 허구적 공간은 인물들의 '소망충족'과 관련되는 경우가 많다.[10] 비관적이고 염세적인 세계관이 반영된 작품일수록 허구적 공간보다는 실제적 공간이 많이 등장한다. 작가가 허구적인 설정을 통해서라도 '북촌'에 '외인 묘지'가 존재하도록 한 것은 '묘지'가 이 작품에서 중요한 서사적 역할을 담당하는 장소였기 때문이다.

이 작품의 제목은 랭보의 시「취한 배」에서 따왔지만, 작품의 주요 모티브는 도스토예프스키의 『카라마조프의 형제들』에서 차용했다.

---

10) Franco Moretti, *Atlas of the European Novel 1800-1900*, Verso, 1998, p.18.

노천심은 술을 마시다가도 도스토예프스키의 작품, 그 중에서도 『카라마조프의 형제들』의 주요 대목을 읊곤 하는 인물이다. 그 중에는 "내가 갈 곳이 묘지란 건 스스로도 잘 알고 있지. 그렇지만 그 묘지가 무엇보다도 가장 고귀한 거야. 알겠어?"(292면)와 같은 대사도 있다. 외국어 능력이 뛰어난 노천심은 '외인 묘지'에서 낯선 외국어로 쓰인 비문을 차례로 읽기 시작한다. 그 중에서 "Satan sum et nihil humanum a me alienum pato"(317면)라는 라틴어를 읽으면서 고키치에게 그 문구의 의미가 "나는 악마다, 그러니까 인간적인 모든 것은 나와 관계가 있다"(317면)라고 설명하기도 한다. 사실 이 문장은 『카라마조프의 형제들』에서 등장하는 문구이다. 『카라마조프의 형제들』는 부친살해(Parricide)를 모티브로 한 작품으로 잘 알려져 있다. 주인공 드미트리는 아버지를 실제로 죽이지는 않았지만 죽이고자 하는 욕망을 갖고 있던 인물이다. 실제 살해범은 사생아 스메르쟈코프였다. 다나카는 사생아가 아버지를 죽이는 『카라마조프의 형제들』의 주요 플롯을 통해 일본 천황제 파시즘 체제의 근간이 흔들리는 상황을 암시하고 있다. 표면적으로는 조선에서 '내선일체' 정책이 잘 정착된 듯이 보이지만, '사생아'적인 존재인 조선인들은 언제든지 아버지와 같은 '일본 천황'의 파시즘 체제를 전복하고자 꿈꾼다는 의미로 해석해 볼 수 있다. 물론 다나카가 이러한 비판적 시각을 공공연하게 드러내는 것은 이 작품이 일본 패망 이후인 1948년에 발표되었기 때문일 것이다.

조선은 지금, 표면적으로야 완전히 일본과 일체가 된 듯이 보이지만, 그 이면은 좀처럼 그렇지가 못하다. 군대에 반전 유인물을 유입하는 횟수도, 유언비어로 검거되는 사람 수도 일본과 비교도 안 될 만큼 많다. 열차나 공중변소 안에 조선어로 된 낙서도 불온하고 불경스러우며 격렬한 문구가 많아졌다. 작년 가을에도 부산에서 중학교에 연합 추계연습이 있을 때, 일본계 군사교관의 사택을 조선계 학생들이 무장 습격한 사건이 있었다. 작년 겨울부터 올 여름에 걸쳐 북한의 산속에서는 러시아제 낙하산이 다수 발견되었다. 그리고 북한에서는, 지금까지 그 낙하산으로 침입한 모스크바대학 출신의 조선인을 이미 백 명 가까이 검거했는데, 그들은 이미 천 명 넘게 침투해 있다고 본다. 또 그런 공산계 활동뿐만 아니라, 민족독립운동도 상당히 활발하다. 지금 조선의 주요 신문 잡지사에는 모두 태극기가 수없이 은닉되어 있어서, 유사시 일본이 패전하게 되면 태극기를 든 군중이 일제히 봉기할 채비도 갖춰져 있다.(188-89면)

노천심과 고키치는 '외인 묘지'를 나와 종로의 뒷골목을 이동하다가 어느 조선 가옥의 '폐가'에 도착한다. 이곳이 어디쯤에 위치해 있는지는 분명하지 않다. 그곳은 노천심이 소냐와 만나기로 한 비밀의 접선장소였다. 최건영 일행은 노천심의 '밀서'를 빼앗기 위해 이곳을 급습하고 고키치를 잔인하게 고문한다. 그렇지만 '밀서'는 이미 노천심이 가지고서 빠져나간 이후였다. 이처럼 일본인 주인공인 고키치가 경성의 '내부경계'를 넘어 북촌으로 진입하는 것은 위험한 모험에 가까운 행위였다. 남촌의 여정에 비해, 그의 북촌의 여정은 이동 경로가 구체적으로 묘사되지 않으며, 일부 설정은 실제 경성과는 맞지 않는 것들이었다. 이와 같이 『취한 배』에서 북촌의 재현 양상은 허구적인 성격이 강하게 나타난다. 외부공간인 북촌을 다녀온 뒤 고키치는 "하루빨리 이 위험한 조선에서 도망치고 싶"(357면)다고 생각한다. '남촌' 내부에서 안정적이고 자족적인 삶을 영위하던 고키치는 경성의 내부경계를 넘어 '북촌'을 다녀온 후 이중도시로서의 경성의 실체를 깨닫기 시작하고, 식민자로서의 자신의 위치를 다시금 깨닫게 되는 것이다.

5 결론

하나의 역사적 현상은 다양한 원인이 중첩되어 발생했을 가능성이 높다. 이를 '중층결정'이라고 한다. 특히 전쟁이나 식민지배와 같이 여러 세력이 충돌하여 발생한 사건은 한쪽의 시각만으로는 전체적인 상황을 균형있게 조망하기 어렵다. 그래서 최근에는 관련된 여러 요인들을 복합적으로 고려하여 특정 문제를 바라보려는 시도가 다양하게 이루어지고 있다. 대표적으로 '베트남 전쟁'을 미국의 시각과 베트남의 시각을 종합적으로 고려하여 살피거나 '한국전쟁'을 남한과 북한의 시각을 중첩해서 살피려는 시도를 들 수 있다.

최근에는 식민지 시기 조선에 머물렀던 재조선 일본인들이 남긴 다양한 형태의 흔적들을 살피려는 흐름이 나타나고 있다. 재조선 일본인이 남긴 문학작품들에 대한 연구도 점차 활발해지고 있다. 그동안 이들의 문학은 한국문학의 영역에 속하지 않고, 일본문학에도 속하지 않는 것으로 간주되어 거의 주목을 받지 못했다. 그렇지만 이들의 문학은 한반도에 한때 머물렀던 일본인들이 남긴 기록이라는 점에서 당시의 우리의 삶의 조건과 당시 분위기를 살필 수 있는 소중한 자료가 될 수 있다. 한국의 근대문학 작품만을 대상으로 하여 식민도시 경성을 온전히 살펴볼 수 없다. 경성은 북촌과 남촌으로 분리된 이중도시였고, 조선어와 일본어가 공존하는 이중언어적 공간이었다. 그러므로 이 시기 경성을 균형있게 바라보려면 한국 근대문학뿐 아니라 재조선 일본인들의 일본어 문학까지를 포괄적으로 살펴보아야 한다. 그들의 작품들에는 한국 근대소설에서 재현불가능했던 존재나 영역이 비교적 구체적으로 등장하기 때문이다.

다나카 히데미쓰의 『취한 배』는 1940년대 식민도시 경성을 배경으로 한 작품으로 '내선일체'의 강화로 인해 식민자 일본인과 피식민지인 조선인 간의 구분이 불가능해지면서 재조선 일본인들이 느끼게 된 불안의식을 반영한 작품이다. 그러한 불안의식은 일본의 정책에 표면적으로는 동조하면서도 배후에서는 저항하고자 하는 '스파이' 노천심을 통해 두드러지게 나타난다. 『취한 배』에서는 고키치와 노천심이 함께 경성의 남촌과 북촌을 각각 이동하는 과정이 중점적으로 펼쳐진다. 이 작품은 남촌에서는 조선인 노천심이 외부자가 되고, 북촌에서는 일본인 고키치가 외부자가 되어 서로가 상대방의 영역으로 들어가면서 심리적 변화를 겪는 특이한 구성을 취하고 있다. 이를 통해 '이중도시' 경성의 독특한 공간적 특성과 조선인과 일본인의 심상지리적 특성이 대비되어 나타난다. 『취한 배』는 한국 근대 작가들의 작품들에서는 좀처럼 재현되지 않는 '남촌'이 전체적인 이미지로 그려지며, '북촌'을 일본인의 시각으로 낯설게 재현한다. 이를 통해 우리는 재조선 일본인들의 심상지리적 특성을 알 수 있고, 경성을 좀더 균형있게 바라볼 수 있게 된다.

▋참고문헌

다나카 히데미쓰/ 유은경 역, 『취한 배』, 소화, 2003.
권은, 『경성 모더니즘』, 일조각, 2018.

김백영, 『지배와 공간』, 문학과지성사, 2009.

김윤식, 『일제말기 한국 작가의 일본어 글쓰기론』, 서울대학교출판부, 2003.

문혜진, 「일제 식민지기 종교와 식민 정책: 경성신사 사례연구를 중심으로」, 한양대학교 박사학위논문, 2015.

이경민, 『경성, 카메라 산책』, 아카이브북스, 2012.

이연경, 『한성부의 작은 일본 진고개 혹은 본정』, spacetime, 2015.

차은정, 『식민지의 기억과 타자의 정치학』, 선인, 2016.

데이비드 하비/ 김병화 역, 『파리 모더니티』, 생각의나무, 2010.

Franco Moretti, *Atlas of the European Novel 1800-1900*, Verso, 1998.

水野達朗, 「田中英光"時々刻々"におけるモダン都市'京城'」, 『日本學報』, 第71輯, 2007.

철로 위의 도시, 대전大田의 두 얼굴
- 20세기 전반의 '대전역'과 근대문학

한상철

… 당시는 넓은 들에 십리(十里)를 거리로 하고 일본인들을 찾아보기 힘들던 적막한 한촌(寒村)에 지나지 않았으나 경부선의 역이 설치되면서 그곳을 대전이라고 부르기 시작했다.
- 다나카 레이스이(田中麗水), 『忠南産業誌』(1921)

얼룩은
규범에 들러붙은
이단(異端)이다
선악의 구분에도 자신을 말하지 않고
도려낼 수 없는 회한을
말속 깊숙이 숨기고 있다
- 김시종, 「얼룩」(1998)

1 철도와 대전

사연 깊은 도시들의 역사가 모두 오래된 것은 아니다. 오늘날 중부권 교통의 요지이자 첨단 과학의 중심지로 불리는 대전도 그러한 도

철로 위의 도시, 대전의 두 얼굴 41

시 중 하나다. 이 지역이 근대적인 도시의 형태를 갖춘 것은 20세기 이후의 일로, 조선 시대에 제작된 지도나 문헌에서 촌락을 지칭하는 용도로 쓰인 '대전(大田)'은 확인되지 않는다.[1] 현재 대전을 이루는 너른 지역은 조선 시대까지만 해도 회덕(懷德), 공주(公州), 진잠(鎭岑)으로 갈라져 있던 변방의 땅이었다. 이곳에 실제로 사람들이 모여들기 시작한 것은 1904년 경부선 철도가 열리게 되면서였다.

그간의 논의를 종합한다면, 20세기 초반까지 '삭막한 한촌(寒村)'에 불과했던 허허벌판이 도시로 탈바꿈하게 된 계기는 두 가지로 요약된다. 하나가 경부선(1904)에서 호남선(1913)으로 이어지는 철도의 개통이었고, 다른 하나는 경부선 터널의 난공사로부터 비롯한 일본인 노동자들의 이주였다. 그런 탓에 대전은 충청 지역의 감영(監營)이었던 공주(公州)나 경부선 남쪽에 자리한 대구(大邱)처럼 전통 시대로부터 이어진 도시들과 출발점이 다를 수밖에 없었다. 그 차이를 요약하는 말이 '식민 도시'라는 아픈 꼬리표다. 대전의 시작점이 메이지 일본이 일으킨 두 차례의 제국주의 전쟁으로 거슬러 올라가야 하는 것도 이 때문이다.

19세기 말엽부터 20세기 초반까지 조선을 둘러싸고 벌어진 청일전쟁(1894)과 러일전쟁(1904~1905)에 연거푸 승리하면서, 일본은 대만, 조선, 중국 동북부에 이르는 광대한 지역의 패권을 얻게 되었다. 이로 인해 오랜 중화(中華) 문명의 기득권이 무너지면서, 동아시아의 곳곳에 제국 일본의 '식민 도시'들이 세워지기 시작한다. 조선의 부산과

---

1) 전통 시대부터 근대 도시에 이르기까지 대전과 주변 지역을 다룬 수십여 개의 지도를 일별하고, 근대 도시로 만들어지던 대전의 역사를 정리한 성과로 다음의 연구서를 참조할 수 있다. 고윤수 편, 『대전, 도시의 기원』, 대전시립박물관, 2019.

원산, 대만의 가오슝(高雄)과 지룽(基隆), 만주의 다롄(大連) 등이 제국 일본의 영역이 확장되면서 급격하게 성장한 신흥 도시들이다. 이처럼 19세기 후반부터 시작된 일본의 도시 건설은 주로 '항만'이나 '철도'로 연결된 경우가 많았는데, 러일전쟁 시기 전쟁 물자 수송을 위해 개통된 경부선 위의 대전도 그러한 도시 중 하나였다. 1904년 작은 정거장 형태로 세워진 대전역을 중심으로 일본인 거류지가 먼저 형성되었고, 곧이어 신사(神社, 1907)와 유곽(1910)까지 들어섰는데, 이러한 도시의 건설 과정은 일본식 '식민 도시'의 특성을 따른 것이다.[2] 강점기 내내 대전에 거주하던 일본인 정착민들의 도시에 대한 애착이 유달랐던 것도 이로부터 연유한다.

> 가) 대전이라는 지역은 그 당시만 하여도 삭막한 한촌에 지나지 않았으나 일로전쟁 당시에 경부철도의 개설에 따라 일본인의 입주가 시작되면서 변해가기 시작했다. 명치 37년(1904년) 당시 대전에 거주하는 일본인은 불과 180여 명이었다고 한다. 그 후 일본 임시 파견대의 일부가 주둔하게 되고, 다시 호남선 철도의 분기점이 되어 그 이름이 널리 알려지면서 새로운 이주자가 격증하기 시작하였다. (중략) 대전이 새롭게 건설되기 시작한 지 14년 만에 눈부시게 발전하여 현재는 일본인 호수가 1,100여 호에 인구는 5,000여 명으로 늘어나는 등 그 급속한 발달은 앞으로 얼마나 번영할지 예측하기 어렵다.
> - 다나카 레이스이(田中麗水), 제1장 총설, 『大田發展誌』, 1917.

---

2) 하시야 히로시(김제정 역), 『일본제국주의, 식민지 도시를 건설하다』, 모티브, 2005, 17~20쪽 참조. 관련하여 대전이 형성되는 과정에서 일본인의 역할에 주목했던 송규진은 '식민 도시'라는 용어로 형성기 대전의 복합적인 성격을 규정한 바 있다. 송규진, 「일제강점 초기 '식민도시' 대전의 형성과정에 관한 연구: 일본인의 활동을 중심으로」, 아세아연구 45, 고려대학교 아세아문제연구소, 2002. 참조

나) 1904년부터 1905년의 러일전쟁 당시 경부선 철도의 속성 공사가
　　이루어져 대전, 옥천 간의 터널 난공사 때문에 철도 공사 종사자
　　들이 집단으로 머문 것이 대전의 시작이었다. 정거장이 생긴 후
　　처음에는 지명을 태전(太田)이라고 칭하였던 것을 고 이토(伊登)
　　통감이 지방 순시 때 "태(太)는 적합하지 않다. 한 획을 빼고 대전
　　(大田)으로 고치는 것이 지세에 맞는 것"이라고 하여 명명한 것이
　　대전이라는 지명이 생긴 원인으로 전해진다. 조선에서 일본인들만
　　이 모여 살고 처음으로 지명이 생겨 일본 사람들만으로 건설한 도
　　시는 유일하게 대전뿐이다. 건설을 시작한 지 겨우 30년에 오늘처
　　럼 대전이 발전한 것은 이례적인 일로 참으로 신흥대전이라고 할
　　만하다.
　　- 다나카 레이스이(田中麗水), 「신흥대전의 회고」, 〈釜山日報〉,
　　　1932.10.22.

　대전의 성립 과정을 다룬 최초의 저작에 해당하는 『대전발전지(大
田發展誌)』(1917)에서 다나카 레이스이(田中麗水)[3]는 식민지의 '한
촌'이 근대적인 도시로 바뀌는 과정을 가)와 같이 묘사해 놓았다.[4]
이로부터 15년 뒤인 1932년 가을, 경성에 머물고 있던 다나카는 자신
이 재직하던 〈부산일보(釜山日報)〉에 「신흥대전의 회고」라는 기획

---

3) 본명은 다나카 이치노스케(田中市之助)로 대구에 본사를 둔 〈朝鮮民報〉의
　　기자였으며, 1914년 7월 호남지부로 파견되면서 대전에 거주하기 시작했다.
　　1915년 조선민보사를 퇴직한 뒤 그해 5월부터 대전 상공업계의 기관지였던
　　〈大田商工報〉를 주재하였고, 대전실업협회의 서기장을 역임했다. 1917년에는
　　대전의 형성과정을 다룬 최초의 책으로 알려진 『大田發展誌』를 저술하였으며,
　　1923년 여름 부산일보사 입사를 계기로 대전을 떠나게 되었다.
4) 1917년에 발행된 다나카 레이스이의 『대전발전지』는 1989년 경인문화사에서
　　영인본으로 재간행되었으며, 2001년 대전중구문화원에서 『대전근대사료집』이
　　라는 이름으로 번역된 바 있다. 인용문은 중구문화원 번역본을 참조하여 일부
　　내용을 수정한 것이다.

기사를 연재하게 된다. 그해 10월 공주와 벌인 경합 끝에 충남도청사가 공주에서 대전으로 이전한 것이 집필의 계기였다. 대전의 성립 과정을 상술하는 나)는 15년 전 자신이 서술했던 가)와 상응하는 대목이다. 두 편의 글 모두에서 다나카는 1909년 순종의 '남선순유(南鮮巡遊)'에 동행한 이토 히로부미(伊藤博文)의 지시가 '대전'이라는 도시명의 유래임을 주장함으로써 훗날 불거질 논란의 불씨를 지펴 놓았다.

하지만 다나카의 주장은 강점기 이전에 만들어진 전통 시대의 기록과 배치된다는 점에서 그대로 수용하기 어렵다. 무엇보다 19세기 이전에 제작된 다수의 문헌과 지도에서 현재 대전 지역의 하천이나 지형지물을 大田', 혹은 '大田川'으로 표기했던 정황이 확인된다. 이를테면 우암 송시열의 제자였던 민진강이 스승의 장례 과정을 기록한 『초산일기(楚山日記)』(1689)나 고종 9년에 만들어진 '공주목지도(公州牧地圖)'(1872) 등은 '大田'이라는 지명의 앞선 활용을 입증하는 사례다.[5] 이런 의미에서 대전이라는 도시명이 일본인들에 의해서 유래되었다는 주장은 관련 사실의 단면만을 강조한 측면이 크다.

한편, 15년의 시차(時差)를 지닌 다나카의 두 기록은 자문자답의 형식을 취하고 있다는 점에서도 눈길을 끈다. 그의 발언에서 식민지에 정착한 일본인들이 지녔던 제국주의적 인식의 일단을 확인할 수 있기 때문이다. 그 이유가 대전이라는 도시의 정체성을 설명하는 인용문 나)의 후반부에 담겨 있다. 1917년의 기록에서 보여준 조심스러

---

5) 전통 시대에 현재 대전의 자연과 지형을 지시하는 과정에서 '대전천', '대전', '대전리' 등의 지명이 활용된 정황에 대해서는 고윤수 편, 『대전, 도시의 기원』, 대전시립박물관, 2019, 34~37쪽 참조.

웠던 태도와 달리 삼천오백 명 이상의 인파가 모인 도청 이전식까지 지켜본 뒤, 다나카는 대전이 일본인들에 의해 세워진 '신흥 도시'임을 명문화한다. "조선에서 일본인들만이 모여 살고 처음으로 지명이 생겨 일본 사람들만으로 건설한 도시는 유일하게 대전뿐"이라고 규정함으로써, "경부철도의 개설에 따라 일본인의 입주가 시작되면서 변해가기 시작"했다던 과거 자신의 발언에 신념에 찬 확증을 부여한 것이다.

이처럼 개척자로서의 자부와 애정이 교차하는 다나카 레이스이의 시각은 대전에 정착했던 일본인 1세대의 관점을 대변한다. 문제는 그의 발언 속에서 이 도시가 제국과 식민의 위계 속에 노출된 차별의 장소였음이 확인된다는 사실이다. 다나카의 발언은 근대 도시 대전의 또 다른 기축으로 실존했던 수많은 조선인의 자리를 지워버린 후에만 가능한 인식이다. 관련하여 1926년을 지나며 대전 시가지에 거주하는 조선인과 일본이 간의 인구 비율이 뒤바뀐다는 사실6)을 상기하는 것만으로도, 다나카의 진술에 담긴 식민자의 폭력성을 확인할 수 있다. 대전을 '일본 사람들만으로 건설한 도시'라고 규정하는 순간, 폭력적으로 배제되어야 하는 수많은 이름과 장소, 체험과 기억이 발생하게 되는 것이다.

이어지는 글에서는 대전이라는 도시의 출발에 얽힌 다양한 맥락을 전제하면서, 식민과 제국의 갈림길에 세워진 '신흥 도시'의 비극을

---

6) 조선총독부 통계 연보에 따르면, 대전 시가지의 인구 구성 비율 변화 현황은 다음과 같다. 1914년(조선인: 1,620, 일본인: 3,435), 1915년(조선인: 1,619, 일본인: 4,360)이던 것이 1925년(조선인: 3,770, 일본인: 6,091), 1926년(조선인: 8,314, 일본인: 6,197)을 지나며 역전된 이후 해방 이전까지 지속적으로 벌어지게 된다. 조선총독부편, 『조선총독부통계연보』, 1914~15년, 1925~26년 항목 참조.

붙잡아낸 문학사의 몇 장면에 주목하고자 한다. 그 중심에 놓여 있는 장소가 도시의 관문이었던 '대전역'이다. 각자의 방식으로 하나의 장소를 겪어왔을 한국과 일본의 작가들이 남겨놓은 작품을 읽어가며, 한 세기 전 제국의 영향력을 과시하는 전시장이었던 역과, 도시의 일상에 다가설 시간이다.

2 대전역의 두 이면裏面, 신사와 유곽

대전은 철도와 함께 세워진 내륙의 신생 도시였다. 전통 시대부터 이어진 도시가 아니었기에, 초기부터 자리 잡았던 1세대 일본인들은 공공장소와 위락 시설을 서둘러야 했다. 그 결과 기차역이 생기고 얼마 지나지 않아 일본식 신사와 유곽이 들어서게 된다. 1914년 호남선의 개통으로 한반도를 가르는 종관철도의 분기점이 되면서, 대전은 중부 내륙의 거점 도시로 부상하게 된다. 다나카 레이스가 머물던 시절, 이미 만주까지 연결되어 있던 대전역의 '시간표'가 제국의 영향력을 전시하는 강력한 표상이었다면, 대전의 '신사'는 일본인들의 거주지를 하나로 묶는 정신적 거점이었다. 그 사이에서는 어느새 식민지 전역을 잠식해가던 일본식 유곽이 독버섯처럼 피어나고 있었다.

> 가) 대전은 교통의 요지로서 승객 인원수 및 발착 화물 수량이 많기로 조선 철도 각 선의 6, 7위를 차지한다. (중략) 근년에 이르러 대전역의 승객수와 화물 수량이 격증하였고, 그동안의 역사(驛舍)는 협소하여 1917년부터 개축을 시작했다. 새로 개축하는 역은 2층

건물로 280여 평이며 그 공사비는 6만여 원이다. 1918년 봄에 낙
성하게 될 것이다.
- 다나카 레이스이, 제6장 교통, 운수, 통신, 『大田發展誌』, 1917.

나) 대전의 요리점은 접대부를 두고 요리점 영업을 겸업으로 하고 있
   었으나 1917년에 춘일정 1정목 뒷골목에 유곽지를 지정하고 1919년
   5월까지 갑종 요리점과 을종 요리점 등으로 구별하여 을종 요리점
   은 전부 유곽지로 지정한 지대로 옮기도록 하였다. 현재 대전에서
   요리점을 경영하는 영업자는 12명이고 그들은 요리점 조합을 만
   들고는 요리점의 위생 및 영업 상의 설비에 대해 서로 상의하고
   협조하며 권익옹호에도 힘쓰고 있다.
- 다나카 레이스이, 제11장 유람의 장, 『大田發展誌』, 1917.

다) 당사는 명치 40년(1907)에 창건되어 처음은 대전대신궁이라 불렀
   으며 천조대신을 봉사하였으나, 대정 6년(1917) 6월 11일 법규에
   의해 공인 신사가 되었고 사호도 역시 대전신사로 바꿨다. 명치
   37년(1904) 이래 일본인이 이곳으로 와서 이주하는 사람이 점점
   증가하였다. 동 40년(1907) 4월 초에 소제산 위에 사전(社殿)을 창
   조하여 황조신령(皇祖神靈)을 봉사하였다
- 후지타 겐지로(藤田健治郎), 「도공진사 대전신사 충청남도대전부진좌」,
   대륙신도연맹 편 『대륙신사대관조선편』, 1941.

강점기에 일본인들이 남긴 기록을 꼼꼼히 살펴보면, 대전의 건설
과정이 식민지 도시화 방향과 연동되어 있음이 분명해진다. 그중에서
도 대전역은 '일본인들의 도시'가 세워지는 출발점이자 시가지의 중
심이었다. 다나카 레이스이가 작성한 가)를 통해 빠르게 성장한 대전
의 위상과 함께, 이듬해 신축될 역사에 대한 기대까지 엿볼 수 있다.
총독부와 제국의회를 상대로 한 일본인 엘리트들의 집요한 로비전

그림 1. 초기 대전 역사   그림 2. 신축된 대전 역사

끝에, 경부선과 호남선의 분기점으로 낙착된 지 얼마 되지 않아 도시 전체가 급격한 변모를 맞이하게 된 것이다.

이러한 변화를 극적으로 상징하는 또 다른 장소가 대전역 주변으로 들어선 일본식 유곽이었다. '춘일정(春日町, 현재 중동)' 일대에 자리 잡았다고 알려진 대전의 유곽은 1910년대 초반부터 영업을 시작했던 것으로 보인다.[7] 나)의 기록은 1917년, '춘일정 1정목'이 '유곽지'로 공식 지정되었다는 것, 1919년까지 유곽 관련 시설에 대한 대대적인 정비가 이루어질 예정이라는 사실을 확인시켜준다. 상세한 분석이 뒤따라야겠으나, 대전역 부근의 유곽이 정비되는 과정은 식민 권력의 일본식 공창제도 확산 정책이 지역 내에서 구현되는 모습을 보여주는 사례이기도 하다.

마지막으로 역과 함께 초기부터 일본인 정착민 사회의 구심점 역

----

7) 개항 이후, 각 도시의 일본인 거주지역 내에 예외 없이 유곽이 형성되었던 사정에 비출 때, 대전도 유곽이 들어설 여건을 갖춘 도시였다. 더불어 철도역 부근이 유곽이 성립하는 중요한 입지였다는 사실도 고려될 수 있겠다. 대전과 대구에 유곽이 설치되었던 것에 비해 근교였던 공주와 상주에 유곽이 설치되지 않았던 사실은 단적인 사례에 해당한다. 홍성철, 『유곽의 역사』, 페이퍼로드, 2007. 70~74쪽. 참조.

그림 3. 대전 본정1정목   그림 4. 대전 춘일정통

할을 했던 또 공공장소가 신사(神社)였다. 1910년대 후반 대전에 존
재했던 세 개의 신사 중 가장 오래된 것이 다)에서 소개되는 '대전대
신궁'이다. 비교적 이른 시기인 1907년 현재는 매몰되어 사라진 '소제
호' 뒤편 언덕에 세워졌고, 신사 주변의 숲은 '일본인 이주자들의 향
수를 달래'준다는 명분 아래 '소제공원'으로 정비되었다.[8] 후지타의
기록은 이 신사가 1917년 공인되었다는 사실과 함께 1928년 증축 이
전되었다는 사정까지 알려준다.

　1877년 1월 부산에 일본인들의 전관거류지가 개설된 이래 조선의
일본인 거주지역마다 들어선 '신사'는, 대부분 일본식 공원 조성 사업
과 연계되어 설립되곤 했다.[9] 대전역 뒤편에 들어선 신사 주변이 소
제 공원으로 만들어졌던 것도 이러한 맥락에서 진행된 일이다. 당시
시가지의 중심이었던 역과 그 뒤편에 자리한 신사 사이의 거리가 멀
지 않았기에, 1920년 전후 대전 시가지의 모습은 신축된 역사와 그
앞으로 자리한 상점가 및 유곽 거리, 그리고 그 뒤편 소제동 언덕에

---

8) 1907년 소제동에 세워진 대전신사와 그 주변에 조성된 소제공원의 연혁에 대해
　서는 고윤수, 이희준 편, 『소제동, 근대 이행기 대전의 역사와 경관』, 대전광역시,
　2013. 30~35쪽 참조.
9) 강신용·장윤환, 『한국근대 도시공원사』, 도서출판 대왕사, 2004. 121~133쪽 참조.

그림 5. 초기의 대전 신사   **그림 6.** 신축 이전된 대전 신사

자리한 '신사'로 구분된다고 말할 수 있다.

이런 사정을 종합해보면, 대전역에서 '소제호'를 지나 신사까지 이어졌을 역 뒤편의 산책로는 '내지(內地)'를 그리워하던 일본인 정착민들이 향수를 달래기 위해 방문하던 장소였을 가능성이 커진다. 기차역을 사이에 두고, 유곽으로 상징되는 향락의 공간과 신사로 상징되는 망향의 공간이 마주 선 구도는 근대적 '발전'이라는 목표 아래 진행된 일본식 도시화 과정의 결과였다. 철도 노동자들의 이주가 시작된 지 15년여 만에, 대전은 일본의 모습을 그럴듯하게 재현한 식민지의 '신흥 도시'로 탈바꿈하게 된 것이다.

3 대전역을 바라보는 시선들

1920년 전후에 벌어진 대전역의 변모는 제국 일본이 만들어낸 '식민 도시'의 속살을 들여다보는 실마리이기도 했다. 관련하여 이 무렵 각자의 이유로 대전을 경유했거나 혹은 머물렀던 작가들, 예컨대 귀환자의 서사 속에 '대전역'을 등장시킨 염상섭이나 이주민의 서정 속에 '대전역'을 새겨 넣은 일본인 시인 우치노 겐지(內野建児, 1899~1944)

의 문학 작업은 흥미로운 대비를 보여준다.

1921년 봄 대전중학교에 일본어 및 한문 교사로 부임했던 우치노 겐지는 다방면에서 선구적인 면모를 보였던 재조(在朝) 일본인 문사였다. 조선에서 발행된 최초의 일문(日文) 시가 잡지로 알려진 〈경인(耕人)〉(1922~1925)을 주재했으며, 1923년에는 식민지 문학장에서 일문으로 발표된 최초의 근대시집 『흙담에 그리다(土墻に描く)』를 간행했다가 총독부로부터 발매금지 처분을 받기도 했다. 특히 '조선(朝鮮)'을 표제로 삼은 그의 시집에는 대전에 정착한 뒤 창작된 시편이 다수 실려 있어, 이방인 식민자의 눈에 비친 당시 풍경을 살피는 자료 역할까지 겸하고 있다. 이처럼 1925년 경성중학교로 자리를 옮길 때까지 대전을 중심으로 활발한 문학 활동을 전개했지만, 당시 우치노가 조선의 작가들과 교류했던 정황은 확인되지 않는다.[10] 그럼에

---

10) 경성으로 이주한 이후 잡지 활동을 벌이며 시인 김억을 비롯해 조선 문인과 교류한 정황이 확인되지만, 대전 시절 우치노 겐지의 문학 활동은 대부분 일본 문단과의 연계 속에서 진행된 것으로 판단된다. 그런 탓에 초기 시에 등장하는 '조선'과 '조선인'에 대한 묘사는 관념화된 '정경'으로 이해될 여지 또한 상존한다. 1939년에 발표한 시인의 회고를 통해, 그 이유를 짐작해 볼 수 있다. "조선 안에 있으면서도 조선 신시(新詩)의 상황을 알거나 그와 관계 맺을 필요를 느끼지 못했다. 이는 무엇보다도 나 자신의 인식 부족의 결과였지만, 또 한편으로 조선에 사는 내지인이 조선어를 몰라도 생활하기에 어려움이 없는 현실에서 파생한 결과였다. 조선으로 건너온 후 처음 거주한 대전이 호남선의 분기점이었기 때문에 내지인 중심으로 형성된 거리에서, 조선인 부락은 그 주변에 산재해 있을 뿐이었기에 이와 같은 상황에 놓였던 것이 아닐까 생각한다." 우치노 겐지, 「조선에서의 시 작업에 관하여-회고적으로(朝鮮に於ける詩の仕事に就て一回顧的に一)」, 〈東洋之光〉, 1939, 11. 대전과 경성 시절을 중심으로 식민지 문학장에서 이루어진 우치노 겐지의 문학 활동과 그 의미에 대해서는 한상철, 「저항과 검열의 시대, 제국의 금서들 1-김억의 『해파리의 노래』와 우치노 겐지의 『흙담에 그리다(土墻に描く)』를 중심으로」, 비평문학 77, 한국비평문학회, 2020. 9. 참조.

도 염상섭과 우치노 겐지가 그려낸 '대전역'은, 몇 년 앞서 다나카 레이스이가 지워버렸던 식민지의 위계 구도를 드러낸다는 점에서 서로 닮아있다.

두 작가의 자리는 식민자와 피식민자로 분리되어 있었기에, 대전이라는 도시를 묘파하는 이들의 시선은 애초부터 동일선상에 놓일 수 없었다. 이는 '식민 도시'를 바라보는 두 작가의 시선이 하나로 모일 수 없는 근원적인 이유이기도 하다. 그 차이는 식민지의 장소들을 표현하는 방식에서부터 분명하게 드러난다. 예컨대 『만세전』의 화자는 자신이 경유하는 도시의 이름을 부르는 일에 주저함이 없다. '동경'에서 시작하여 '하관'과 부산, 김천, 대전을 지나 경성에 이르기까지, 도시들은 각자의 고유한 이름으로 불린다. 이는 화자의 주변 인물들이 알파벳과 이름으로 병기되는 것과 대조를 이룬다. 반면 이주민 정착자였던 우치노 겐지의 작품에서, 시인이 거쳐온 장소들은 고유명으로 아니라 '조선', 혹은 '반도'라는 말로 통칭되는 경우가 대다수다. 결과적으로 식민지의 장소를 호명하는 방식 자체가 다르다는 말인데, 이 차이로부터 피식민자의 아픔에 다가가는 두 길이 갈라진다.

　가) 닻줄을 낚는 인부들 틈에서 누렇게 더러운 흰 바지저고리를 입은 조선 노동자가 눈에 띨 제, 나는 그래도 반가운 것 같기도 하고 인제는 제 집에 돌아왔다는 안심으로 마음이 턱 놓이는 것 같기도 하였다. (중략)
　파출소에 들어선 나는 하관에서 조사를 당할 때와는 다른 일종의 막연한 공포와 불안에 말이 어눌하여졌다. 더구나 일본서 그런 종류의 사람들에게 대하듯이 퉁명을 부릴 수 없다는 생각이 머리에 떠올라와서 제풀에 자기를 위압하는 자기의 비겁을 속으로 웃으면서도, 어쩐지

말씨도 자연 곱살스러워지고 저절로 고개가 수그러지는 것을 깨달았다. (중략)

삼거리에 서서 한참 사면팔방을 돌아다보다 못하여 지나가는 지게꾼더러 조선 사람의 동리를 물어보았다. (중략) 바닷가로 빠지는 지저분하고 좁다란 골목이 나타났다. 함부로 세운 허술한 일본식 이층집이 좌우로 오륙채씩 늘어섰는 것이 조선 사람의 집 같지는 않으나 이 문 저 문에서 들락날락하는 사람은 조선 사람이다. 이 집 저 집 기웃기웃하며 빠져나가려니까. 어떤 이층에는 장구를 세워놓은 것이 유리창으로 비치어 보인다. 그러나 문간에는 대개 여인숙이라는 패를 붙였다. 잠깐 보기에도 이런 항구에 흔히 있는 그러한 너저분한 영업을 하는 데인 것이 분명하다. 그러나 아침결이 돼서 그런지 계집이라고는 씨알머리도 눈에 아니 띈다.

　　　　　　　　　　　　　　　　　　　　　- 염상섭, 『만세전』, 1924

식민지 출신 유학생으로 제국의 수도서 경성으로 귀향하던 이인화가 마주친 도시들은 문명과 야만, 발전과 타락이 뒤섞인 혼돈의 장소였다. 그러다 보니 흑백으로 단순화되기 어려운 '나'의 장소체험에는 민족과 제국, 식민과 피식민, 저항과 패배의 접점에서 발현한 온갖 감정들이 뒤섞이게 된다. 관부연락선으로 부산항에 도착한 순간, 이인화의 내면에 일어난 '낙차(落差)'도 여기서 비롯한 것이다.

회의하는 식민지 지식인의 내면을 휘감고 있는 '낙차'에 집중한다면, 위의 인용문에서 확인할 수 있는 것은 두 가지다. 하나는 자신을 조선인으로, 다시 말해 피식민지인으로 자각하는 순간의 양가감정이다. '흰 바지저고리'를 입은 이들을 보며 "안심으로 마음이 턱 놓이는 것"과 동시에 '내지'에서와는 다른 "막연한 공포와 불안에 말이 어눌"해지는 상황이 겹치자, 해소되지 않는 괴리가 만들어진 것이다.

다른 하나는 도착과 함께 생긴 심정적 '낙차'가 화자의 이동 경로를 따라 '부산'이라는 '이중 도시'의 지정학으로 확장되는 맥락이다. 귀향하는 식민지 지식인의 내면에 일어난 착종이 공간으로 투사되는 순간, '조선 사람의 동리'는 식민지에 만연한 차별을 폭로하는 상징적 장소로 전환된다. 그렇다면 『만세전』에 등장하는 도시들은 지나쳐 가는 배경으로 머물 수 없게 된다. 그중에서도 온갖 이동이 교차하는 항만과 기차역은 제국과 식민지의 일상에 파고든 위계를 전면화할 수 있는, 익숙한 공간이었다.

> 자정이나 넘은 뒤에 차는 대전(大田)에 와서 닿았다. (중략)
> '대합실도 없이 이런 벌판에 세워둘 지경이면 어서 찻간으로 들여보낼 일이지?'
> 나는 이런 생각을 하며 난로 옆을 흘끗 보려니까 결박을 지은 범인이 댓 사람이나 오르르 떨며 나무의자에 걸터앉고, 그 옆에는 순사가 셋이서 지키고 있는 것이 눈에 띄었다. 나는 무심코 외면을 하였다. (중략)
> 정거장 문밖으로 나서서 눈을 바삭바삭 밟으며 큰길 거리로 나가니까 칠년 전에 일본으로 달아날 제, 오정 때 대전에 내려서 점심을 사먹던 그 집이 어디인지 방면도 알 수 없이 시가가 변하였다. 길 맞은편으로 쭉 늘어선 것은 빈지를 들였으나 모두가 신축한 일본 사람 상점이다. 우동을 파는 구루마가 쩔렁쩔렁 흔드는 요령소리만이 괴괴한 거리에 처량하다. 열네다섯쯤에 말도 모르고 단신 일본으로 공부 간다는 데에 호기심이 있었던지 친절히 대접을 해주던, 그때의 그 주막집 주인 내외가 그립다. (중략)
> 젊은 사람들의 얼굴까지 시든 배추잎 같고 주녹이 들어서 멀거니 앉았거나, 그렇지 않으면 빌붙는 듯한 천한 웃음이나 '헤에'하고 싱겁게 웃는 그 표정을 보면 가엾기도 하고, 분이 치밀어올라와서 소리라도 버럭 질렀으면 시원할 것 같다.

'이게 산다는 꼴인가? 모두 뒈져버려라!'
찻간 안으로 들어오며 나는 혼자 속으로 외쳤다.
'무덤이다! 구더기가 끓는 무덤이다!'

- 염상섭, 『만세전』, 1924.

"조선에 '만세'가 일어나던 전해 겨울"이었으니, 이인화가 머문 '대전역'은 1918년 초나 말엽의 겨울, 그러니까 신축된 역사로 이전하던 해의 두 겨울에 모두 걸쳐 있다. 하지만 '대합실'도 없이 '난로'와 '나무의자'만 놓여 있다는 인용문의 묘사에 비추어 본다면, 염상섭이 재현하려 했던 대전역은 신축되기 이전 정차역 부근의 풍경이었다고 추정된다.

'자정'이 넘은 한밤, 무료한 정차 시간을 보내려고 기차를 벗어난 '나'의 산책은 대전역을 둘러싼 세 장소를 따라 이어진다. 첫 장면은 당시의 대전역을 보여준다. 기차에서 내린 '나'는 변변한 '대합실'도 없는 '벌판' 한편에 결박당한 채 떨고 있는 '범인'과 그들을 지키고 선 '순사'들을 만난다. 하지만 '나'는 "무심코 외면"하는 것으로 사연 많았을 만남을 비켜 간다. 이어지는 두 번째 장면에서 '나'는 '정거장' 문을 벗어나 역 앞 시가지와 마주한다. 변해버린 도시를 바라보며 "오정 때 대전에 내려서 점심을 사먹던 그 집이 어디인지 방면도 알 수 없이 시가가 변하였다. 길 맞은편으로 쭉 늘어선 것은 빈지를 들였으나 모두가 신축한 일본 사람 상점"이라고 독백하는 대목은 '일본인들의 도시'로 변한 대전을 실감 나게 재현해 놓고 있다. 마지막 장면은 산책을 마치고 돌아온 '나'의 눈에 비친 기차 안의 풍경으로 이루어진다. 유념할 것은 산책 이후 '나'에게 생긴 변화, 즉 "'이게 산다는 꼴인가? 모두 뒈져버려라!'"라는 탄식으로 이어지는 분노와 울분의 발현일 텐데, 이러한 변화의 계기가 대전역과 7년 만에 변해버린 역 앞의 시가지에서 만들어진 것이다.

　가) 살풍경한 산들, 게다가 평지에는 풀이 마르고 강줄기도 가늘어지며 곳곳에 빗자루를 거꾸로 든 듯이 우뚝 솟아 자란 포플러 나목들, 자연은 끝도 없이 쓸쓸했다. 그리고 이 천지에 차가운 그림자를 끌고 쓸쓸한 운명 그 자체인 것처럼 걸어 다니는 흰옷의 사람들-타국의 말을 이해하지 못하는 신세로서는 그저 물끄러미 그들의 슬픈 모습을 바라볼 뿐이다. 또한 이 땅으로 이주한 일본인들은 어느 틈엔가 고운 인정의 심성이 고갈되어 버린 자들뿐. 끝을 알 수 없는 쓸쓸함은 어쩌면 나에게 술잔을 들게 만든 것이리라.
　　　　　　　　　- 우치노 겐지, 발문, 『흙담에 그리다』, 1923.

　나) 문득 침대에 있는 나의 눈꺼풀을/ 뜨게 한 것은/ 환하게 장지문에 핀 멋진 빛의 장미!/ (중략) 무언지 모르겠지만 야트막한 산이 있어서/ 산위 초록나무 사이로 살짝 보이는 기루(妓樓) 여럿/ 짙은 초록 속 낼름낼름 오르는 처염(凄艶)한 뱀의 혀여/ 젊은 여자의 노란 비명이/ 튤립 꽃을 찢는 듯이 산을 찢고/ 내 마음을 찢고/ 오오 그리고 허옇고 미끌미끌한/ 연지와 분을 바른 육체가 처덕처덕/ 불타오르며 산에서 무너져 내린다
　　　　　　　- 우치노 겐지, 「봄밤의 꿈」 부분, 『흙담에 그리다』, 1923.

'대전역'에 대한 염상섭의 재현은 비슷한 시기 대전으로 이주해 온 일본인 시인이었던 우치노 겐지의 그것과 교차하면서 충돌한다. 식민자와 피식민자라는 차이에도 불구하고 이들이 바라본 대전은 '살풍경한' 식민지의 변경이었다는 점에서 닮아있다. 기억해 둘 것은 두 작가가 붙잡아낸 대전역이 몇 해 앞서 다나카 레이스이가 기록했던 '신흥도시'의 모습과는 여러 면에서 달랐다는 사실이다. 무엇보다 1923년

우치노가 간행된 첫 시집의 발문 가)를 통해 계몽과 연민 사이를 맴돌던 감상적 지식인의 면모를 엿볼 수 있다. 인용문의 후반부는 우치노가 '조선(朝鮮)'과 그곳의 사람들을 애틋하게 바라보았던 이유를 설명해주는데, 대전에 정착한 일본인들의 타락을 연민으로 해소하려는 모습은 미개척지로 떠나온 '낭만적 계몽주의자'를 연상시킨다. 즉 '내지'로부터 쫓기듯 떠나왔다는 자격지심이 서서히 잦아들자 '끝도 없이 쓸쓸'한 '자연'으로 둘러싸인 '신흥 도시'의 이면을 바라볼 수 있게 된 것이다.

이 과정에서 우치노는 대전에 거주하던 두 민족의 위계를 명확히 인지하게 된다. "쓸쓸한 운명 그 자체인 것처럼 걸어 다니는 흰옷의 사람들"과 "고운 인정의 심성이 고갈되어 버린 자들"의 구별이 그것인데, 첫 시집 곳곳에서 어느 편에도 속하지 못한 채 연민의 '술잔'을 드는 '나'는 이러한 심정이 투영된 시적 주체일 것이다. 하지만 낯선 땅에서 혼란스러움을 느끼던 사색가의 고단함은 사상이나 행동으로 전환되기보다 무기력한 감상에 머무는 경우가 대부분이었다. 나)에서 우치노가 그려낸 '유곽'의 하룻밤은 이러한 맥락을 보여주는 작품이다. 시의 배경으로 '기루'가 등장한다는 사실이나, '나'의 무기력함을 퇴폐적인 도시의 향락에 결부시켜 파탄의 이미지를 만들어내는 방식에서도 감상적 낭만주의자의 면모가 확인된다. 대전으로 건너온 초기 술집과 유곽을 전전했다는 시인의 고백을 떠올린다면, 나)는 시인 자신이 체험했을 타락한 도시의 이면이었다고도 말할 수 있다.

호남선의 분기점, 레일은 종횡으로 땅을 기고/ 화물 열차 몇 칸은 늘상 기분 나쁜 검은 그림자 드리우며/ 오고 가는 기관차의 악착같은

검은 연기 늘상 감도는/ 저 소란스러운 역 울타리 밖 바로 뒤편으로 이어진 아카시아 숲

작은 국자 같은 귀여운 꽃잎을 달고 있는 아카시아/ 문득 올려다보면 저쪽에서도 이쪽에서도 창공의 촉촉이 젖은 눈동자가-/ 왠지 나는 부끄러워져, 고개 숙여 걷고 있노라니/ 귓가에 작은, 그러나 명랑한 곡조가 메아리치네

대지에서 기분 좋게 자라난 아카시아나무 줄기 사이/ 어디로부터 와서 어디로 흘러가는 물인지는 몰라도/ 돌고 돌아 실개천이 흐르고 있다네/ 귀에 메아리치는 곡조 그 실개천에서 일어나는 것이었으니
(중략)

바람이 하늘을 건너 아카시아 우듬지를 흔들 때/ 작은 국자 같은 꽃잎은 큰 소리 내 웃으며 떠들고/ 그사이 틈을 노리고 있던 창공의 눈동자는 몸을 춤추게 하며/ 금빛 시선을 반짝반짝 법열의 흐름에 던져 주노라

그러나, 오오, 나는 아카시아 통해 저편을 볼 때/ 화물 열차가, 검은 연기가, 소란스러운 분위기가 있음을 잊고 있었지/ 기름과 땀으로 더러워진 옷 걸친 무수한 역무원 중에/ 잠깐 짬을 봐서 울타리 넘어 이 작은 숲에 앉아 쉬는 자 한 명도 없으려나.
- 우치노 겐지, 「잊힌 실개천」, 〈경인〉 창간호, 1922. 1.

1922년 1월 〈耕人〉 창간호에 실린 위의 시 「잊힌 실개천」은 대전역과 그 뒤편의 '아카시아 숲'을 주 무대로 삼고 있다는 점에서 초창기 대전의 모습을 보다 구체적으로 접할 수 있는 작품이다. 시 전반에 펼쳐진 이동 경로는 비교적 단순하다. 역에서 시작되어 '아카시아 숲'과 '개천'을 지나 언덕으로 이어지는 산책을 따라가는데, 이 과정에서

한 세기 전 대전역 주변의 정경과 만나게 된다. 특히 눈길을 끄는 것은 '대전역'과 '신사'라는 두 영역의 경계에 놓인 '아카시아 숲'이다. 19세기까지 조선에 자생하지 않았던 '아카시아'는 제국 일본의 확장과 함께 조선을 거쳐 동아시아 전역으로 퍼져나간 침략주의의 표상으로도 이해될 수 있다.[11] 그렇다면 오염된 문명으로서의 역과 제국의 전통을 상징하는 신사 사이에 인공적으로 조성된 '아카시아 숲'은 단순한 일상의 공간으로 머물 수 없게 된다.

표면적으로 '아카시아 숲'의 의미는 대략 두 가지다. 먼저 대전역의 풍경을 해부하는 도입부에서 보이는 냉정한 관찰자에게 '아카시아 숲'은 문명 너머에 자리하는 치유의 장소로 인식된다. 그런데 그 '소란스러운 역 울타리 밖' 뒤편으로 이어진 '아카시아 숲'에 들어선 순간, 시적 주체가 속해 있던 현실이 슬그머니 사라지고 만다. "대지에서 기분 좋게 자라난 아카시아나무 줄기 사이/ 어디로부터 와서 어디로 흘러가는 물인지는 몰라도"에서 보이는 자연과의 감응(感應) 속에서 시적 주체는 일종의 이상화된 자연에 동화된다. 문제는 그 자연이 식민지의 도시에 인공적으로 조성된 숲이라는 사실이다. 그렇다면 '아카시아 숲'은 식민지의 현실을 잊게 만드는 환상의 공간에 불과할 수도 있다.

이런 의미에서 인용된 작품의 결정적 장면은 시의 후반부에 놓인다. '아카시아 숲'에 담긴 두 의미, 즉 문명 너머의 장소이자 현실을 잊도록 이상화된 공간 사이에 '대전역'이라는 현실의 공간이 개입하면서 이상화된 자연이었던 숲의 의미가 뒤틀리기 때문이다. 오염된

---

11) 「잊힌 실개천」에 등장하는 아카시아 숲이 제국주의와 연결되는 과정에 대해서는 김화선, 「대전이라는 로컬이 문학 세계에 작용하는 힘-염인수와 우치노 겐지를 중심으로」, 비평문학 77, 한국비평문학회, 2020. 9. 참조.

문명을 상징하는 역과 울타리 너머에 펼쳐진 이상적 자연 사이에 "기름과 땀으로 더러워진 옷 걸친 무수한 역무원"이 출현하면서, '식민도시'를 감싸고 있던 위계의 현실이 드러나게 된다. 1910년대 후반에 들어서면서 조선 전역에서 6위권에 해당하던 대전역의 규모를 고려한다면, 시에 등장하는 '무수한 역무원'들은 단순한 수사로 보기 어렵다. 철도 위에서 일하는 역무원 중 다수는 식민지의 하층 노동자 집단이었음을 기억해야 한다.

결국, 평화롭기만 한 '아카시아 숲'의 정경에 불쑥 개입한 익명의 노동자들은 관념을 뚫고 나타난 현실에 해당한다. 하지만 산책하는 자의 서정이 마무리되는 순간까지, '역무원'들은 단지 전경(前景)으로 방치되고 만다. 식민지의 일본인이었던 우치노가 보여준 낭만적 계몽주의는 불편한 진실보다는 환상에 기반한 평화를 따르는 데 머무르고 만다. 그렇다면 여러 우여곡절 끝에 종국에는 사회주의 시인의 길로 나아갔던 우치노 겐지의 사상적 변모를 대전 시절로 소급하는 것은 어려워 보인다. 첫 시집에서부터 '조선'에 대한 연민과 여기서 비롯한 몽상이 그를 사로잡았던 것은 사실이나, 그것이 식민지 현실에 대한 각성으로까지 연결되지는 못했던 것이다.

4 제국의 그늘

염상섭과 우치노 겐지의 작품 속에 등장했던 대전역이 '역사의 대합실' 역할을 했던 또 다른 사례로 해방 이듬해에 발표된 채만식의 소설 「역로」(1946)를 들 수 있다. 해방 직후 좌우로 분열된 '사상지리'의 혼란상을 에둘러 묘사하면서도 자기반성의 목소리를 함께 새겨넣은 작품이었지만, 이태준의 「해방 전후」(1946)에 비해 주목받지 못했던 불운의 작품이기도 하다. 작품을 이끄는 서사의 줄기는 단순하다. 서울역에서 기차를 타고 출발해 대전역에 이르는 두 인물의 여정 속에 벌어진 일련의 대화를 통해 해방된 조국의 현실이 온전한 독립으로 이어지지 못한 현실을 신랄하게 비판하고 있다.

> 호남선으로 갈아타는 대전서 내리니 밤이 열시나 되었다. (중략)호남선은 새벽 다섯시 반에 있었다.
> 나는 말할 것도 없지만 김군도 한 번의 경험이 있노라면서 그의 굵은 신경으로도 일찍이 일제 시대의 유치장 잠자리를 방불케 하는 대전 거리의 여관에만은 생의도 아니하였다. (중략)
> 내남없이 곳간차 꼭대기나마 타지 못한 사람들은 내리는 궂은비처럼 우울한 얼굴들이었다.
> 조금 있다 기관차가 무슨 생각으론지 혼자 달려가더니 난데없이 좋은 객차를 한목 다섯 칸이나 달아가지고 온다.
> 처진 승객들은 희색이 얼굴에 너미면서 다투어 그리로 돌진을 한다. 그러나 허망한지고. 찻간에는 미국 병정이 칸마다 삼사 인 혹은 사오 인씩 한가로이 타고 있었다.
> 열려 있기로서니 거기를 침노할 용감한 사람도 없으려니와 도시에 승강대의 문들이 굳게 잠기어 감불생심이었다. 차 옆댕이의 '미군전용차' 다섯 자는 누구의 서투른 분필 글씬지. (중략)
> 김군과 나는 무심코 발길을 멈추고 서서 보다 문득 아니 볼 것을 본 것 같은 회오에 얼른 얼굴을 돌렸다.
> "옛날 상해 공동조계의 공원 문앞에다 '지나인과 개는 들어오지 마라' 쓴 푯말을 세운 것허구 상거가 어떨꾸?"
> 김군의 중얼거리는 말이고 나는 나대로 중얼거렸다.
> "마마손님은 떡시루나 쪄놓구 배송을 한다지만 이프렌드나 저 북쪽 띠와라시 치들은 어떡허면 쉽사리 배송을 시키누?"
> - 채만식, 「역로(歷路)」, 신문학, 1946.

소설의 후반부에 오면, 이제는 식민지의 도시가 아니게 된 대전이 마지막 배경으로 등장한다. 세월은 흘렀고 국가를 통치하는 권력도 바뀌었지만, 대전역은 여전히 비극적인 역사의 긴장 속에 자리하고 있다. 25년 전, '일본 상점'과 '유곽 거리'로 번창했던 대전역 앞의 퇴락에 대한 채만식의 묘사는 애환마저 불러일으킨다. "일찍이 일제 시대의 유치장 잠자리를 방불케 하는 대전 거리의 여관에만은 생의 도 아니하였다"라는 진술에 담긴 '거리의 여관'이 강점기의 '유곽'임을 짐작하는 일은 어렵지 않다.

이 작품의 백미는 대전역에서 '식민 도시'의 역사가 반복되는 장면을 그려낸 미군 열차 에피소드에 놓인다. 제국 일본은 패망하고 물러났지만, 사람들이 바글거리는 대전역에서 그 옛날 '상해 공동조계'에 걸린 '푯말'를 불러냄으로써, 채만식은 한반도가 또 다른 제국주의 체제에 포섭되는 과정을 인상적으로 붙잡아낸다. 만세운동 한해 전 염상섭의 '나'가 시모노세키에서 부산을 거쳐 대전에 이르는 여정 내내 억눌려야 했던 제국의 그림자는 채만식의 '나'에 와서도 크게 달라지지 않았던 셈이다. '도둑처럼' 해방은 찾아왔지만, 미군 점령지였던 '대전역'에서 군용열차는 한국인에게 금지된 새로운 제국의 '대합실'이었던 것이다.

20세기 전반 근대문학사의 몇몇 장면에서 대전역은 제국주의 체제로 포획되는 한반도의 비극을 상징하는 장소였다. '구더기가 끓는 무덤'으로 묘사되었다가, '흙담'으로 둘러싸인 미개척지로 재현된 대전은, 다나카 레이스이와 같은 일본인 정착민들이 외면했던 '식민 도시'의 민낯을 전형적으로 보여준다. 시기와 계기를 달리하여 해방 이듬해의 대전역을 불러낸 채만식은 이 슬픈 도시에 새겨진 식민의 상처가 사라지지 않았음을 예리하게 묘파한다. 일본인들은 떠나갔지만,

그 자리에 드리워진 냉전의 그림자 속에서 대전역은 여전히 제국주의의 굴레에 갇힌 '음산한 정거장'으로 남게 된 것이다. 이 지워질 수 없는 '얼룩'은 오늘날 대전이라는 도시의 토대에 새겨진 식민의 유산이자 상처다.

▌참고문헌

고윤수, 『대전근대사연구초 2』, 대전광역시, 2013.
_____, 『대전, 도시의 기원』, 대전시립박물관, 2019,
_____, 「일제하 한국인들의 등장과 변화-1920~1935년 대전의 주요 한국인들과 지역사회」, 역사와 담론 91, 호서사학회, 2019.
고윤수, 이희준 편, 『소제동, 근대 이행기 대전의 역사와 경관』, 대전광역시, 2013.
김화선, 「대전이라는 로컬이 문학 세계에 작용하는 힘-염인수와 우치노 겐지를 중심으로」, 비평문학 77, 한국비평문학회, 2020. 9.
박수연, 「식민의 차이, 제국 속의 저항」, 한국문학이론과비평 74, 한국문학이론과 비평학회, 2017. 3.
송규진, 「일제강점 초기 '식민도시' 대전의 형성과정에 관한 연구: 일본인의 활동을 중심으로」, 아세아연구 45, 고려대학교 아세아문제연구소, 2002.
야마시다 영해, 「식민지 지배와 공창제도의 전개」, 사회와 역사 51, 한국사회사학회, 1997.
이혜령, 「식민자는 말해질 수 있는가-염상섭 소설 속 식민자의 환유들」, 『대동문화연구』, 2012,
한상철, 「1920년대 후반 동아시아 프롤레타리아 국제주의의 세 감각-우치노

겐지, 나카노 시게하루, 임화의 1929년을 중심으로」, 어문연구 103,
　　어문연구학회, 2020.

_____, 「저항과 검열의 시대, 제국의 금서들 1-김억의 『해파리의 노래』와
　　우치노 겐지의 『흙담에 그리다(土墻に描く)』를 중심으로」, 비평문학
　　77, 한국비평문학회, 2020. 9.

허 석, 「內野建児의 韓國觀에 대한 一考察」, 목포대학교 논문집 제11집
　　1호, 목포대학교. 1990.

홍덕구, 「염상섭 『이심』 다시 읽기-도시공간에서의 매춘 문제를 중심으로」,
　　상허학보 42, 상허학회, 2014.

홍성철, 『유곽의 역사』, 페이퍼로드, 2007.

우치노 겐지(엄인경 역), 『흙담에 그리다』, 필요한책, 2019.

토드 A. 헨리(김백영 외 옮김), 『서울, 권력 도시』, 도서출판 산처럼, 2020.

하시야 히로시(김제정 역), 『일본제국주의, 식민지 도시를 건설하다』, 모티브,
　　2005,

新井撤著作刊行委員會, 『新井撤の全仕事』, 創樹社, 1983.

田中麗水, 『大田發展誌』, 1917.

순간에서 영원으로
- 당唐나라 성도成都의 설도薛濤 이야기

권응상

1 프롤로그

> 사랑하는 것은
> 사랑을 받느니보다 행복하나니라
> 오늘도 나는 너에게 편지를 쓰나니
> 그리운 이여, 그러면 안녕!
>
> 설령 이것이 이 세상 마지막 인사가 될지라도
> 사랑하였으므로 나는 진정 행복하였네라[1]

청마(靑馬) 유치환(1908~1967)이 정운(丁芸) 이영도(1916~1976)를 향한 사랑을 읊은 시 '행복'이다. 유치환은 기혼자로 장년의 나이에 이영도를 만나 20여 년 동안 식지 않는, 불같이 뜨겁고 아름다운 플라토닉 사랑을 나누었다. 그의 사랑은 그의 시의 원천이었다.

두 사람이 처음 만났을 때 유치환은 38세의 기혼자로 통영여중 국

---

* 대구대학교 중국어중국학과 교수.
1) 유치환, 『사랑하였으므로 행복하였네라』(시인생각, 2013), 〈행복〉.

어교사였고, 이영도는 30세로 같은 학교의 가사교사였다. 이영도는 21세에 남편과 사별한 뒤 혼자 되어 오직 시 쓰는 일과 딸 하나를 키우는 일에 몰두하고 있을 때였다. 이영도는 워낙 재색이 뛰어나고 행실이 조신했기에 누구도 그녀에게서 눈을 떼지 못했다고 한다.

통영여중 교사로 함께 근무하면서 알게 된 이영도에게 청마는 1946년 어느 날부터 거의 매일 편지를 보냈다. 그러기를 3년, 마침내 이영도의 마음을 움직여 이들의 사랑은 시작됐다. 하지만 유치환은 처자식이 있는 몸이어서 이들의 만남은 평탄치 않았다. 그러한 장애가 두 사람을 더욱 뜨겁게 만들었던 것 같다. 1967년 2월 유치환이 교통사고로 급작스럽게 사망할 때까지 이들은 20여 년에 걸쳐 마음을 주고받았다. 유치환이 이영도에게 보낸 사랑의 편지만 해도 5천여 통이라고 한다.[2]

> 여기서는 실명이 좋겠다
> 그녀가 사랑했던 남자는 백석이고
> 백석이 사랑했던 여자는 김영한이라고
> 한데 백석은 그녀를 자야(子夜)라고 불렀지
> 이들이 만난 것은 이십대 초
> 백석은 시 쓰는 영어선생이었고
> 자야는 춤추고 노래하는 기생이었다
> 그들은 3년 동안 죽자사자 사랑한 후
> 백석은 만주 땅을 헤매다 북한에서 죽었고
> 자야는 남한에서 무진 돈을 벌어

---

2) 유치환이 죽은 뒤 이영도는 그 가운데 200여 통을 간추려 『사랑하였으므로 幸福하였네라』(중앙출판공사, 1967)라는 책으로 엮었고, 인세 수익금은 전액 기부했다고 한다.

길상사에 시주했다
자야가 죽기 열흘 전
기운 없이 누워있는 노령의 여사에게
젊은 기자가 이렇게 물었다

-1000억의 재산을 내놓고 후회되지 않으세요?
"무슨 후회?"
-그 사람 생각을 언제 많이 하셨나요?
"사랑하는 사람을 생각하는데 때가 있나?"
기자는 어리둥절했다

-천금을 내놨으니 이제 만복을 받으셔야죠
"그게 무슨 소용 있어"
기자는 또 한 번 어리둥절했다

-다시 태어나신다면?
"어디서? 한국에서?"
-네! 한국
"나 한국에서 태어나기 싫어
영국쯤에서 태어나 문학 할거야"
-그 사람 어디가 그렇게 좋았어요?
"1000억이 그 사람의 시 한 줄만 못해
다시 태어나면 나도 시 쓸 거야"
이번엔 내가 어리둥절했다

사랑을 간직하는 데는 시밖에 없다는 말에
시 쓰는 내가 어리둥절했다.[3]

---

3) 이생진, 『그 사람 내게로 오네』(우리글, 2003), 〈그 사람을 사랑한 이유〉

시인 백석(1912~1995)과 그의 영원한 연인인 기생 자야(1916~1999: 본명 김영한/ 기명 김진향)의 짧고도 영원한 사랑을 담은 이 시는 사랑의 본질에 대해 많은 생각을 하게 만든다.

3년간의 짧은 사랑 후에 백석이 만주로 떠나면서 두 사람은 의도치 않게 영원히 이별하게 된다. 한국전쟁이 두 사람을 남과 북으로 갈라 놓고 만 것이다. 그러나 자야는 그 3년의 사랑으로 일생을 풍요롭게 살았다.[4] "그깟 1000억, 그 사람의 시 한 줄만 못해"라는 자야의 말은 백석과의 사랑이 여전히 충만 함을 보여준다.

이상 두 커플의 관계는 일반인들의 상식을 뛰어넘는다. 유부남과 미망인, 그리고 유학파 엘리트 시인과 기생이라는 사회 신분적 차이가 그렇다. 또 하나는 짧은 사랑이 영원한 사랑이 되었다는 역설이다. 영원한 사랑의 전설이 된 '로미오와 줄리엣'이 5일 동안 일어난 일이라는 점을 생각해보면 사랑의 크기나 깊이에 시간이 중요한 것은 아닌가 보다. 오히려 사랑의 감정이 식을 시간적 길이가 없으므로 역설적으로 영원한 사랑이 되었는지도 모르겠다. 아무튼 두 커플도 짧은 사랑 뒤에 일생을 간직한 영원한 사랑으로 남았다.

이처럼 '짧은 사랑'이 '영원'이 된 이유는 무엇일까? 위의 두 시에

---

4) 한국전쟁 이후 자야는 청암장이라는 별장을 사들여 대원각(大圓閣)이라는 고급요정을 만든다. 군사독재 시절에 대원각을 뛰어난 수완으로 우리나라 3대 요정으로 키워내 재산을 늘렸다. 중앙대에서 영문학을 전공했으며, 백석에 대한 사무치는 그리움을 수필로 써서 발표하기도 하였다. 그러던 중 법정(法頂: 1932~2010) 스님의 무소유(無所有)에 감명을 받아 대원각을 시주해 절을 만들고자 한다. 법정스님은 10년 동안 만류하고 거절하다가 1995년 마침내 허락한다. 시주 후에 자야가 받은 것은 염주 하나와 '길상화(吉祥華)'라는 법명이 전부였다. 그리고 남은 돈 2억 원을 '창작과 비평사'에 쾌척해 백석문학상을 제정했다.

어느 정도 답이 있는 것 같다. 청마는 "사랑하는 것은 사랑을 받느니보다 행복"하다며 "사랑하였으므로 나는 진정 행복하였네라"고 노래하고 있다. 이것은 주체적이고 능동적인 사랑이 결국 '행복'의 이유라는 것으로 해석해도 되겠다. 그리고 이생진의 시에서 자야는 "사랑을 간직하는 데는 시밖에 없다"고 했다. 이것은 자야가 생사조차 모르는 백석을 평생 가슴에 품고 사랑할 수 있었던 것이 그의 시 덕분이라는 고백이다. 이렇게 보면 두 관계 속에서 사랑과 시라는 공통점을 도출할 수 있겠다. 두 커플의 사랑에 개입된 '시'가 핵심이라 할 것인데, 시는 두 사람이 주고받는 소통과 사랑의 통로였다 할것이다.

가곡 '동심초'의 작사가로 우리에게도 익숙한 설도의 '짧고 영원한 사랑'도 이러한 맥락에서 짚어볼 수 있을 것 같다. 당나라 시대 성도(成都)를 배경으로 한 설도의 인생을 더듬어보고, 10살 연하의 엘리트 관료 시인 원진과의 짧고 영원한 사랑 이야기를 해보고자 한다. 1200여 년 전의 이야기라 사실 확인이 쉽지 않고 뒤죽박죽일 수 있겠다. 그러나 두 사람이 남긴 시와 여러 서적에 산견되는 이야기를 모아 설도와 설도의 사랑 이야기를 그려볼 수 있을 것 같다.

2 자유로워지다

설도는 당나라 성도(成都)의 기녀였다. 그냥 기녀가 아니라 기녀시인이었다. 그것도 그저 그런 시인이 아니라 "풍유(諷喩)가 있으면서도 드러내지 않고 시인의 묘를 얻었으니, 이백에게 보여주어도 마땅히 고개를 끄덕일 것"5)이라는 평가를 받는 시인이었다.6)

설도(770~832)는 본래 양가녀로서, 장안(長安) 사람이었다. 설도의

아버지 설운(薛鄖)은 장안의 관리였으며, 학문이 깊었다. 그는 외동
딸 설도를 애지중지하였다. 그래서 딸이지만 어릴 때부터 독서와 시
작을 가르쳤다. 설도가 여덟 살 되던 해 아버지가 정원의 오동나무
잎이 지는 것을 보고 "庭除一古桐, 聳幹入雲中.(뜨락 섬돌 한 그루
오래된 오동나무, 줄기가 솟아 구름속으로 들어가네.)"라고 읊자 설
도는 즉석에서 "枝迎南北鳥, 葉送往來風.(가지는 남북으로 새들을
맞이하고 잎새는 오가는 바람을 보내네요)"라고 이었다.[7] 아버지는
딸의 이 시를 보고는 재능에 기뻐하면서도 "한참 동안 근심했다"[8]고
한다. 류창교는 아버지가 '가지'와 '잎새'를 기녀로, '남북의 새'와 '오
가는 바람'을 바람둥이 남자로 해석한 것이라며, 이는 설도의 운명을
예견한 것이라고 했다.[9] '여자는 재주가 없는 것이 덕(女子無才便是
德)'[10]이라는 당시 봉건 예교의 관념에서 보면 총명하고 똑똑한 딸이
매우 걱정스러웠을 것이다. 어쨌든 이처럼 설도는 어려서부터 글솜씨
가 뛰어났던 재원이었다.

그러나 아버지 설운이 사천(四川)으로 폄적되면서 멀고 낯선 땅 성
도(成都)로 이주를 했다. 몇 년 뒤 아버지는 다시 남조(南詔)로 출사
하였다가 병에 걸려 세상을 떠났다. 당시 설도의 나이 14세였다. 모녀
의 생활은 곤궁해졌고, 설도는 생계를 걱정하는 신세로 전락했다.

---

5) 楊愼『升庵詩話』의 〈罰赴邊有懷上韋上公〉 評語 : 有諷喩而不露, 得詩人
   之妙, 使李白見之亦當叩首,
6) 張爲는 『詩人主客圖』에서 설도를 方干, 賈島와 幷列하였다.
7) 薛濤, 〈井梧吟〉.
8) 張篷舟, 『薛濤詩箋』(人民文學出版社, 1983) 105쪽 : 父愀然久之.
9) 류창교, 『설도시집』(서울대학교출판문화원, 2012), 4쪽.
10) 陳繼儒, 〈安得長者言〉 : 男子有德便是才, 女子無才便是德.

정원(貞元) 원년(785)에 중서령(中書令) 위고(韋皐)가 검남서천절도사(劍南西川節度使)로 부임했다. '검남서천'은 지금의 쓰촨성[四川省] 서부를 말하며, 치소(治所)가 바로 성도(成都)에 있었다. 아버지의 옛 친구가 설도의 글재주를 보고 위고에게 소개했고, 설도는 위고의 연회에 참석하게 되었다. 흥이 오르자 위고는 내심 설도를 시험해 보고 싶었다. 그는 즉석에서 시를 짓도록 했다. 설도는 고운 자태로 조용히 붓을 들었다. 그리고는 일필휘지하였고, 위고는 크게 감탄했다. 시의 내용이 아녀자의 손에서 나온 것 같지 않은 비범함이 있었다. 게다가 글씨도 남자처럼 필력이 강건했다. 그녀는 특히 행서(行書)가 뛰어났는데, 자못 왕희지(王羲之)의 글씨를 연상케 했다. 이 일로 인해 설도는 위고의 신임과 사랑을 받게 되었고 정식으로 악적(樂籍)에 들어갔다. 아버지의 예감처럼 설도는 생계를 위해 기녀가 된 것이다. 그때 설도의 나이 16세였다.

그녀가 이처럼 기녀가 된 것은 "용모와 자태가 아름다울 뿐 아니라 음률에 정통하고 언변도 좋으며 시부에도 뛰어난(容姿既麗, ……通音律, 善辯慧, 工詩賦)" 그녀의 자질과 소양 때문이었다. 악적에 이름이 오른 것은 신분적 추락이었지만 또 생계를 위한 불가피한 선택이었다. 그러나 결과적으로 설도가 얻은 것은 생계뿐만이 아니었다. 바로 봉건 예교의 굴레를 벗어난 자유로움을 얻게 된 것이었다. 그리고 이 자유는 그녀의 재능을 펼칠 바탕이 되어주었고, 당연히 기녀로서 큰 명성을 얻게 되었다.

위고는 설도가 처음으로 만난 절도사이자 가장 오래 모신 절도사이다. 785년에 부임하여 805년 서천(西川)에서 사망했으니, 설도의 청춘은 위고와 함께 보낸 셈이다. 그리고 그는 설도를 악적에 올린 사람이기도 하다. 그는 40세라는 비교적 이른 나이에 검남서천절도사로 부임하여 여러 차례 토번(吐蕃)을 물리치고, 남조(南詔)를 공략하여 변방 지역을 안정시키는 등 큰 공을 세워 남강군왕(南康郡王)에 봉해지기도 했다. 그는 21년 동안 촉 지방에 주둔하였고, 그의 문하에서 장군과 재상이 많이 배출되었다. 위고는 특히 문학예술을 애호하여 자주 연회를 베풀었고, 그때마다 반드시 설도를 참석시켰다.

위고는 설도의 재예(才藝)를 알고는 설도에게 여러 가지 임무를 맡겼다. 특히 막부의 갖은 공문 서류 작업에도 자주 참여하게 했다. 설도는 글솜씨도 좋고 서예에도 뛰어나 공문 작성에 적임자였던 것이다. 위고는 덕장(德將)에다 엘리트 관료였고, 관습에도 얽매이지 않는 호탕한 성격이었다. 그는 설도가 여자이고 기녀임에도 개의치 않고 비서처럼 일을 시켰고, 절대적으로 신임하며 총애했다.

당시 남월(南越)에서 위고에게 공작새 한 마리를 선물했다. 이 공작새의 처리를 놓고 여러 의견이 오고 갔다. 그렇지만 위고는 결국 설도의 뜻을 따랐다. 공작새를 키우기 위해 부중에 연못을 파고 우리를 만들어 설도를 기쁘게 했던 것이다. 이것에서 설도가 당시 얼마나 총애를 받았는지 짐작할 수 있다. 이 일은 '위령공작(韋令孔雀)'이라는 성어를 만들며, 무원형(武元衡), 왕건(王建), 백거이(白居易), 한유(韓愈), 이덕유(李德裕), 유우석(劉禹錫) 등이 모두 시로써 노래했다. 타고난 용모에다 빼어난 재주를 지니고 절도사의 절대적인 신임까지 받은 설도는 사교계의 꽃으로 화려하게 피어나게 되었다.

당시 과거급제 출신의 관료들은 문화 소양이 높아서 그들의 눈에 들기 위해서는 용모는 물론 재예(才藝)나 문장, 식견도 요구되었는데, 이런 것들은 모두 설도가 가진 장점들이었다. 그래서 설도는 당시 문단을 주름잡던 백거이(白居易), 원진(元稹), 장적(張籍), 왕건(王建), 유유석(劉禹錫) 두목(杜牧), 장호(張祜) 등 명사들과 교류하며 사교계에서 명성을 날렸다. 이들과 교유하며 설도가 지은 시는 500여 수로 알려졌는데, 대부분 사라지고 지금은 90여 수만 전한다.

3 시로 곤경을 벗어나다

위고의 신임이 두터워지고 설도의 명성이 높아지면서 설도는 교만해지기 시작했다. 위고는 당시 촉 지방의 권력자였으므로 그를 만나고자 하는 사람들이 늘 줄을 섰다. 그런데 그를 알현하기 위해서는 설도를 통해야만 한다는 소문이 났고, 실제로 사천(四川)으로 오는 관리들도 위고를 만나기 위해 설도와 접촉했다. 그 과정에서 뇌물을 받기도 했다. 설도가 뇌물을 요구한 것은 아니었지만 거절하지는 않았던 것 같다. 물론 그 뇌물은 모두 상부에 헌납했다고 한다. 그렇지만 그녀를 둘러싼 잡음이 커지면서 위고의 귀에까지 들어갔고, 결국 위고의 노여움을 사고 말았다. 이 사건이 일어난 시기는 789년, 설도의 나이 스무 살 때였다.

위고는 그녀를 송주(松州: 지금의 四川 松潘縣)로 귀양보내는 징계를 내렸다. 사교계의 여왕이 변방의 군기(軍妓)로 보내진 것이다. 송주는 서남 변방으로 인적도 드물고 병란이 잦은 곳이었다. 이처럼 황량한 귀양길이 그녀는 매우 두려웠다. 그녀는 시에서 다음과 같이 노래했다.

聞道邊城苦,　　변성 고달프다 소문으로만 들었는데,
而今到始知.　　지금 여기 와서야 비로소 실감하네요.
却將門下曲,　　대감에게 들려드려야 할 노래를
唱與隴頭兒.[11]　도리어 변경 병사들에게 불러주네요.

당시 그녀의 두려움과 후회를 느낄 수 있다. 이 시는 일종의 반성문이라 할 것이다. 그래서 제목도 〈벌로 변경으로 가며 느낀 바가 있어 위상공께 올림(罰赴邊有懷上韋相公)〉이라고 했다.

그녀는 자신의 경솔함과 교만함을 후회했고 이러한 감정을 〈이별에 관한 열 편의 시(十離詩)〉를 통해 절실하게 노래하였다.

犬離主 주인과 이별한 개

出入朱門四五年,	대갓집 붉은 대문 출입한 지 네다섯 해이니,
爲知人意得人憐.	사람의 뜻 알아챘기에 귀여움 받았지요.
近緣咬着亲知客,	근래 잘 아는 손님을 물어버려서
不得紅絲毯上眠.	붉은 실로 짠 푹신한 털 담요에서 잘 수 없게 되었다오.

筆離手 손과 이별한 붓

越管宣毫始稱情,	월(越)나라 붓 대롱과 선성(宣城)의 붓털을 처음부터 좋아했고,
紅箋紙上撒花瓊.	붉은 찌지 종이 위에도 옥 같은 꽃을 뿌려 꾸몄지요.
都緣用久鋒頭盡,	오래 사용하다 보니 붓끝이 닳아서
不得羲之手里擎.	더 이상 왕희지의 손에 들릴 수가 없었지요.

馬離廐 마구간과 이별한 말

雪耳紅毛淺碧蹄,	하얀 귀에 붉은 털, 연푸른 발굽으로
追風曾到日東西.	바람처럼 빨라서 태양 근처까지 가곤 했지요.
爲驚玉貌郎君墜,	옥처럼 고운 임을 떨어뜨려 놀라게 했기에

---

11) 〈罰赴邊有懷上韋相公〉 其二.

不得華軒更一嘶.　화려한 수레 끌며 다시 한번 울 수 없게 되었
　　　　　　　　　다오.

鸚鵡離籠 조롱과 이별한 앵무새

隴西獨自一孤身,　농서(隴西) 지방의 외로웠던 이 몸이
飛去飛来上錦茵.　이리저리 날아다니며 마침내 비단 자리에 올랐
　　　　　　　　　지요.
都緣出語無方便,　내뱉은 말이 적절치 않아서
不得籠中再喚人.　다시는 조롱에서 사람을 불러 모을 수 없게 되
　　　　　　　　　었다오.

燕離巢 둥지와 이별한 제비

出入朱門未忍抛,　대갓집 붉은 대문 드나들며 버림받지 않았으니,
主人常愛語交交.　주인이 늘 아껴주어 지지배배 지저귀었죠.
銜泥穢污珊瑚枕,　진흙을 물어 나르다 산호 침상 더럽혀서
不得梁間更疊巢.　들보 사이에 다시 둥지를 틀 수 없게 되었다오.

珠離掌 손바닥과 이별한 구슬

皎潔圓明內外通,　희고 깨끗하며 둥글고 밝아 안팎이 통하고,
淸光似照水晶宮.　맑은 빛은 마치 수정궁을 비추는 것 같았지.
只緣一點玷相穢,　다만 한 점의 티로 더럽혀져서
不得終宵在掌中.　밤새도록 손바닥 안에 있을 수 없게 되었다오.

魚離池 연못과 이별한 물고기

跳躍深池四五秋,　깊은 연못에서 뛰어논 지 네다섯 해,
常搖朱尾弄綸鈎.　늘 붉은 꼬리 흔들며 낚시 도구 갖고 놀았지요.
無端擺斷芙蓉朵.　까닭 없이 연꽃 송이를 끊어버려
不得淸波更一遊.　맑은 물결에서 다시 한번 놀 수 없게 되었다오.

鷹離韝 깍지와 이별한 송골매

爪利如鋒眼似鈴,　칼날 같은 발톱에다 방울 같은 눈망울로
平原捉兔稱高情.　평원에서 토끼 잡으며 고상한 뜻 펼쳤지요.
無端竄向靑雲外,　까닭 없이 푸른 구름 밖으로 달아났다가
不得君王臂上擎.　군왕의 팔 깍지 위에 앉을 수 없게 되었다오.

竹離亭 정자와 이별한 대나무.

蓊鬱新栽四五行,　새로 심은 네다섯 줄 무성하게 자랐으니,
常將勁節負秋霜.　늘 굳은 마디로 가을 서리 이겨냈지요.
爲緣春笋鑽墻破,　봄날의 죽순이 담장을 뚫어 부수어서
不得垂陰覆玉堂.　다시 그늘 드리워 옥당을 덮을 수 없게 되었다오

鏡離臺 경대와 이별한 거울

鑄瀉黃金鏡始開,　황금을 부어 만든 거울 처음 열었을 때
初生三五月徘徊.　초승달과 보름달이 배회하며 멋있었지요.
爲遭無限塵蒙蔽,　끝없이 먼지 뒤집어쓰면서
不得華堂上玉臺.　화려한 집 옥대에 오를 수 없게 되었다오.

　개와 주인(犬離主), 손과 붓(筆離手), 말과 마구간(馬離廄), 앵무새와 조롱(鸚鵡離籠), 제비와 둥지(燕離巢), 구슬과 손바닥(珠離掌), 물고기와 연못(魚離池), 송골매와 깍지(鷹離韝), 대나무와 정자(竹離亭), 거울과 경대(鏡離臺) 등 열 가지 관계를 통해서 자신과 위고의 관계를 빗대고 있다. 그리고 하나하나 그러한 관계의 감사한 마음을 표출하고, 다시 그 관계를 망가트린 이유를 적시하여 후회하고 있다. 이것은 위고에 대한 철저한 반성문이라 할 수 것이다. 절도사의 총애를 받으며 막부의 실세로, 또 사교계의 화려한 꽃으로 살던 사람이 하루아침에 변방 군기(軍妓)로 전락했으니, 스무 살의 설도는

한스럽기도 하고 두렵기도 했을 것이다.

어쨌든 설도는 이 시 덕분에 위고의 마음을 풀게 되어 금방 다시 성도로 돌아올 수 있게 되었다.

4 여교서女校書로 이름을 날리다

성도로 돌아온 후 설도는 금강(錦江) 가 완화계(浣花溪)에 터를 잡고 근신하며 조용하게 살았다. 완화계는 성도의 서쪽 교외를 흐르는 금강(錦江)의 지류로서, 완화부인(浣花夫人)의 전설이 전해온다. 완화부인은 당나라 때 완화계 농민의 딸이었다. 어렸을 때의 일이다. 어느 날 완화계에서 빨래를 하고 있었는데, 온몸 가득 종기가 난 어떤 스님이 개울을 건너다 발을 헛디뎌 물에 빠져버렸다. 이 스님은 종기 고름과 진흙이 잔뜩 묻은 가사를 벗어서 그녀에게 빨라달라고 부탁했다. 그녀는 흔쾌히 그렇게 하겠다고 했다. 그녀가 완화계에 가사를 담그고 손으로 비빌 때마다 거품이 일면서 그 자리에서 연꽃이 피어났다. 그러더니 삽시간에 연꽃이 완화계를 뒤덮었다. 이 전설로 인해 완화계는 유명해졌다.[12]

완화계는 두보(杜甫)의 초당(草堂)이 있던 곳이기도 했다. 그의 초당이 두 채인데, 다른 하나는 만리교(萬里橋) 서쪽에 있었으며, 이곳 완화계에 있는 초당을 완화초당(浣花草堂)이라 부른다. 두보는 천보(天寶) 14년(755) 안록산(安祿山)의 난이 터지자 봉상(鳳翔)으로 가 숙종(肅宗)을 배알하고 좌습유(左拾遺)에 임명되었다. 그 후 장안으

---

12) 鍾惺, 〈浣花溪記〉.

로 돌아왔다가 얼마 뒤 화주사공참군(華州司功參軍)으로 외직에 나
갔다. 다시 사직하고 진주(秦州)과 동곡(同谷)을 떠돌다가 760년 경
에 가족을 데리고 성도(成都)로 옮겼다. 완화계(浣花溪) 옆에 초당
(草堂)을 짓고 살았는데, 세칭 완화초당(浣花草堂)으로 불린다. 이
완화초당에서 몇 년간 두보는 편안한 생활을 하며 많은 시를 남겼다.
다음의 〈강촌(江村)〉은 완화계에서 두보의 평화로운 일상을 엿볼 수
있다.

清江一曲抱村流,　맑은 강물 한 구비 마을을 안고 흐르고,
長夏江村事事幽.　긴 여름 이 강촌은 일마다 한가롭네.
自去自來堂上燕,　당 위의 제비는 제멋대로 오고 가고,
相親相近水中鷗.　물속의 갈매기는 서로 친하게 어울려 논다.
老妻畫紙爲棋局,　늙은 아내는 종이에 장기판을 그리고,
稚子敲針作釣鉤.　어린 아들은 바늘 두드려 낚시를 만드네.
多病所須唯藥物,　병 많은 내게 필요한 건 오직 약뿐,
微軀此外更何求.　하찮은 이 몸 이밖에 또 뭘 바라랴.

제목의 '강촌(江村)'은 바로 완화계를 말한다. 두보는 이백(李白)
과 더불어 이두(李杜)라고 일컬어지는 중국 최고의 시인으로서, 시성
(詩聖)이라 칭송된다. 그러나 그의 생애는 고향을 떠나 병약한 몸으
로 평생을 방랑하며 가난과 맞서던 불우한 삶이었다. 그런데 완화계
에 초당이나마 짓고 정착하면서 모처럼 가족과 함께 비교적 안온하
게 생활하며 이전부터 앓았던 폐병을 치료할 수 있었다.

완화부인의 연꽃 전설이 서린 완화계는 이처럼 시인을 포근하게
품어주는 공간이었던 모양이다. 설도 역시 완화계에서 평온하게 심신
을 추스를 수 있었다. 왕건(王建)의 〈기촉중설도교서(寄蜀中薛濤校

書〉〉에 "만리교 가의 여교서(萬里橋邊女校書)"라고 한 것으로 보아 완화계 중에서도 두보의 초당이 있었던 만리교 옆에 살았던 것으로 보인다. 그녀는 집 주위로 비파 꽃을 심고 자연을 벗 삼아 시문을 지으며 은거하였다. 재예와 미모를 겸비한 설도는 완화계의 명사였기에 조용히 지낼 수만은 없었다. 당시 촉 지방을 다스리던 위고의 명성이 많은 명사들을 성도로 불러 모으던 시기였다. 촉에 머문 21년 동안 그의 막부에는 인재가 몰렸고 드나드는 명사들도 많았다. 이런저런 이유로 성도를 방문하는 인사들은 시 짓는 기녀 설도도 만나고 싶어 했다. 그래서 설도는 자연스럽게 이러한 인물들과 왕래하고 시문을 주고받으며 명성을 높였다.

특히 설도가 직접 만든 종이는 그녀의 명성을 더욱 높였다. 당시 완화계 주민들은 대부분 제지업에 종사했다. 기존의 종이는 폭이 너무 넓어서 율시나 절구 같은 짧은 시를 쓰기에 적절치 않았다. 이에 설도는 종이의 폭을 좁히고 거기에다 붉은색을 입힌 멋진 종이를 개발했다. 이 종이는 시를 적기에 좋았을 뿐 아니라 예쁘기도 하여 문인들의 큰 사랑을 받았다. 사람들은 이 종이를 '설도전(薛濤箋)'이라고 불렀다. 당시 문인들 사이에서 설도전에 적은 설도의 시는 대단한 인기가 있었다고 한다.

그녀의 나이 36세 되던 해인 영정(永貞) 원년(805) 위고가 사망했다. 2년 뒤에 무원형(武元衡)이 이곳 절도사로 부임하면서 그녀는 다시 제2의 전성기를 맞게 된다. 무원형은 설도의 재능을 인정하여 적극적으로 일을 맡겼다. 설도는 무원형의 요청을 받아 문서 작성이나 서책 정리 등 교서랑(校書郎)의 일을 두루 해냈다. 이에 무원형은 조정에 설도를 비서성교서랑(秘書省校書郎)으로 임명해 줄 것을 주청하였다. 교서랑의 직급은 종구품(從九品)에 불과했지만 그 문턱은 매우 높았다. 규정에 따르면 진사 출신의 인재라야 이 직을 맡을 수 있었다. 대시인 백거이, 왕창령(王昌齡), 이상은(李商隱), 두목(杜牧) 등이 모두 이 직책으로 관직을 시작하였으며, 역사상 여자가 교서랑에 임명된 적은 없었다. 당연히 허락받지 못했지만 이때부터 사람들은 설도를 '여교사(女校書)'라고 불렀다. 이 일로 인해 무원형은 설도에게 자신의 신뢰를 확인시켜 주었고, 설도 역시 더욱 명성을 얻게 되었다.

왕건(王建)이 설도에게 보낸 〈기촉중설도교서(寄蜀中薛濤校書)〉는 당시 명성을 짐작케 한다.

> 萬里橋邊女校書,　만리교 가의 여교서는
> 枇杷花里閉門居.　비파 꽃 속에 문 닫고 산다네.
> 掃眉才子知多少,　눈썹 그린 재자가 얼마나 될꼬!
> 管領春風總不如.　봄바람 다스리는 솜씨는 결코 그대 못 따라가네.

'만리교'는 두보의 초당 두 채 가운데 하나가 있던 곳이기도 하다. 왕건이 이 시를 보낸 것은 무원형(武元衡)이 검남서천절도사로 부임한 원화(元和) 2년(807) 이후로 보인다. 왕건은 무원형과 자주 시를 주고받았으니, 무원형을 통해 설도의 명성을 들었을 것이다. 설도를 '여교서'라 칭하며 '눈썹 그린 재자', 즉 여재자(女才子)라고 칭찬하고 있다. 이 시는 청대(淸代) 건륭(乾隆) 연간에 성도 통판(通判)을 지낸 왕준(汪雋)이 설도정(薛濤井)의 비석에 새겨넣어 지금도 망강루(望江樓) 공원에 남아 있다.

5 사랑을 만나다

원화(元和) 4년(809) 3월, 당시 명성을 떨치던 대시인 원진(元稹)
이 동천감찰어사(東川監察御史)로 부임하면서 사천을 지나게 되었
다. 동천(東川)은 지금의 운남성(雲南省) 곤명(崑明)이다. 원진은 무
원형을 통해 설도의 명성을 익히 들었던 터라 설도를 만나고 싶어
했다. 그는 촉에 도착한 후 마침내 재주(梓州: 지금의 四川 三臺縣)
에서 그녀를 만날 약속을 잡았다. 원진은 안사의 난 이후 새롭게 등장
한 신흥사대부의 핵심으로서 장래가 보장된 정치가이자 뜨거운 가슴
과 예민한 감수성을 지닌 시인이었고, 설도는 20년 넘게 성도 사교계
의 여왕이었다.

세상을 다 알 것 같은 40세의 사교계 여왕과 세상 무서울 게 없을
것 같은 30세의 잘생긴 귀공자의 만남은 그 자체로 극적이었다. 설도
는 원진의 외모와 재정(才情)에 빨려들었고, 사랑의 불꽃이 타올랐
다. 이미 중년의 나이로 접어들었지만 한 번도 경험하지 못한 전율과
격정이 일었다. 그러나 설도는 점잖게 〈사우찬(四友贊)〉을 지어 보이
며 자신의 명성을 증명해 보였다.

磨潤色先生之腹,　　윤색선생(벼루)의 배를 갈아
濡藏鋒都尉之頭.　　장봉도위(붓)의 머리를 적셨노라.
引書媒而黯黯,　　글씨 매파 끌어다가 거뭇거뭇 휘갈겨
入文畝以休休.　　글 밭에 드니 아름답게 빛나는구려.

'사우'는 벼루, 붓, 먹, 종이의 문방사우(文房四友)를 말한다. 벼루
를 '윤색선생', 붓을 '장봉도위'로[13], 그리고 먹을 '글씨의 중매쟁이',
종이를 '글 밭'으로 비유한 것이다. 시인이라면 이런 여인에게 반하지

않을 도리가 없을 것이다. 전하는 바에 따르면 원진이 처음에는 설도를 가볍게 여겼으며, 기녀가 지은 시이니 곱고 아름다울 뿐일 거라고 생각했다고 한다. 그러나 이 시를 본 원진은 놀라지 않을 수 없었다.

오대(五代) 도곡(陶穀)은 이 일을 "촉 지방에는 여성 문인이 많았는데, 역시 풍토가 그렇게 만든 것이다. 원진은 평소에 설도의 이름을 듣고 있었는데, 부임하면서 만나보았다. 원진은 문필에 자긍심이 있었는데, 설도가 글쓰기를 청하여 〈사우찬(四友贊)〉을 지었다. ……원진은 놀라며 탄복했다."14)라고 기록하고 있다.

명대의 이지(李贄)는 도곡과 시각이 조금 달랐다. 그는 다음과 같이 말하였다.

　　설도는 촉 사람이다. 원진이 그녀의 소문을 듣고 서천(西川)으로 출사하면서 그녀와 만날 자리를 만들었다. 설도는 붓을 들어 〈사우찬(四友贊)〉을 지어 그 뜻에 화답하니 원진이 과연 크게 탄복하였다. 원진은 정원(貞元) 시기의 걸출한 장인인데, 어찌 다른 사람에게 쉽게 탄복하겠는가! 아! 설도 같은 문재(文才)를 가진 자도 오히려 사람을 천리 밖에서 사모하도록 하는데, 하물며 석가나 노자의 도를 지니고서 이 세상을 떠돌다가 세속을 초월한 사람을 만나게 되면 마음으로부터 탄복하지 않을 수 있겠는가!15)

---

13) '윤색'이라는 것은 벼루의 번들번들 빛나게 하는 성질을 비유한 표현이고, '장봉'은 붓끝이 드러나지 않게 쓰는 서예의 한 방법으로 붓을 비유한 것이다. '도위'는 무관 관직명이다.

14) 陶穀, 『淸異錄』 卷下 〈文用〉: 蜀多文婦, 亦風土所致. 元微之素聞薛濤名, 因奉使, 使見焉. 微之矜持筆硯, 濤請走筆作四友贊, ……微之驚服.

15) 〈答以女人學道爲見見短書〉: 夫薛濤 , 蜀産也. 元微之聞之, 故求出使西川, 與之相見. 濤因定筆作〈四友贊〉以答其意, 微之果大服. 夫微之, 貞元傑匠也, 豈易服人者哉! 吁! 一文才如濤者, 猶能使人傾千里慕之, 況持黃面老

물론 이 글은 〈여인은 도를 배움에 식견이 모자란다는 데 대한 답서(答以女人學道爲見見短書)〉라는 제목에서 보듯이 여성의 지적 능력을 긍정하는 글이다. 이 글에서 설도는 그러한 여성의 지적 능력을 대변하는 대표적 사례로서 예시되고 있다. 그런데 이지는 한 걸음 나아가 설도를 '사람을 천 리 밖에서도 사모하게 하는' 능력을 가졌다고 생각했다. 이것이 원진이 설도에게 매료된 결정적 이유일 것이다.

이 시기 두 사람은 세 달 정도 함께 살았던 것으로 보인다. 원진의 〈사동천(使東川)〉 19수는 이 시기에 지은 것이다. 그 가운데 제13수인 〈호시절(好時節)〉에서 대략 그의 태도를 엿볼 수 있다.

身騎驄馬峨眉下,	이 몸 청총마를 타고 아미산을 넘어
面帶霜威卓氏前.	얼굴에 추상같은 위엄을 띤 채 탁문군 앞에 섰네.
虛度東川好時節,	동천의 호시절을 헛되이 보냈나니
酒樓元被蜀兒眠.	주루에서 처음부터 촉지방 아이에게 잠들어 버렸으니.

'탁씨(卓氏)'는 탁문군(卓文君)으로, 원진의 시 속에 설도를 탁문군에 비유하는 예는 자주 나타난다. 원진이 설도에게 부친 〈기증설도(寄贈薛濤)〉 시는 "매끈한 금강과 수려한 아미산이, 멋지게 탁문군과 설도를 배출했구려.(錦江滑賦娥眉秀, 幻出文君與薛濤.)"라고 시작하고 있다.

탁문군은 서한(西漢) 시기의 재녀(才女)로, 미모도 뛰어나고 거문고와 문장에 능했다. 남편과 사별한 후 사마상여(司馬相如)에게 반해 야반도주하여 살림을 차린 독립적인 여자이기도 했다. 탁문군의

子之道以行遊斯世, 苟得出世之人, 有不心服者乎?

재능에 관해서는 여러 일화가 전한다. 결혼 후 남편 사마상여는 부(賦) 작가로 명성을 날려 황제의 총애를 받으며 승승장구하게 되었다. 사마상여가 벼슬을 하고 형편이 좋아진 후 첩을 들이려고 했다. 사마상여는 탁문군에게 '一二三四五六七八九十百千萬'이란 13자의 편지를 보냈다. 탁문군은 숫자 중에서 유독 '억(億)'이 빠진 걸 보고 '무억(無億)'이 '무억(無憶)'을 암시한다는 것을 알아차렸다. 탁문군은 눈물을 흘리며 〈원랑시(怨郎詩)〉를 써 보냈다.

一別之後,	한 번 이별한 후
二地相思.	두 땅에서 서로 그리워하였죠.
只說是三四月,	서너 달이면 된다더니,
又誰知五六年.	대여섯 해가 될 줄 몰랐어요.
七絃琴無心彈,	일곱 줄 거문고를 무심히 타노니,
八行書無可傳.	여덟 줄 편지 써 놓고도 전할 수가 없네요.
九連環從中折斷,	아홉 개의 고리(지혜)도 가운데가 끊어져
十里長亭望眼欲穿.	십리 장정(역)만 뚫어지게 쳐다보네요.
百思想,	백 번 생각하고
千系念,	천 번 그리워하면서
萬般無奈把君怨.	아무것도 어쩌지 못하고 당신을 원망하네요.
萬語千言說不完,	만 가지 천 가지 말로도 하고픈 말 다 못해요,
百無聊賴,	백 군데라도 의지할 데 없으니,
十倚欄杆.	그저 하루에도 열 번씩 난간에 기대네요.
重九登高看孤雁,	구월 중양절에 누대 올라 외로운 기러기 바라봤네요,
八月中秋 팔월	한가위에
月圓人不圓	달은 둥근데 사람은 둥글게 모여앉지 못했네요
七月半,	칠월 보름 백중에는

秉燭燒香問蒼天.	향촉 피워 푸른 하늘에 물어봤지요,
六月伏天,	유월 복중에
人人搖扇我心寒.	모든 사람이 부채 흔들지만 내 마음은 서늘했지요.
五月石榴似火紅,	오월 석류꽃 불처럼 붉은데,
偏遭陳陳冷雨澆花端.	때아닌 찬비가 꽃을 차갑게 적시고,
四月枇杷未黃,	사월 비파도 아직 익지 않았으니,
我欲對鏡心意亂.	거울 앞에 앉아도 마음만 어지럽네요.
急匆匆,	뭐가 그리 바쁜지,
三月桃花隨水轉,	삼월 복사꽃은 물을 따라 흘러가 버리고,
飄零零,	바람에 날려,
二月風箏綫兒斷.	이월의 연도 연줄이 끊어져 버렸지요.
噫, 郎呀郎,	아, 낭군이시여, 낭군.
巴不得下一世,	다음 세상엔
你爲女來我做男.	당신이 여자가 되고 내가 남자가 되었으면 좋겠어요.

남편의 숫자 편지에 그 숫자를 하나하나 되짚어 서술하고, 다시 거꾸로 되짚어 노래하며 자신의 문학적 재능을 유감없이 발휘하고 있다. 특히 마지막 구에서 다음 생에서는 바꿔서 태어나보자고 일갈하면서 그 당당함을 드러내고 있다. 이 시를 받아본 사마상여는 탁문 군의 재주에 깜짝 놀라면서 자신의 행실을 부끄럽게 여기고 다시는 첩을 맞아들일 생각을 하지 않았다고 한다. 탁문군은 채문희(蔡文姬), 상관소용(上官昭容), 이청조(李清照)와 더불어 중국 '고대사대 재녀(古代四大才女)'로 불리어 왔다. 또 설도(薛濤)는 탁문군, 화예 부인(花蕊夫人), 황아(黃娥)와 함께 '촉중사대재녀(蜀中四大才女)' 로 일컬어졌다. 설도가 살았던 완화계는 탁문군이 사마상여와 함께

살았던 탄금대(彈琴臺) 근처이다. 따라서 동향의 설도를 탁문군과 비교하거나 함께 언급하는 것은 매우 당연하고 자연스러워 보인다.

원진이 〈사동천〉이라는 연작시 19수를 지은 것으로 보아 동천(東川)의 이 시절이 매우 인상적이었음을 짐작할 수 있다. 게다가 '호시절'이라는 제목을 달고 '헛되이 보냈다(虛度)'면서 '촉지방 아이(蜀兒)'에게 잠들었다고 했으니, 이 호시절은 바로 촉의 기녀 설도와의 즐거운 호시절임을 짐작할 수 있다.

원진이 동천(東川)에 있었던 몇 개월 동안 두 사람은 뜨거운 사랑을 나누었던 것으로 보인다. 그녀의 〈지상쌍부(池上雙鳬)〉라는 시는 설도의 간절한 바람을 담은 것으로 보인다.

雙棲綠池上,	초록 연못에 깃든 오리 한 쌍,
朝去暮飛還.	아침에 나갔다가 해 저물면 돌아오네요.
更忙將趨日,	다시 새끼 키우던 날들을 추억해요.
同心蓮葉間.	한마음으로 연잎 사이를 떠다녔지요.

류창교는 '蓮'은 '戀'과 쌍관어이므로 '연잎'은 사랑의 보금자리로 읽힌다고 했다.16) 아침에 나갔다가 저녁에 돌아오고 함께 새끼를 키우는 것은 가장 평범한 일상이다. 설도는 악적에 올랐던 기녀로 한 번도 맛보지 못한 일상이기도 하다. 나이 마흔이 되어서야 그런 일상을 꿈꿀 사람을 만났던 것이다.

두 사람은 나이 차이에도 불구하고 뜨겁게 사랑을 나누었다. 원진은 사실 소문난 사랑꾼이었다. 그의 전기소설 『앵앵전(鶯鶯傳)』도 총각 시절의 못 이룬 사랑의 체험을 쓴 자전적 소설이었다. 그 후 802년

---

16) 『설도시집』 172쪽.

당시 세도가였던 위하경(韋夏卿)의 딸 위총(韋叢)과 혼인한다. 20살의 위총은 어질고 현숙한 여성이었다. 시문을 잘했으며 허영이 없는 여성이었다. 위총은 27살에 병사했는데, 7년간의 결혼 생활에서 5남 1녀의 자식을 둔 것으로 보아 두 사람은 매우 사이가 좋았던 것으로 보인다.

그렇게 보면 설도와 원진의 사랑은 육체적 사랑을 뛰어넘는 문학적 동지로서의 애정이라고 여겨진다. 두 사람은 서로의 마음에 차는 이성 친구를 만나게 된 것이다. 설도 입장에서도 관기와 손님의 관계가 아니라 존경할만한 문학 동지로서의 애정을 느꼈고, 객지로 부임한 원진의 입장에서도 말로만 듣던 재원을 만나고는 나이를 초월한 사랑이 싹텄을 것이다. 두 사람은 금강(錦江) 변을 유랑하며 자연 속에서 어울려 놀았다. 그 시절이 설도 일생의 가장 활기차고 즐거운 날들이었다.

6 이별하다

그러나 행복은 늘 짧은 법, 그해 7월 원진은 다시 낙양(洛陽)으로 소환되어 사천을 떠나게 되었다. 둘이 함께 한 시간은 불과 3개월 남짓이었다. 이별은 피할 수 없었고, 설도도 어쩔 수 없었다. 두 사람의 이별에 대해 『운계우의(雲溪友議)』에서는 "떠날 때가 되어 결별할 때 감히 데려가지는 못하고, 원진은 옷깃을 적실 정도로 눈물을 흘렸다."[17]고 했다.

---

17) 范攄, 『雲溪友議』: 臨行訣別, 不敢挈行, 微之泣之沾襟.

설상가상으로 그해 7월 아내와도 사별한다. 설도와 이별하고 부인과도 사별했으니 참담한 상황이었다. 원진은 〈이사(離思)〉라는 제목의 시 다섯 수를 지어 아내를 추억했는데, 다음은 가장 유명한 네 번째 수이다.

曾經滄海難爲水,　　큰 바다를 보고 나면 웬만한 물은 물 같지 않고
除却巫山不是雲,　　무산의 구름을 빼고 나면 구름다운 구름이 없지.
取次花叢懶回顧,　　꽃 무더기 속에서도 돌아볼 마음이 없는 것은
半緣修道半爲君,　　반은 도를 닦기 때문이고 반은 그대 때문이라오

이것은 죽은 아내 외에는 어떤 여자도 자신의 마음속에 들어오지 않는다는 애절한 도망시(悼亡詩)이다. 즉 예쁜 여인들이 많은 곳에 가도 그녀들에게 눈길 한 번 가지 않는 것은 도를 닦는 마음 때문이기도 하지만, 반은 먼저 떠난 아내 때문이라고 했다. 워낙 훌륭한 여인을 반려자로 삼았었기 때문에, 아내가 떠난 그 빈자리를 메울 수 있는 여인은 더 이상 없다는 말이다.

이 시에서 아내와 함께 설도가 겹쳐지는 것은 단지 시기적으로 그랬기 때문만은 아니라 할 것이다. 당시 원진의 입장에서 아내와 이성친구를 모두 잃었으니, 두 사람의 빈자리를 채워줄 여인을 찾기가 쉽지 않았을 터이다.

이듬해 2월 원진은 다시 사건에 연루되어 강릉부사조참군(江陵府士曹參軍)으로 좌천되었다. 당시 그녀는 원진에 대한 그리움을 담아 〈증원(贈遠)〉 두 수를 지었다.

芙蓉新落燭山秋,　　부용꽃 피고 지니 촉산에도 가을이 오고
錦子開緘到是愁.　　비단 편지 열어보니 근심만 생겨나네.

閨閣不知戎馬事,　안방의 아녀자는 전쟁사를 알 수 없으니,
月高還上望夫樓.　달밤에 누를 오르내리며 님 생각만.

擾弱新蒲葉又齊,　여린 창포 새싹 다시 가지런히 돋아나고
春深花落塞前溪.　봄 깊어지니 떨어진 꽃들이 앞개울을 막았네.
知君未轉秦關騎,　그대 아직 머나먼 변방에서 돌아올 수 없으니,
月照千門掩袖啼.　달이 온 세상을 비출 때 소매로 가리고 우네.

　장펑저우[張蓬舟]는 이 시에 대해 부부관계로서 자신을 그리고 있
다면서 원진이 낙양으로 떠난 후 보낸 시라고 보았다.[18] 첫째 수는
가을이 배경인데, 원진이 낙양으로 떠난 것이 7월이니, 시간적으로
원진과 이별한 지 얼마 되지 않은 시점에 지은 것으로 보인다. 둘째
수는 시간적 배경이 봄이다. 따라서 낙양으로 좌천된 원진이 다시 강
릉으로 좌천된 시기로 보인다. 원진이 설도를 만난 시기는 벼슬길도
순탄치 않았고, 아내 위총(韋叢)도 죽어서 홀로 된 때였다. 잠시 설도
와 꿈같은 몇 개월을 보낸 후에 원진은 낙양으로, 다시 강릉으로 전전
하면서 힘든 시기를 보냈고, 그러한 상황을 설도는 충분히 알고 있었
던 것으로 보인다. 시에 나타난 감성은 홀로 남겨진 아내의 마음으로
거친 변방으로 떠난 남편을 걱정하고 그리워하는 것이다.
　원진과 이별한 후 설도가 할 수 있는 일은 원진을 그리며 오직 시
를 쓰는 것뿐이었다. 두 사람은 100여 편에 달할 정도로 많은 연애시
를 주고받았다고 한다. 이러한 과정에서 탄생한 것이 소위 '설도전(薛
濤傳)'이다. 설도는 노래하기 좋은 사언절구(四言絶句)를 즐겨 지었
다. 그녀는 율시(律詩)라고 해도 여덟 구에 불과한데 시를 쓰는 종이
의 폭이 지나치게 크다고 생각했다. 완화계(浣花溪)에는 제지업을

---

18) 『薛濤詩箋』, 人民文學出版社, 1983.

하는 사람들이 많았다. 설도는 그 방법을 직접 배워 목부용피(木芙蓉皮)를 원료로 하여 부용꽃의 즙으로써 심홍색을 입힌 색종이를 만들었다. 그리고 크기도 절구나 율시를 적기에 알맞도록 재단하였다. 이것이 바로 설도전이었다. 설도전은 크기나 모양이 적당하고 고와서 연서에 적합했고, 글 쓰는 사람들 사이에서 크게 유행했다.

원진은 이듬해 2월 다시 강릉(江陵)으로 좌천되었다. 강릉은 지금의 후베이성(湖北省) 싱저우시(荊州市)로서, 성도와 그다지 멀지 않은 곳이다. 『한사대계(漢詩大系)』와 펑윈성[彭雲生]의 『설도시교정(薛濤詩校正)』(手稿本, 成都 薛濤硏究會)에서는 설도가 원화(元和) 8년(813) 봄에 장강(長江)을 따라 삼협(三峽)을 지나 강릉으로 가서 원진을 만났을 것으로 추정했다. 설도의 〈알무산묘(謁巫山廟)〉와 〈서암(西巖)〉은 모두 강릉으로 가는 도중에 지은 것이라고 보았다.[19] 다음의 시를 보면 실제로 무산(巫山)의 사당을 알현하고 지은 것임은 분명해 보인다.

亂猿啼處訪高唐,	원숭이 어지러이 울어대는 곳 고당(高唐)을 찾았는데,
路入煙霞草木香.	길 들어서니 안개 자욱하고 초목은 향긋하네요.
山色未能忘宋玉,	산 빛깔은 아직도 송옥(宋玉)을 잊을 수 없고,
水聲猶似哭襄王.	물소리는 여전히 초양왕(楚襄王) 위해 통곡하네요.
朝朝夜夜陽臺下,	아침저녁으로 양대(陽臺) 아래에서
爲雨爲雲楚國亡.	운우지정 나누다 초(楚)나라는 망했지요.
惆愴廟前多少柳,	슬프게도 사당 앞엔 버드나무만 늘어서서
春來空自鬪眉長.	봄이 오니 공연히 눈썹 길이 다투네요.

이 시에 등장하는 '사당(廟)'은 무산의 구름과 비를 관장하는 여신

---

19) 류창교, 앞의 책, 77쪽.

무산신녀를 모신 곳이다. 전국시대 초(楚)나라 회왕(懷王)이 운몽(雲夢)의 고당(高唐)에서 잠을 자다가 꿈속에서 이 신녀를 만나 '운우지정'을 나누고 그녀를 기리기 위해 지은 사당이라고 한다. 후에 양왕(襄王)도 이곳에서 회왕과 똑같은 일을 겪었는데, 송옥(宋玉)이 〈고당부(高唐賦)〉와 〈신녀부(神女賦)〉를 지어 그 일을 서술했다. 후에 무산신녀는 미인을 비유하고, '무산운우(巫山雲雨)'나 '양대몽(陽臺夢)' 등은 남녀 사이의 환락을 비유하게 되었다. 이 시는 무산신녀와 초나라 회왕 및 양왕의 고사를 빌어 망국의 한을 노래하고 있는데, 기녀답지 않은 역사의식이라 할 것이다.

당시 설도가 실제 원진을 만났는지는 확실치 않다. 하지만 얼마 지나지 않아 원진은 유배지 강릉에서 안선빈(安仙嬪)이라는 여인을 첩으로 들였다. 현실적으로 6명의 아이들을 돌보기 위해 엄마가 필요했을지도 모르겠다. 또 객지를 떠도는 남자의 입장에서 보면 외로웠기 때문일지도 모르겠다. 특히 따뜻한 위로의 사랑을 느껴보지 못한 사내였다면 오히려 견딜 수 있는 외로움이었겠지만 아내와 설도를 통해 느꼈던 안식과 사랑의 감정은 변방을 떠도는 실의한 나그네를 견디기 힘들게 만들었을 것이다.

그러나 설도는 내심 그 자리가 자신의 것이라고 생각했을지도 모르겠다. 설도가 원진이 첩을 들인 사실을 알았는지 알 수는 없지만 어쨌든 홀로 남겨진 설도는 그리움과 원망이 공존하는 이중적 감정을 지녔음은 분명해 보인다. 다음 〈유서(柳絮)〉 시는 그러한 설도의 마음을 대변한 것 같다.

二月楊花輕復微,　이월의 버들 솜은 작고도 가벼워서
春風搖蕩惹人衣.　봄바람에 흩날리며 사람 옷에 묻지요.

他家本是無情物,　　그건 본래 무정한 사물인데도
一向南飛又北飛.　　남으로 날리다가 북으로도 날리네요.

이 시는 이리저리 흩날리는 버들 솜이 기녀의 신세와 같음을 자조한 것으로 보기도 한다. 하지만 류톈원[劉天文]은 이 시를 원진과 관련하여 해석하고 있다. 그는 이 시에서 버들 솜은 설도 자신에 대한 묘사가 아니라 원진에 대한 질책이라고 보았다.[20] 그렇게 본다면 이 시는 원진이 자신과의 사랑을 저버리고 새로운 사람을 들인 것에 대한 원망으로 해석할 수 있겠다. 여자의 마음이 갈대가 아니라 남자의 마음이 버들 솜처럼 작고 가볍다는 것이다.

설도의 이러한 마음은 천고의 절창으로 꼽히는 〈춘망사(春望詞)〉를 통해 애절한 그리움으로 표현되고 있다.

花開不同赏,　　꽃필 때 함께 즐기지 못하고,
花落不同悲.　　꽃질 때 함께 슬퍼하지도 못하네요.
欲問相思處,　　그리운 그대는 어디 계신지,
花開花落時.　　꽃이 피고 지는 이 시절에.

攬草結同心,　　풀을 따서 동심초를 맺어요.
將以遺知音.　　날 알아주시는 임에게 보내려고요.
春愁正斷絶,　　봄날의 애수가 애간장 끊는데
春鳥復哀吟.　　봄 새도 애달피 우네요.

風花日將老,　　바람에 꽃은 날로 시드는데
佳期猶渺渺.　　만날 날 아직도 아득하네요.
不結同心人,　　그대와 한마음 맺지 못하고
空結同心草.　　한갓되이 동심초만 맺고 있네요.

---

20) 『薛濤詩四家注評說』(巴蜀書社, 2004.) 22~23쪽.

那堪花滿枝,	어찌 감당할까요, 저 무성한 꽃가지를.
翻作兩相思.	도리어 우리 둘 그리움 사무치게 하네요.
玉箸垂朝鏡,	옥 같은 눈물 아침 거울에 떨어지는데,
春風知不知.	봄바람은 아는지 모르는지.

이 시는 설도 시 가운데 최고의 작품으로 꼽는다. 곁에 없는 연인에 대한 슬픔이 부드럽고 고운 필치로 표현되어 읽는 사람들도 절로 그리움에 젖게 된다. 명대 종성(鍾惺)은 "네 수를 읊조려 보면 '바라보다 (望)'라는 글자에 뜻이 있음을 느낄 수 있다. 대강 읽으면 다만 그 숨은 한만을 알고, 그 비창한 탄식은 알지 못하게 된다."[21]라고 하였다.

종성의 분석처럼 '숨은 한'에다 '비창한 탄식'이 베어 있는 이 시의 정조는 모두 원진을 향한 것이다. 마흔이 되어 찾아온 첫사랑 같은 남자가 짧은 사랑 끝에 떠나고 없는 것에 대한 한탄이다. 제일 뜨거웠을 때 헤어졌으니 두 사람 마음속에는 그 뜨거움이 식지 않고 그리움과 한으로 각인된 것이다.

❼ 순간에서 영원으로

설도의 〈춘망사〉는 일본에서도 인기를 끌었다. 사토 하루오(佐藤春夫)의 『거진집(車塵集)』, 나카 히데오(那珂秀穗)의 『지나역조규수시초(支那歷朝閨秀詩抄)』 등에 번역되어 수록되었다. 우리나라에서는 김소월의 스승인 김억이 번역하였는데, 여기에 김성태가 곡을

---

21) 『名媛詩歸』: 細諷四詩, 覺有望字意在. 若率然讀之,, 但知其幽恨, 不知其悵歎.

붙인 가곡 '동심초'로 유명하다. 동심초는 김억이 번역한 세 번째 수를 각색하여 가사로 삼았으니 다음과 같다.

꽃잎은 하염없이 바람에 지고
만날 날은 아득타 기약이 없네
무어라 맘과 맘은 맺지 못하고
한갓되이 풀잎만 맺으려는고
한갓되이 풀잎만 맺으려는고

바람에 꽃이 지니 세월은 덧없어
만날 날은 뜬구름 기약이 없네
무어라 맘과 맘은 맺지 못하고
한갓되이 풀잎만 맺으려는고
한갓되이 풀잎만 맺으려는고

이처럼 설도의 이 시는 우리나라에서도 그리움을 노래한 절창이 된 것이다.

이별한 지 10여 년이 지난 장경(長慶) 원년(821)에 원진은 〈기증설도(寄贈薛濤)〉 시를 보내왔다.

錦江滑膩娥眉秀,　　매끈한 금강과 수려한 아미산이
幻出文君與薛濤.　　멋지게 탁문군과 설도를 배출했구려.
言語巧偸鸚鵡舌,　　말씨는 앵무새의 혀처럼 유창하고
文章分得鳳皇毛.　　문장은 봉황의 깃털처럼 화려하네요.
紛紛辭客多停筆,　　들끓던 시인들 모두 붓을 멈추었고
個個公卿欲夢刀.[22]　공경대부들 저마다 성도로 가는 꿈을 꾸었지요.

----

22) 『晉書·王濬傳』에 "濬이 밤에 꿈을 꾸었는데, 침실 대들보 위에 칼 세 개가

別後相思隔煙水,　이별 후 그리운 곳은 아득한 강 너머
菖蒲花發五雲高.　창포꽃 만발하고 오색구름 드높은 곳이라오.

마지막 구에서 창포꽃을 언급한 것은 설도의 〈증원〉 둘째 수에서
"여린 창포 새싹 다시 가지런히 돋아나고(擾弱新蒲葉又齊)"라고 읊
었던 것에 대한 답이라 할 것이다. 실제 원진의 다른 시에서는 창포에
대한 언급이 거의 없으니, 이것으로 보아 〈증원〉 두 수도 이때 원진에
게 보낸 시에 들어 있었던 것으로 보인다. 실제 설도는 완화계에 은거
하면서 창포를 많이 심었다. 설도는 원진과 공유한 풍경의 대표로 창
포꽃을 떠올렸고, 원진도 오색구름과 어울린 창포꽃을 상상하는 말로
써 화답한 것이다.

설도는 원진의 이 시를 받고, 원진을 생각하며 썼던 옛 시들과 함께
답시를 보냈다. 그것이 〈기구시여원미지(寄舊詩與元微之)〉이다.

詩篇調態人皆有,　시편의 가락과 모양새는 사람마다 다른데
細膩風光我獨知.　섬세하고 윤나는 풍광은 나만 알고 있지요.
月下詠花憐暗澹,　달 아래 꽃을 읊을 때면 희미한 어두움을 가여
　　　　　　　　　워하고

매달려 있었고 잠시 뒤 또 칼 하나가 더해졌다. 濬이 깜짝 놀라 깨어났고 마음속
으로 매우 언짢았다. 主簿 李毅가 再拜하고 축하하며, '三刀는 州字이고, 또
益이라는 한 글자가 있으니, 明府께서 益州로 부임하시는 게 아니겠습니까?'
라고 했다. 도적 張弘이 益州刺史 皇甫晏을 살해하자 과연 濬이 益州刺史로
옮겨갔다.(濬夜夢懸三刀於臥屋梁上, 須臾又益一刀, 濬驚覺, 意甚惡之. 主
簿李毅再拜賀曰, '三刀爲州字, 又益一字, 明府其臨益州乎?' 及賊張弘殺
益州刺史皇甫晏, 果遷濬爲益州刺史.)"라고 했다. 이에 "夢刀"는 관리가 승
진하여 임지로 부이하는 것을 비유하는 말로 사용된다. 이 구는 사대부들이
문인들이 설도를 보기 위해 성도로 부임하기를 바란다는 뜻이다.

雨朝題柳爲欹垂.　비 오는 아침 버들을 노래할 때는 비스듬히 늘 어짐을 포착하지요.
長教碧玉藏深處,　푸른 옥을 오래도록 깊숙이 감춰 놓고는
總向紅箋寫自隨.　늘 붉은 종이에 내 주변을 적었지요.
老大不能收拾得,　나이 들어 다 정리할 수 없사오니
與君開似好男兒.　당신에게 드릴 테니 훌륭한 사내에게 보여주세요

　이 시에 대해 장펑저우는 원진의 〈기증설도(寄贈薛濤)〉와 같은 해에 쓴 것으로 추정했다.[23] 그렇다면 821년인데, 두 사람이 처음 만난 것이 809년이니 12년 만에 관계를 정리하듯 마지막 편지를 보낸 것으로 보인다. 이것은 원진을 '미지(微之)'라는 자로서 호칭한 것에서도 짐작할 수 있다. 설도가 다른 시인과 창화할 때는 주로 '위교서(韋校書)', '곽원외(郭員外)', '소중승(蕭中丞)' 등 관직명으로써 경칭하였다. 이처럼 원진을 '미지'로 부르고 있는 것은 자연인으로 객관화시킨 듯하며, 이것은 관계를 정리하는 담담한 호칭으로 보인다. 이 편지를 끝으로 설도는 더 이상 연락을 하지 않았다. 마침내 설도는 원진과의 사랑을 끝낸 것이다.
　이듬해인 822년, 원진은 재상에 올랐지만 3개월 만에 다시 동주자사(同州刺史)로 밀려났고, 그 이듬해에는 또 월주자사(越州刺史), 절동관찰사(浙東观察使)를 전전했다. 전하는 바에 따르면 이 시기 원진은 설도를 매우 그리워했다고 한다. 강릉에서 설도와 만난 지 10년, 그리고 마지막 서신을 받은 지 2년이 지난 시기였다. 설도의 침묵이 오히려 원진의 열정에 불을 지폈던 것 같다. 당시 원진은 설도를 만나기 위해 촉 지방으로 갈 생각을 했다고 한다.

---

23) 장펑저우, 앞의 책, 39쪽.

그러던 중 유채춘(劉采春)이라는 기녀 가수를 만나 다시 정착한
다. 탄정비[谭正璧]는 유채춘이 "시재(詩才)는 비록 설도에 못 미치
지만 용모의 아름다움은 설도가 비견할 바가 아니었다."[24]고 했다.
유채춘은 당시 매우 인기 있는 기녀 가수로서, 그녀의 〈망부곡(望夫歌)〉
은 오랜 기간 사교계에 크게 유행한 노래였다. 원진이 두 연인에게
보낸 시를 보면 설도에게는 주로 그녀의 재정(才情)을 칭찬하고, 유
채춘에게는 가벼우면서도 자극적이다. 설도가 원진에게 보낸 시도 진
중하고 진정이 녹아있다. 굳이 따지자면 유채춘과의 사랑이 에로스적
이라면 설도와의 사랑은 존경과 흠모의 아가페적 사랑에 가깝지 않
았을까 유추해본다.

이처럼 원진이 유채춘과의 염문으로 떠들썩했을 때 백거이(白居易)
는 〈여설도(與薛濤)〉를 보내 다음과 같이 노래하였다.

峨眉山勢接雲霓,　구름 무지개 이어진 험준한 아미산 속에서
欲逐劉郎此路迷.　유랑을 쫓으려다 이 길에서 헤매네.
若似剡中容易到,　섬중 땅에서 쉬이 찾을 것 같았는데,
春風猶隔武陵溪.　봄바람은 여전히 무릉계곡을 갈라놓네.

장펑저우는 이 시를 백거이가 설도와 원진의 관계를 염두에 두고
지은 것으로 보았다. 이를테면 첫 구의 '아미산세(峨眉山勢)'는 원진
이 설도에게 보낸 〈기증설도〉의 '아미수(蛾眉秀)'를 연상시킨다. 둘
째 구의 '유랑'은 유신(劉晨)과 완조(阮肇)가 천태산(天台山)에 들어
가 선녀를 만났다는 고사를 인용한 것인데, 여기서는 반대로 선녀가
유랑을 쫓는다고 하여 설도가 원진을 쫓아다닌다고 풍자하고 있다. 셋

---

24) 『中国女性的文学生活』: 诗才虽不及薛涛, 然容貌佚丽, 非薛涛能比.

째 구의 '섬중'은 유신과 완조가 모두 섬현(剡縣) 사람이어서 사용한 단어이다. 이 두 사람이 선녀를 찾았던 천태산도 절동(浙東)에 있는데 마침 원진도 이 때 절동관찰사(浙東觀察使)로 있었다. 마지막 구는 두 사람은 끝내 이룰 수 없음을 비유한 것으로, 당시 유채춘에 빠져있었던 친구 원진의 상황을 잘 알기에 이렇게 말한 것으로 보인다.

생의 말년에 설도는 점점 세간의 화려함과 번잡함에 물렸다. 그녀는 완화계를 떠나 벽계방(碧鷄坊: 지금의 成都 金絲街 부근)으로 이사했다. 그곳에 음시루(吟詩樓)를 짓고 홀로 마지막 생을 보냈다. 대화(大和) 6년(832) 여름, 설도는 편안하게 두 눈을 감았다. 이듬해 재상을 역임했던 단문창(段文昌)이 그녀를 위해 손수 묘지명을 썼는데, 묘비에 '서천여교서설도홍도지묘(西川女校書薛濤洪度之墓)'라고 적었다. 설도가 지은 『금강집(錦江集)』에는 약 500여 수의 시가 실려있었다고 한다. 하지만 현재 전하는 것은 90여 수이다. 설도의 명성은 죽은 후에도 여전했다.

8 에필로그

허난설헌(許蘭雪軒), 황진이(黃眞伊)와 더불어 조선의 3대 여류 시인으로 일컬어지는 이매창(李梅窓)은 설도의 화신인 듯 그 행적과 문학적 감수성이 겹친다. 매창은 천민 출신의 문인 유희경(劉希慶)과 짧은 만남 후에 오랜 기간 문학으로써 사랑을 나누었고, 『홍길동전』의 작가 허균(許均)과도 시로써 정신적 교감을 주고받았던 사이이다. 두 사람 모두 당시 문명을 날린 최고의 지식인이자 친구 사이라는 점에서 원진, 백거이와 겹치고, 매창 역시 거문고를 잘 켜고 시재가 뛰어난 기녀시인이라는 점에서 설도와 겹친다. 설도가 10살 연하의 원진과 짧은 만남 뒤에 10년 넘게 시로써 사랑을 지속했듯이 20살의 나이에 매창은 28살 연상의 유희경과 짧은 만남 후에 시로써 15년 넘게 영원한 사랑을 지속했다. 매창과 10년 넘게 시로써 교감하며 우정을 이어온 허균은 설도와 원진의 사랑을 지켜보는 친구 백거이의 심정과 크게 다르지 않았을 것 같다.

이러한 '짧고 영원한 사랑'을 물리적으로 해석해 보면 사랑의 열정이 식을 시간적 길이, 즉 한계 효용에 도달하기 전의 '절정'에서 그 감정을 박제화했기 때문일 것이다. 그리고 그 절정의 감정을 예쁘게 박제할 수 있었던 것은 예민한 감수성을 지닌 문인이었기 때문이리라. 글을 쓰는 행위는 자신의 감정을 끊임없이 확대하고 유지하는 묘한 마력이 있다. 특히 특정 대상을 향해 내 마음을 여는 행위이고, 그 대상과 소통하는 행위이다. 이러한 글을 통한 교감이 감정의 영원으로 확장될 수 있겠다.

사랑이든 우정이든, 당대 성도의 세 사람과 조선 부안의 세 사람을 이렇게 역사가 되도록 묶어놓은 것은 글을 쓰는 행위, 그중에서도 시라는 매개체 덕분이었다. 이들을 통해 당과 조선이라는 시간과 공간을 넘어서 영원한 사랑을 매개하는 문학의 힘을 느낄 수 있다. 이러한 관계에 대해 김영민은 '동무'의 개념으로 설명하고 있다. 그는 매창과 유희경을 비롯하여 보부아르와 사르트르, 하이데거와 아렌트, 루 살로메와 니체, 샤틀레 부인과 볼테르 등 여러 설명하기 어려운 관계에 대해, 뜻이나 명분 아래 뭉치는 '동지'도 아니고, 묵어가는 시간만큼 더욱 눅눅해지는 정서적 공감을 향유하는 '친구'도 아닌, 그리고 사랑이라는 위태하고 못 미더운 감정 사이를 오가는 통속적 의미에서의 연인 관계를 넘어서는 '동무'라는 새로운 개념을 제시한다. 동무는

'소통의 중심에 말이 놓여 있고, 서로 배우고 가르치며, 그럼으로써 서로의 삶의 무늬가 겹쳐지고, 정신을 키워나가는 관계, 혹은 그것을 위한 노력'이며. '서로에 대한 신뢰와 인정, 강제하지 않는 지적 자극과 서늘한 긴장감' 같은 것들을 동무의 조건으로 들고 있다.[25]

그렇다면 이들을 '동무'라고 불러도 좋을 것 같다. 몸은 멀리 떨어져 있었지만 '말'을 대신하는 시 편지로 서로 사랑의 무늬를 대조하고 정신을 키워나가 오늘날 문학의 역사에 이름을 새긴 관계들이다. 이들의 관계를 설명할 수 있는 더 적절한 단어를 찾고 싶다.

▌참고문헌

류창교 역, 『완역 설도시집』, 서울대학교출판문화원, 2012.

張篷舟, 『薛濤詩箋』, 人民文學出版社, 1983.

劉天文, 『薛濤詩四家注評說』, 巴蜀書社, 2004.

陸昶, 『歷朝名媛詩詞』(12卷), 乾隆38年刻本.

李冶·薛濤·魚玄機, 『唐女詩人集三種』, 上海古籍出版社, 1984.

叶洲, 徐有武, 『薛涛梓州会元稹』, 上海人美出版社, 2009.

寇研, 『大唐孔雀: 薛涛和文青的中唐』, 北京大学出版社, 2015.

谭正璧, 『中国女性的文学生活』, 河洛圖書出版社, 1977.

권응상, 『멀티 엔터테이로서의 중국 고대 기녀』, 소명출판, 2014.

권석환, 김동욱 등, 『문국문화답사기3: 파촉지역의 천부지국을 찾아서』, 다락원, 2007.

유치환, 『사랑하였으므로 幸福하였네라』, 중앙출판공사, 1967.

25) 김영민, 『동무와 연인: 말, 혹은 살로 맺은 동행의 풍경』, 한겨레출판사, 2008.

허경진 역, 『매창 시집』, 평민사, 2019.

김영민, 『동무와 연인: 말, 혹은 살로 맺은 동행의 풍경』, 한겨레출판사, 2008.

유치환, 『사랑하였으므로 행복하였네라』, 시인생각, 2013.

이생진, 『그 사람 내게로 오네』, 우리글, 2003.

김영한(자야), 『내사랑 백석』, 문학동네, 2019.

송희복, 『그리움이 마음을 흔들 때』, 글과마을, 2020.

여성 요괴들은 어떻게 만들어지는가?

- 괴물이 된 헤이안 여성들

허영은

1 서론

근세 에도 막부는 서양과의 통상 요구를 계속 거부하고 나가사키 항을 통해 네덜란드와의 제한적인 무역만을 허용하고 있었다. 이런 상황에서 미국의 페리 제독이 군함을 이끌고 와 일본에 강력

그림 1. 근세 말 일본에 개항을 요구하기 위해 온 구로후네(黑船)

하게 통상을 요구하였다. 결국 1854년 에도 막부는 이에 굴복하여 미·일 화친 조약을 맺고 2개 항구를 개항하여 미국에 대해 최혜국 대우를 허용했다.〈그림 1, 2〉는 당시 일본인들이 흑선(黑船)과 그 배를 몰고 온 페리 제독을 그린 초상화이다. 쇄국정책으로 꽁꽁 닫혀있던 일본에서 어

그림 2. 페리의 초상화

* 대구대학교 일본어일본학과 교수

그림 3. 能 〈葵上〉

느 날 갑자기 연통에서 검은 연기를 뿜으며 나타난 흑선과 거기에 탑승한 서양인들은 그들 눈에는 마치 저승에서 온 괴물과 같이 보이는 것이 당연할 것이다.

〈그림 3〉은 중세 연극 노(能)에 등장하는 로쿠조미야스도코로의 모습이다. 로쿠조미야스도코로는 헤이안시대(平安時代)[1] 일본을 대표하는 고전작품인 『겐지이야기(源氏物語)』[2]에 등장하는 인물로, 동궁비의 신분이었으나 동궁이 왕위에 오르기 전에 죽게 되어 미망인이 된 인물이다. 겐지이야기의 주인공인 히카루겐지와 사랑하는 사이였으나, 겐지와의 관계가 소원해지자 '모노노케(物の怪、物の気)'가 되어 겐지의 정실부인을 비롯하여 겐지가 사랑하는 여성을 둘이나 죽인 인물이다. '모노노케'란 사람의 원념(怨念)이 쌓이면 사람을 해하기도 하는 악귀가 된다는 일본의 전통사상이다.

이상의 두 가지 예를 볼 때 악귀라든지 괴물이라고 하는 존재는 우리가 그 대상을 어떤 시각으로 바라보는지를 말해준다고 볼 수 있다. 어느 날 갑자기 에도만 앞 우라가항(浦賀港)에 나타나 대포를

---

1) 794년 나가오카쿄(長岡京)에서 교토(京都)로 도읍을 옮긴 후부터 무사들이 정치의 주역이 되기 시작한 가마쿠라막부(鎌倉幕府)가 성립(1185년)되기 전까지를 말한다. 강력한 천황제를 중심으로 귀족문화가 꽃피웠던 시기이다.
2) 『겐지이야기』는 11세기 초(1008년 경) 무라사키 시키부(紫式部)가 쓴 연애소설이다. 왕의 자손인 히카루겐지와 많은 여성들과의 사랑 이야기를 중심으로 궁중의 권력 암투, 인생무상 등을 다룬 작품이다.

쏘는 서양인이라든지, 질투가 금기시된 일부다처제 체제에 있어 질투심이 강했던 로쿠조미야스도코로같은 인물들이 당대 사람들에게는 괴물의 모습으로 그려지는 것이다.

근대 초기 히라쓰카 라이쵸(平塚らいてう)라는 여성해방 운동가는 "원시시대 여성은 태양이었다. 진정한 사람이었다. 지금 여성은 달이다. 다른 것에 의지해 살아가고 다른 빛에 의해 빛나고, 병든 사람 같은 창백한 얼굴을 한 달이다."라는 글을 써서 사회에 커다란 반향을 일으켰다. 이 글은 1911년 잡지 『세이토(青鞜)』 창간호에 쓴 글로, 서구의 영향으로 일본에도 근대화의 물결이 유입되면서 근대 이전 남성들에 비해 2류 시민에 머물렀던 여성들의 자각을 일깨우는 데 큰 역할을 했다. 하지만 100년이 지난 오늘날에도 이 문구는 많은 사람들- 특히 여성들-에게 여전한 공감을 불러일으키고 있다. 이것은 21세기 현재에도 많은 여성들이 자신을 여전히 다른 것에 반사되어야 비로소 빛을 낼 수 있는 달이라고 느끼기 때문은 아닐까 생각된다.

히라쓰카 라이쵸의 말대로 원시시대 여성은 생명의 창조자인 지모신으로 최고의 신이었다. 하지만 부권제 문명의 등장과 함께 인류의 종교적 숭배대상은 차츰 여신에서 남신으로 바뀌게 된다. 오늘날 전 세계 고등 종교의 유일신이나 최고신은 대부분 가부장적 부신(父神)이다. 모신들은 부권제사회의 등장과 함께 남성신의 배우자로 후퇴하거나, 아니면 복수신이나 요괴와 같은 파괴적 존재로 전락하게 되는 경우가 대부분이다. 일본 역시 신화의 세계에서도 최고의 신은 태양신인 아마테라스오카미(天照大御神)이다. 그의 남동생인 스사노오노미코토(須佐之男命)는 흉포(凶暴)한 성격에 누나의 권위에 저항하는 신으로 그려지며 죽음의 세계를 관장하는 신으로 등장한다. 이러한 여신과 남신의 이미지는 헤이안시대에 들어서 크게 변화한다.

헤이안시대에 들어서면서 여신들은 요괴나 괴물의 모습이 되고, 남성들로 하여금 퇴치당하는 대상으로 변화하는 것이다. 본고에서는 고대 태양으로 빛났던 여성들이 헤이안시대 이후 처참한 시체나 해골의 모습이 된다거나 머리에 뿔이 달린 괴물이 되기도 하고, 아니면 사악한 뱀의 모습으로 변화하는 과정에 대해 고찰해 보고자 한다. 여성이 괴물로 변해가는 과정에 작동하는 기호로서의 젠더는 무엇인지, 또한 여성 괴물에게 부여된 사회 문화적 기호는 무엇인지에 대해 살펴보도록 한다.

1) 아브젝트(abject)와 아브젝시옹(abjection)

줄리아 크리스테바는 상징계가 요구하는 '적절한' 주체가 되기 위해, 즉 안정성을 확보하고자 이질적이고, 따라서 위협적으로 여겨지는 어떤 것들을 거부하고 추방하는 심리적 현상을 아브젝시옹(abjection)이라 하고, 이 과정에서 버려진 것들, 경계 밖으로 제외된 것들을 '아브젝트(abject)'라고 명명한다. 그는 아브젝트를 배제, 추방함으로써 그 경계를 통해 주체로서의 특권적 위치를 구현하고, 이 과정에서 '낯선 것' 혹은 '바깥에 있는 것'들을 혐오하고 거의 폭력적으로 규정한다고 하고 있다. 사회 역시 경계를 설정한 뒤 반사회적 요소들을 몰아내거나 억압함으로써 질서를 확립하는데, 크리스테바는 이런 것들을 '아브젝트'로 설명한다. 즉, 아브젝트는 '밀려나고 분리되고 방황하는 존재'라 규정하고 있다.[3] 또한 괴물적 여성을 '깨끗하고 적절한 몸'에 대한 '비천한 신체', '성스러운 것'에 대한 '더러운 것'으로 표현하며, 공포영화에 등장하는 여성 괴물은 남성들의 여성 섹슈

---

3) 줄리아 크리스테바 『공포의 권력』 서민원 역, 동문선, 2001, p.30.

얼리티에 대한 공포에서 비롯된 것이라 하고 있다.

바바라 크리드는 크리스테바의 이론에 입각하여 여성 괴물이 등장하는 영화를 아브젝트 이론에서 설명하고 있다. 그녀는 '여성 괴물'이라는 표현이 그녀의 괴물성에 있어서 '젠더의 역할'이 핵심적이었음을 강조하고, 여성을 괴물로 그리는 것은 '여성에 대한 남성의 공포' 혹은 프로이트의 이론에 따른 '거세당한 어머니'로 보고 있다.4) 결국 남성들에게 여성을 욕망의 대상이자 위협으로 만드는 것은 바로 여자들의 '섹슈얼리티'라 보는 관점이다. 또한 여성의 섹슈얼리티는 악의 근원이며 여성의 월경은 죄의 징표라 하고 있다.5)

주경철은 『마녀』에서 마녀사냥은 문명 내부에서 필연적으로 발생하는 현상으로, 최고의 선을 확립하고 지키기 위해 최악의 존재를 발명해야 했다고 하고 있다. 또한 중세 서구사회를 중심으로 광적으로 자행됐던 마녀 사냥은 지배문화가 위로부터의 규율을 강제하며 아래의 민중문화를 공격해 들어간 흐름이라고 파악한다.6) 남성 중심 지배문화의 권위를 위해 의도적으로 사회 하층구조에 소속된 여성들을 악한 존재로 내몰았던 것이다.

보통 괴물은 남성 괴물을 지칭한다. 여성 괴물의 경우는 여성이라는 젠더적 관점이 강조되고, 섹슈얼리티로서의 여성성을 고려하지 않을 수 없다. 일본에서 헤이안시대 들어 갑자기 여성 괴물이 증가하는 이유 역시 서구의 경우와 크게 다르지 않은 것으로 보인다. 다음에 그 배경에 대해 고찰해 보도록 하겠다.

---

4) 바바라 크리드 『여성괴물-억압과 위반 사이』 손희정 역, 여이연, 1998, pp.21~25.
5) 바바라 크리드, 같은 책 p.44.
6) 주경철 『마녀』 생각의 힘, 2016, pp.8~11.

마계 공간魔界空間 교토

1) 괴물이란?

우선 무엇을 '괴물'이라 정의할지의 문제부터 생각해 보아야 할 것 같다. 괴물의 정의는 매우 광범위하고 모호한 개념이다. 일본에서 괴물이라 하면 대표적인 것이 '오니(鬼)'[7]이다. '오니'에 대해 민속학자 야나기타 구니오(柳田国男)는 '신의 영락한 모습'[8]이라 하기도 하고, 고마쓰 가즈히코(小松和彦)는 인간에게 재난이나 불행을 초래하는 존재[9]라 정의하기도 한다. 『와묘쇼(和名抄)』에는 오니의 어원이 '오누(隱, おぬ)에서 변화한 것으로, 원래는 모습이 보이지 않는 것, 이 세상에 속하지 않는 것이라는 의미'라 정의하고 있다.[10] 즉, 오니는 인간이 이해할 수 없는 기괴하고 이상한 현상, 혹은 그런 것을 일으키는 불가사의한 힘을 가진 비일상적, 비과학적 존재를 말한다.

---

7) '鬼'의 번역으로는 '도깨비' '귀신' '요괴' '괴물' 등 다양한 한국어역이 있을 수 있다. 그러나 이 중 어느 하나에 정확히 대응되지 않는 폭넓은 개념이다. 오니는 때로는 우리나라와 마찬가지로 멀리에 뿔이 달리고 사람들에게 악행을 하는 도깨비를 가리키기도 하고, 또 때로는 원혼이 저승으로 가지 못하는 귀신 아니면 요괴나 괴물 등 다양한 모습을 의미하는 말로 쓰이기 때문이다. 또한 일본에는 정체를 알 수 없는 신비한 존재로 '物の怪' '異形' 등의 일본어도 쓰이고 있어, 번역에 더욱 어려움이 있다. 본고에서는 폭넓게 괴물, 혹은 '오니'라는 용어를 사용하고, 간혹 요괴나 모노노케와 같은 표현을 사용하기도 하도록 하겠다.

8) 柳田国男 『民俗学辞典』東京堂出版, 1961, p.654.

9) 小松和彦 『妖怪学新考』 小学館, 2000, p.193.

10) 「人神 周易云人神曰鬼(居偉反和名於邇, 或説云於邇者隱音之訛也。鬼物隱而不欲顕形故以称也)」, 『和名抄』, (『和名抄』는 平安時代에 만들어진 사전(931년~938년)).

우리가 이해할 수 없는 것에 대한 두려움이 만들어낸 것이 오니라 하겠다. 또한 공동체에 적응하지 못하는 무리들, 공동체의 주변에 있는 사람들을 오니로 규정하기도 한다.

헤이안시대에 들어오면 이러한 오니, 그 중에서도 특히 여성 오니들이 많이 출현한다. 그리고 근세가 되면 여성 요괴의 숫자는 남성 오니의 두 배가 된다. 이와 같이 헤이안시대를 경계로 여성 오니가 갑자기 많아지기 시작한 이유는 교토라는 도시의 공간적 특성에 대해 기인하는 바가 크다. 다음에 이에 대해 알아보도록 하겠다.

2) 주술적 도시 교토

794년 간무천황(桓武天皇)은 나가오카쿄(長岡京)에서 교토로 천도를 하게 된다. 고대 도시 나라(奈良)에서 불교세력의 간섭을 피하기 위해 784년 나가오카쿄로 옮긴지 11년 만의 천도였다. 이렇게 갑작스럽게 천도를 하게 된 배경에는 나가오카쿄 조성의 책임자였던 후지와라노 다네쓰구(藤原種継)가 785년 9月 누군가에게 암살당한 사건이 있다. 이 사건의 주모자로 사와라천황(早良親王)이 지목되어 무고함을 주장하지만, 아와지(淡路)에 이송되는 도중 몸이 쇠약해져 죽게 된다. 그 후 간무천황 주변에 불행한 일이 계속 발생하고 천재지변이 계속해서 발생한다. 결국 간무천황은 나라에서 천도한지 11년 만에 교토로 도읍을 옮기고, 교토의 신센엔(神泉院)[11]에서 어령제

---

11) 신센엔(神泉苑)은 간무천황이 중국의 음양사상을 본떠 만든 중국식 정원으로, 연못에 큰 뱀이 산다고 하는 전설이 있어 황실에서 진혼제를 위한 어령제를 지내거나 기우제를 지내던 곳이다. 신센엔의 연못은 지하의 죽음의 세계나 天界로 통하는 입구로 여겨졌다.

그림 4. 四神相応의 땅 교토

(御霊祭)를 지내는 등 사와라천황의 원혼을 위로하기 위한 노력을
기울였다. 헤이안시대에 음양사상이 발달한 것이나 불제(祓除)와 같
은 주술적 행사가 성행했던 것은 이상과 같은 헤이안시대 초기의 사
회적 분위기에 촉발된 바가 크다.

간무천황은 원령에 대한 두려움으로 새로운 도시 교토를 음양사상
에 입각한 철저한 주술적 도시로 만들었다. 우선 교토의 네 방향에
사신(四神)을 배치시켜 사악한 기운이 들어오는 것을 막고자 했다.
북쪽에는 현무(玄武-船岡山), 남쪽에는 주작(朱雀-巨椋池), 동쪽에
는 청룡(靑龍-鴨川), 서쪽에는 백호(白虎-山陰道)를 배치하고, 북쪽
에 궁궐을 지어 궁궐로 통하는 스자쿠몽(朱雀門)과 교토 안과 밖을
구분하는 라쇼몽(羅城門)을 건설했다.〈그림 4, 5, 6〉그 외에도 음양

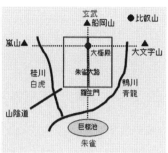

그림 5.   그림 6.

도에 있어 가장 나쁜 방향, 즉, 악귀가 침입해 온다고 기피한 귀문(鬼門)
이 있는 이치조다리(一条橋) 부근에 아베노 세메이(安部晴明)같은
음양사를 살게 했고, 죽음의 세계를 위한 공간으로 신센엔(神泉苑)
을 만들기도 했다.

　간무천황의 이러한 공간 배치는 표면적으로는 사와라천황의 원령
에 대한 두려움이라는 일차적인 이유도 있었지만, 통치행위로서 천황
이 거처하는 궁궐이 있는 교토 내부와 그 외 지역을 구분하고자 하는
의도가 상당히 컸다고 볼 수 있다. 교토 내부는 성스럽고 깨끗한 공간
이고, 바깥은 정체를 알 수 없는 악귀들이 들끓는 더럽고 속된 공간이
라는 이분법적 사고이다. 이와 같이 교토의 중심부는 사신이나 스자
쿠몽, 라쇼몽과 같은 조형물들이 경계가 되어 '성'과 '속', '깨끗한 것'
과 '더러운 것', '중심'과 '주변', '현세'와 '이계(혹은 타계)'라고 하는
개념들이 자리 잡기 시작한다. 간무천황은 교토 내외의 확실한 경계
설정을 통해 부권적 통치 질서를 확립하고자 했으며, 이는 천황적 권
력으로 상징되는 남성중심의 사회에서 약자로서의 여성, 하층민들이
교토 밖의 어둠의 공간으로 차츰 밀려나게 되는 결과를 초래한다. 헤

이안시대 들어 여성 괴물이 등장하기 시작하는 첫 번째 이유는 바로 여기에 있다.

3) 권력이 만들어 낸 여성 차별 – '혈예관血穢觀'

교토가 도읍이 되면서 여성이 차별받게 되는 두 번째 이유는 '혈예관' 때문이다. '혈예관'이란 '게가레(穢れ, 不淨觀)'의 하나로, 일본에는 전통 신앙인 신도(神道)나 불교의 영향으로 죽음이나 질병, 피를 부정한 것으로 보고 금기시하는 사상이다. '게가레'에는 죽음의 게가레, 피의 게가레, 질병의 게가레 등이 있는데, 이 중 피의 게가레(혈예관)는 불교에서 여성을 부정한 것으로 보는 사상에 기인한다. 여성들이 월경이나 출산을 할 때 피를 흘리기 때문에 여성은 죄가 많은 부정한 몸이라고 하는 관념이다. 여성 혈예관의 대표적인 것은 '월경 오두막(月経小屋)'으로, 불이 부정한 것을 옮긴다는 사상에 근거하여 일본에서는 생리중인 여성은 다른 사람들과 같은 불을 사용하지 못하도록 작은 오두막에 혼자 지내도록 하는 풍속이 있었다. 이 작은 집에 '부정 오두막' '더러운 집'이란 이름을 붙이기도 했다. 놀랍게도 이러한 월경 오두막은 일본에서 1970년대까지 존재했었다고 한다.

원래 피는 풍요를 가져오는 강력한 힘을 가지고 있었다. 그러나 8세기말부터 9세기초에 걸쳐 율령귀족들이 피를 죽음과 결부시켜, 죽음에 대한 부정관을 비롯한 여러 종류의 금기를 급속하게 증폭시켰다. 이렇게 시작된 일본에서의 여성 혈예관은 다시 불교에서의 여성차별에 영향을 미친다. 9세기 후반 이후 일본 특유의 촉예관과 불교의 여성차별관이 융합하여 일본 독자적인 여성 부정관이 생기게 되고, '월경 오두막'에서 보는 바와 같이 고대에는 문제가 되지 않던 여성의 월경이나 출산에 대한 금기로 여성은 점차 차별의 대상이 되기 시작한다. 9세기부터 시작되어 10세기에 들어서면서 획기적으로 확산된 피에 대한 '게가레' 의식은 교토의 팽창과정에서 발생한 결과였다.

교토는 도성에서 도시로 변모하는 과정에서 많은 인구가 유입되면서 9세기 경 교토의 인구는 약 20만 명 정도로 급격한 팽창을 한다.[12] 또한 교토에 많은 인구가 밀집되고 인적, 물적 자원의 교류가 활발해지면서 위생관념이 매우 중요하게 된다. 이러한 가운데 월경과 같은 여성 특유의 부정관이 새롭게 등장하게 된 것이다. 천황을 중심으로 한 커다란 질서의 유지를 문제로 하는 귀족층에 있어 부정한 것으로부터 천황과 황도를 지켜야한다는 의식이 여성의 피를 죽음에 대한 부정적인 시각과 결부시켜 회피하게 되는 것이다. 그리고 이러한 피에 대한 부정관은 여성 뿐 아니라 점차 장애인, 수렵민 등 권력의 범위 안에 수렴되지 못하는 집단을 요괴나 괴물로 규정지어 배제하기 시작한다.

여성의 혈예관에서 시작된 헤이안시대의 게가레관은 10세기 이후 더욱 강화되어 도성 안과 도성 밖의 경계는 더욱 명확해져간다. 사람들의 의식은 도읍을 중심으로 한 공간관념을 '정(淨)'과 '예(穢)'로 구분하여, 천황을 중심으로 한 성스러운 구조, 즉 부정한 것(穢)의

---

12) 『池亭記』에 의하면 교토는 「東京四条以北、乾艮二方、人々無貴賤、多所群聚也、高家比門連堂、少屋隔壁接簷」라 기술되어 있다. (石母田正『『宇津保物語』についての覚書』『石母田正著作集11、岩波書店、1990、p.18) 角田氏는 井上滿郞의 분석을 토대로 헤이안경에 총 1136町가 있고, 이 중 귀족과 관리가 600町, 지방에서 상경한 職能人이 41町, 일반시민 452町, 東寺 등의 사찰로 구성된 특별구 42町 등 다양한 사람들이 함께 거주하여, 당시의 교토는 조정을 중심으로 개개의 귀족과 관리, 권문 寺社 등이 함께 거주하는 정치적, 종교적 통합체였다고 하고 있다. (角田文衛, 『平安の都』, 朝日新聞社, 1994、p.40.)

침입을 저지하려는 구조로 정착된다. 이로 인해 도성 안과 도성 밖을 구분하려는 의식이 생기게 되고, 결과적으로 도성 밖의 사람들에 대한 배제는 심화될 수밖에 없게 된다. 천황과 천황이 기거하는 황도의 청정을 지키려는 시쿄사이(四境祭)[13]나 나나세하라에(七瀬祓え)[14]와 같은 국가행사는 헤이안시대 들어 병적일 정도로 성행하여 교토를 도내와 도외로 구분하는 의식은 더욱 심화된다.

앞서도 언급한 바와 같이 헤이안의 수도 교토는 위생을 중심으로 한 생활환경 정비사상이 결여되어 있었고, 또한 인구과밀과 인적, 물적 교류의 활성화로 인해 질병이 다수 유입되는 결과를 낳았다. 따라서 조정을 중심으로 도읍으로 질병이나 부정한 것이 유입되는 것을 막고 천황의 청정함과 성스러움을 지키기 위해 끊임없는 노력을 경주했다. 그러나 이러한 노력은 다른 한편으로 사람들에게 도읍 밖의 세계는 위험하고 부정한 것이라는 생각을 심어주게 된다. 이에 따라 산이나 강으로 경계가 되는 도성 밖에는 마성을 지닌 귀신이나 악귀들이 있는 죽음의 세계라는 인식이 확산된다. 시쿄사이(四境祭)는 이러한 부정한 것을 '오니'라는 관념으로 설정하여, 국가의 행정로를 통해 이러한 악귀들이 들어오지 못하도록 궁성과 도읍을 둘러싼 지역에 경계를 쌓았다. 즉, 도성 안의 권력을 정당화하기 위해 도성 밖의 재앙으로 가득 찬 세계로 규정짓고, 오니라고 하는 관념의 적을 만들어 '요괴 퇴치'라고 하는 수많은 전승, 설화를 만들어냈다. 또한

---

13) 교토의 네 구석에서 도읍에 부정한 것이나 질병이 침입하지 못하도록 음양사를 파견하여 제사를 지내는 것을 말한다.
14) 시쿄사이(四境祭)와 함께 도읍에 부정한 것이 침입하는 것을 막기 위해 교토의 경계가 되는 강 주변 일곱 곳-難波 襄太 川俣·大嶋·橘小鳥·佐久那谷·辛崎, 辛崎難波-에서 행한 祓除.

헤이안시대는 중국의 율령제를 도입하여 가부장적 국가질서를 공고히 하고자 노력했고, 이 과정에서 천황의 신격화와 같은 권위를 강화하는 작업이 계속되었다. 하지만 천황의 성스러운 입장을 강조하면 할수록 당연하게 상대적인 '천(賤)'을 의식하지 않을 수 없게 된다. 헤이안에 시작되어 중세에 심화된 여성에 대한 차별의 원형은 바로 이러한 음양사상에 바탕을 둔 괴물 퇴치 의례에 기인하는 바가 크다고 할 수 있다.

3 경계에 선 괴물들

교토의 도성 안과 밖을 구분하는 경계로는 문이나 교차로, 다리, 강 등이 있다. 괴물들은 대체로 이런 곳에 출몰하게 되는데, 우선 궁성을 지키는 라쇼몽과 스자쿠몽의 요괴에 대해 살펴보도록 한다.

1) 문 위의 괴물

(1) 라쇼몽羅生門의 오니鬼

문(門)은 타계의 입구이기도 한 동시에 출구이기도 하다. 교토를 지키는 라쇼몽에는 괴물이 살고 있었다. 후카자와 도루(深沢徹)씨는 라쇼몽을 만든 이유가 누각에 밀실을 만들기 위해서였다고 하고 있다.[15] 그의 주장에 따르면 문 위 누각은 인간의 출입이 금지된 일상과는 완전히 다른 무의미한 공간이기 때문에 오히려 거기에 알 수 없는 '힘'이 숨겨진 성스러운 공간이 될 수 있다고 주장한다. 도성의 경계

---

15) 小松和彦, 『鬼がつくった国・日本』, 光文社, 1985, p.61.

그림 7. 라쇼몽   그림 8. 스자쿠몽

가 되는 스자쿠몽과 라쇼몽의 역할에 대한 새로운 고찰로 주목할 만하다고 하겠다. 결국 이 두 개의 문의 빈 공간이 괴물을 유인하여 타계로 내쫓는 역할을 하고 있다고 볼 수 있다.〈그림 7, 8〉

  라쇼몽의 괴물은 헤이안시대에 활약한 음양사 미나모토노 요리미쓰(源頼光)와 그의 부하인 와타나베 쓰나(渡辺綱)에 관한 이야기이다. 요리미쓰가 교토 주변 오에산(大江山)에 살고 있는 슈텐도지(酒呑童子)를 토벌한 후 자신의 집에서 주연을 즐기고 있는데, 부하인 히라이(平井)가 라쇼몽에 괴물이 나타났다고 아뢴다. 이에 요리미쓰의 충실한 부하인 사천왕(四天王)의 한 사람인 와타나베 쓰나가 천황이 살고 있는 왕성의 총문(総門)에 괴물이 나타나는 일은 있을 수 없는 일이라고 하면서, 갑옷과 투구를 갖추고 선조 대대로 내려오는 큰 갈을 차고 말을 타고 하인도 없이 혼자 라쇼몽으로 향한다. 라쇼몽에 거의 도착할 무렵 갑자기 돌풍이 불어 말이 움직이지 못하게 되었다. 쓰나가 말에서 내려 라쇼몽으로 향하자, 뒤에서 갑자기 괴물이 나타나 투구를 벗기려고 한다. 쓰나가 큰 칼로 괴물을 베려고 했지만 역부족으로 투구를 그만 빼앗기고 만다. 그러나 격투 끝에 쓰나는 괴

물의 팔을 잘랐다. 그러자 괴물은 "때를 기다려 찾으러 반드시 찾으러 오겠다. (時節を待ちて、取り返すべし)"고 소리친 후 아타고산(愛宕山)[16] 쪽으로 사라졌다. 〈그림 9〉

그림 9. 鳥山石燕『今昔百鬼拾遺』중「羅城門鬼」

와타나베 쓰나가 팔을 자른 괴물은 중세『헤이케이야기(平家物語)』에서는 뒤에 언급할 하시히메전설(橋姫伝説)의 주인공인 하시히메임이 밝혀진다. 쓰나가 요괴의 잘린 팔을 요리미쓰에게 보고하자 요리미쓰는 이를 헤이안 시대 최고의 음양사였던 아베노 세메이(阿倍晴明)에게 보고한다. 그리고 세메이는 그것이 하시히메의 것임을 알아챈다.[17] 하시히메전설에 대해서는 후에 상세히 설명하도록 하겠다.

라쇼몽은 삶과 죽음의 경계로서 아쿠다가와 류노스케(芥川竜之介)의 작품에도 등장한다. 라쇼몽 밖은 시체가 즐비한 곳으로 즉, 죽음의 세계를 가리킨다. 괴물이 사라진 곳이 죽음의 세계인 아타고산이라고 하는 설정도 부정한 존재인 괴물은 성스럽고 깨끗한 삶의 공간인 교토 내부로 들어올 수 없다는 논리와 일치한다. 이처럼 라쇼몽

---

16) 아타고산(愛宕山)은 교토의 대표적인 장지(葬地)이다.

17) 「이거야말로 낙중을 괴롭힌 우지 다리의 귀녀이다 (是こそ洛中を悩ませし宇治橋の鬼女なり)。」『前太平記』卷17「洛中妖怪事付渡辺綱斬捕鬼手事」、志村有弘『京都異郷の旅』勉誠出版、2007、p.49.

은 삶과 죽음, 성과 속의 경계가 되는 공간으로, 괴물이 즐겨 등장하는 장소이다.

(2) 스자쿠몽朱雀門의 괴물

궁중의 가장 남쪽에 위치한 스자쿠몽은 왕궁의 입구에 해당된다. 여기에 헤이안 초기의 문인 기 하세오(紀長谷雄)에 관한 이야기가 등장한다. 이 이야기는 주사위 놀이(双六) 명인인 하세오와 스자쿠몽의 괴물이 주사위 놀이 승부를 겨루는 이야기이다. 하세오에게 어느 날 어떤 남자가 나타나 주사위 놀이 승부를 하자고 한다. 하세오는 이상하게 생각하면서도 승부를 겨루기로 한다. 그러자 그 남자는 하세오를 스자쿠몽 지붕 위 누각 꼭대기에 데리고 올라가고, 둘은 거기에서 주사위 놀이를 하게 된다. 하세오는 자신의 전 재산을 걸고, 괴물은 자신이 지면 절세 미녀를 하세오에게 주기로 한다. 승부는 결국 하세오의 승리로 끝나게 되고, 내기에 진 괴물은 며칠 후 아름다운 여성을 하세오에게 데리고 오면서 백 일 동안은 이 여자에게 손을 대서는 안 된다고 당부를 하고 사라진다. 하세오는 처음에는 당부대로 약속을 지켰으나, 80일이 지나자 더 이상 참지 못하고 여성을 끌어

그림 10. 하세오와 괴물의 주사위 놀이 대결

그림 11. 하세오가 괴물에게서 받은 여자가 물이 되어 버림

안았다. 그러자 여성의 몸은 순식간에 물이 되어 녹아버렸다. 그 여자는 실은 괴물이 여러 명의 인간의 사체에서 좋은 것만을 모아서 만든 것으로, 백일이 지나야 진짜 인간이 되는 것이었다.[18] 〈그림 11〉

그 후 3개월이 지나 하세오가 가마를 타고 가는데, 앞에 갑자기 괴물이 나타나 하세오가 약속을 지키지 않은 것을 책망하며 공격을 했다. 하세오는 열심히 기타노텐진(北野天神)에게 빌었다. 그러자 하늘에서 "그곳을 떠나라!"라는 소리가 들렸고, 괴물은 흔적도 없이 사라져 버렸다고 하는 이야기이다.

이 이야기에 여성 괴물이 등장하는 것은 아니지만, 당시 여성에 관한 사회 인식이 어떠했는지를 엿볼 수 있는 중요한 구절이 등장한다. 괴물이 내기에 건 것은 다름 아닌 '절세미인'이었고, 괴물이 내기에 져서 데리고 온 여자는 '여러 명의 인간의 사체에서 좋은 것만을 모아서 만든 것'이었다. 인간을 만들었다는 발상도 기괴하지만, 인간의 사체에서 여성을 만든다고 하는 발상은 당시 남성들이 여성을 어떤 시각

---

18) 「女といふはもろもろの死人のよかりし所どもを、とりあつめて人につくりし。」
（『長谷雄草子』）

에서 바라보고 있었는지를 보여주는 단적인 예라고 할 수 있다.

라쇼몽의 괴물이나 스자쿠몽의 괴물 이야기는 교토 도성을 지키는 이 두 개의 문이 천황이 거처하는 성스러운 공간으로서의 교토 안과 죽음의 세계인 교토 밖을 구분하는 공간이고, 괴물들은 성스러운 공간에서 추방당하는 존재였음을 보여주는 일화이다.

2) 다리 위에 선 하시히메橋姬

(1) 이승과 저승의 경계, 다리橋

예로부터 사람의 왕래가 잦은 교차로나 다리는 영력과 관련된 곳으로 민속학적으로 독특한 공간으로 여겨진 것은 잘 알려진 사실이다. 특히 다리는 이승과 저승이 교차하는 공간으로 여겨져, 다리 위에서 점을 치거나(橋占い)[19] 요괴가 다리 위에 자주 나타나는 것은 다리가 인간계와 신의 공간의 경계에 있음을 나타내는 것이다. 아미노 요시히코(網野喜彦)는 다리는 공적인 성격을 갖는 무주(無主)의 땅, 무연(無緣)의 땅이며, 신불의 힘이 작동하는 '성스러운 곳'이라 하고 있다.[20]

한편으로 음양사는 다리를 제사의 장으로 삼고 있는데, 다리가 도깨비나 귀신이 자주 출몰하는 두려운 장소라고 하는 주술적 관념을 확대시킨 것은 그들의 활약에 의거하는 바가 크다. 다리에는 신이나 괴물이 출현하고, 제사나 장례가 치러지는 곳이라는 의미에서 성스러운 공간이라 할 수 있다. 즉, 다리는 선, 악 여러 정령이나 신들이

---

19) 西垣晴次, 「橋・境界・橋占」, 『日本学』, No.9, 名著刊行会, 1987.6, p.139.

20) 網野喜彦, 『網野喜彦著作集 第7巻』, 岩波書店, 2008, p.312.

서로 뒤섞이는 것이 가능한 곳, 이 세상과 저 세상의 경계라고 규정지을 수 있다.

헤이안시대에 들어 요괴나 괴물에 관한 이야기가 갑자기 늘어나게 된 배경에 대해서는 앞에서도 논한 바 있으나, 이들 요괴들은 사람들의 생활터전이 되는 도읍 안(이승)과 죽음의 세계로 생각되던 도읍 바깥(저승)의 경계가 되는 강이나 산, 교차로나 다리 위에 자주 등장한다. 도읍 안과 밖을 구분하는 경계는 보통 강이 되는 경우가 많은데, 강은 물살이 빠르기 때문에 사람들이 자유롭게 왕래하기 어려웠기 때문이다. 따라서 자연스레 사람들의 행동반경은 강 안쪽으로 제한되게 되고, 강 건너의 공간은 미지의 땅, 죽음의 땅으로 인식되게 되었던 것이다. 여기에서 강으로 차단된 두 세계를 연결하는 매개체의 역할을 하는 것이 다리이다. 다리에 이계에 살고 있는 신선이나 유령 및 요괴가 등장하는 이유가 바로 다리가 경계를 상징하는 존재로서 이계로 들어가는 입구로서의 기능이 있기 때문이다.

(2) 다리의 신 하시히메

다리에 모셔진 신을 하시히메라 부르는데, 일본 각지에는 여러 하시히메들이 있다. 이 중 가장 유명한 것은 수신신앙의 성지인 우지강(宇治川)에 있는 우지바시(宇治橋)에 모셔진 하시히메이다. 우지는 예로부터 교토 사람들에게 '이 세상의 끝(この世の果て)'으로 인식되고 있었다.[21] 더구나 우지 강의 물살은 예로부터 빠르기로 유명해, 고래로부터 연인들의 만남을 방해하는 것으로 인식되어 왔다.

---

21) 이곳이 후지와라씨(藤原氏)의 분묘, 장례의 장소였기 때문이다. (網野喜彦・大西広・佐竹昭広編, 『天の橋・地の橋』, 福音館書店, 1991, p.193).

헤이안 초기에 만들어진 가집 고킨슈(古今集)에는 하시히메의 노래가 실려 있는데, 이에 대해 가론서『오기쇼(奧義抄)』에 실린 하시히메전설은 다음과 같다. 옛날에 아내를 둘 가진 남자가 있었는데, 본처인 하시히메가 입덧을 하면서 일곱 가지 색을 한 미역을 먹고 싶다고 해서, 남편은 미역을 찾기 위해 바닷가에 갔다가 실종된다. 하시히메가 남편을 찾아 바닷가 오두막에서 고킨슈에 실린 '오늘 밤에도 멍석에 홀로 누워 잠 못 이루며 그리운 임 못 보고 나 홀로 잠드네'(さむしろにこよひもや恋しき人に逢はでのみ寝む) '의 노래를 부르자 남편이 나타나서 재회하게 된다. 그러나 용왕의 사위가 된 남편은 이튿날 사라지고, 아내는 울면서 집으로 돌아온다. 이를 들은 두 번째 부인도 바닷가에 가서 남편과 재회를 하나, 남편은 지난번과 마찬가지로 '오늘 밤에도(さむしろに…)'의 노래를 부르고, 이를 들은 후처는 남편이 하시히메를 그리워한다고 질투를 하여 뛰쳐나가자, 집도 남편도 순식간에 사라져 버렸다는 이야기이다.

민속학자 야나기다 구니오(柳田国男)는 좀 다른 내용의 하시히메전설을 전한다. 우지강에 부부가 살고 있었는데, 남편이 용궁에 보물을 가지러 가서 돌아오지 않자 아내가 슬퍼서 다리 부근에서 슬퍼하다 죽어 다리를 지키는 신이 되었다는 이야기이다. 거기에 우지 다리 북쪽에 있는 리큐(離宮)라고 하는 신이 매일 밤 하시히메를 찾아온다고 하는, 물의 신과 그에 봉사하는 무녀와의 신혼설화로 소개하고 있다.[22]

이러한 다양한 형태의 하시히메전승에서 공통적으로 발견할 수 있는 것은 우지 다리의 '나카다에(中絶え, 다리가 끊어지기 쉬운 것과 남녀 사이의 이별)'와 사랑하는 사람을 기다리는 하시히메의 이미지

22) 柳田国男,「橋姫」,『一目小僧その他』, (定本柳田国男集第五巻), 角川文庫, p.152.

이다. 고킨슈 이후 운문에 있어 우지의 하시히메는 우타마쿠라(歌枕, 노래와 관련된 명소)로서 전성기를 맞이한다. 가론서인 『오기쇼』에 처음 등장한 이래 하시히메전승은 그 후 주석서, 가론서를 중심으로 광범위하게 향수되었다. 그리고 그 이후 흥미를 끄는 이야기 덕분에 운문 이외의 장르에까지 폭넓게 향수되게 된다. 하지만 하시히메 이야기의 전승과정은 매우 복잡하다. 고킨슈에 등장하는 전설 형태의 '우지의 하시히메'라고 하는 가어(歌語) 이외에는 그 실체를 알 수 있는 단서가 거의 없다. 다만, 그 이후의 전승과정에서 알 수 있는 것은 『오기쇼』의 하시히메전승이 후처의 전처에 대한 질투보다는 부부의 사랑에 초점이 맞추어진데 비해, 그 이후에는 점차 여성의 질투 쪽으로 중점이 옮겨간다는 점이다.

(3) 하시히메전설의 변형

중세 『헤이케이야기(平家物語)』에 등장하는 하시히메는 질투에 사로잡힌 무시무시한 괴물로 등장한다. 야시로본(屋代本) 헤이케이야기에는 다음과 같은 이야기가 전해진다.

사가천황(佐賀天皇) 때 질투심이 많았던 귀족 여성이 기후네신사(貴船神社)에 7일간 칩거하면서, "기후네신이시여, 내가 살아서 귀신이 되게 해 주십시오. 미워하는 여자를 죽이고 싶습니다."라는 기도를 올렸다. 기후네신은 이 여자를 가엾게 여겨 귀신이 되고 싶으면 우지강에 21일 동안 잠겨있으라고 이른다. 도읍으로 돌아온 여자는 머리를 다섯 갈래로 묶어서 뿔을 만들고, 얼굴과 온몸에 붉은 칠을 하고 다리가 세 개 달린 철로 된 대와 입에 횃불을 물고 사람들을 놀라게 하여 죽였다. 그 후 우지강에 21일간 들어가 산채로 귀신이 된다.〈그림 12〉의 『画図百鬼夜行全画集』에는 하시히메에 대해 "하

시히메의 신사는 야마시로국(山城国) 우지(宇治)에 있다. 하시히메
는 얼굴이 몹시 흉측하다. 그래서 배우자가 없다. 독신으로 혼자 있는
것을 원망하여 다른 사람들이 사이좋은 것을 질투한다고 전해진다."[23]
라 묘사되어 있다.〈그림 13〉에는 하시히메가 '우시노고쿠마이리(丑
の刻参り)'라고 하는 저주를 하는 모습이 묘사되어 있다. '우시노고
쿠마이리'란 축시(丑時, 새벽 1시에서 3시 경)에 흰 옷을 입고 머리
에 불이 붙은 촛대를 꽂은 철로 된 관을 쓰고 미워하는 상대를 상징하
는 짚으로 된 인형을 만들어 그것을 신사의 신목(神木)에 못으로 박
아 저주하는 것을 말한다. 하시히메로 보이는 여성 옆에 검은 소 그림
이 있는 것은, 7일 동안의 저주가 끝나면 검은 소가 누워 있게 되는데
소를 타고 넘으면 저주가 성공한다고 설명되어 있다. 이 소를 무서워하
거나 하면 저주의 효력이 상실된다고 한다. 이 이야기는 중세 연극 노의

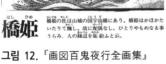

그림 12. 『画図百鬼夜行全画集』

그림 13. 丑の刻参り

23) 鳥山石燕, 『画図百鬼夜行全画集』, 角川書店, 2005, p.80.

〈데쓰와(鉄輪)〉 이야기로 전승
된다.〈그림 14〉

그림 14. 能 〈鉄輪〉

하시히메는 원래 다리 한쪽
끝에 봉안한 경계의 신(境神)
으로, 다리를 오가는 사람들을
보호하는 도소신(道祖神)[24]
으로서의 역할을 했었다. 이것
이 차츰 시대가 내려오면서
질투하는 여성에 대한 사람들의 편견과 요괴에 대한 관심이 더해지
고, 여기에 물과 관련한 우지의 수신신앙까지 결합하면서 다양한 면
모를 지닌 하시히메전승이 만들어진 것이다.

이상과 같이 하시히메전승은 헤이안시대 이후 여성이 중앙사회로
부터 밀려나 요괴로 전락해 가는 과정을 매우 인상 깊게 보여주는
일화라 생각된다. 질투 때문에 스스로 괴물이 된 하시히메는 결국 도
성에서 쫓겨나 와타나베 쓰나에 의해 아타고산으로 쫓겨 간다. 다른
이야기로는 우지강을 지키는 수신과 혼인하여 다리의 수호신이 되었
다는 내용도 있다. 질투의 화신이 된 하시히메의 추한 모습과 하시히
메의 질투의 단초가 용모가 매우 추하고 배우자가 없는 데 기인한다
고 하는 평가는 시대가 내려오면서 질투하는 여성을 대하는 사회적
기준이 더욱 엄격해졌다는 사실과, 여성을 흉측스러운 요괴로 묘사하
는 가부장적 분위기가 강하게 반영된 결과로 보인다. 중세가 되면 이
러한 현상은 더욱 심화되어 거지나 가와라모노(河原者)[25]와 같은 천

---

24) 여행자를 보호하는 신으로, 보통 남녀 한쌍으로 이루어져 있다.
25) 중세의 대표적인 천민으로, 도축이나 가죽을 다뤘던 사람들을 지칭한다. 이들이

민에 대한 차별은 더욱 진행되고, 중심부에서 밀려난 여성들은 유녀로 전락하여 이들 천민과 같은 대우를 받게 되는 것이다.

3) 해골이 되어 뒹구는 고마치小町

가마쿠라, 무로마치 시대 에마키(絵巻)26)에 '구상도(九相図)'라는 것이 있다.〈그림 15〉 이것은 사체의 그림이 그려진 것으로, 시체가 부패해서 백골이 될 때까지를 아홉 단계로 그린 것이다. 일본 구상도의 시초는 단린황후(檀林皇后)27)에서 시작되었다. 단린황후는 생전에 불심이 깊어 죽은 뒤 자신의 사체를 방치하도록 하여 구상도를

그림 15. 九相図

주로 하천이나 그 주변에 살았기 때문에 가와라모노(河原者)라 불렸다.
26) 10세기에서 16세기에 걸쳐 일본 고전을 그림 형태로 표현한 것으로, 일본 독자적인 미술양식이다.
27) 헤이안시대 52대 천황인 사가천황(嵯峨天皇)의 비. 불심이 깊었던 황후로, 교토 사가노(嵯峨野)의 단린사(檀林寺)를 세우기도 했다.

그리게 했다고 한다. 그러나 오늘날 구상도는 오노노 고마치(小野小町)를 모델로 한 것이라 생각하는 것이 일반적이다. 그 이유는 고마치는 일본 최고의 미인으로 꼽히는 인물이고, 고마치처럼 용모가 빼어난 아름다운 여성이 죽으면서 뼈와 살이 썩어 추한 모습이 되는 것을 보여주는 것이 사람들에게 인생무상이라는 큰 충격을 줄 수 있기 때문이다.

그림 16. 오노노 고마치

헤이안시대 가인(歌人)으로 활약한 고마치는 중세 이후 다양한 작품에 다양한 버전으로 등장할 뿐 아니라 근대 아쿠다가와 류노스케, 미시마 유키오의 작품에도 등장할 만큼 유명한 인물이다. 시대를 초월하여 고마치가 많은 일본인들의 관심이 대상이 되는 이유는 첫 번째로 그녀가 뛰어난 미인이었다는 점이고〈그림 16〉, 두 번째로는 최고의 가인으로 뭇 남성들의 사랑을 받았던 그녀가 말년에는 거지꼴로 전국을 떠돌다 들판에 해골로 구르게 되는 신세가 되었기 때문이다.〈그림 17, 18〉

엄밀히 말하자면 고마치는 여기에서 언급하는 바의 괴물은 아닐 수도 있다. 하지만 헤이안시대 여섯 명의 가선(六歌仙) 중 여성으로서는 유일하게 포함될 만큼 사회적으로 인정받고 주목을 끌다가 점차 유녀가 되어 전국을 떠돌고, 죽어서는 억새에 눈을 찔리며 '아이 아파, 아이 아파~!'라 고통 받는 모습은 아름다운 미녀에서 괴물로의 변신이라 이해할 수 있을 것이다. 최고의 미인으로 추앙받던 고마치

그림 17. 늙은 고마치   그림 18. 고마치 해골설화(妖怪圖鑑)

를 전국을 유랑하는 귀녀(鬼女)의 형상으로 만든 당대의 이데올로기
는 무엇이었는지 궁금하지 않을 수 없다. 이에 대해 살펴보도록 한다.

오노노 고마치에 대해서는 정확한 기록이 없어 대부분이 추정의
범주를 크게 벗어나지 못하는 것이 실상이다. 오노노 요시자네(小野
良実)의 자식이라든지, 닌묘천황(仁明天皇)의 후궁이라는 추측이
있을 뿐으로, 그녀의 출생이나 배경에 대한 명확한 근거는 없다. 그런
한편으로 고마치라는 이름은 다양한 장르에 다양한 버전으로 사용되
는 대표적인 이름이기도 하다. 중세 그녀의 이름을 딴 '나나 고마치
(七小町)'라는 요쿄쿠(謠曲)28)를 비롯한 많은 작품의 주인공이기도
하고, 신칸센(新幹線)이라든지 상가, 쌀, 화장품에도 그녀의 이름이

---

28) 일본 중세 연극 노(能)의 대본.

| 그림 19. 후쿠시마현에 있는 고마치 댐 | 그림 20. 아키타고마치 쌀 |

사용된다. 그녀의 이름은 일본에서 미인의 대명사로 쓰이고 있으며, 심지어는 고마치의 이름을 딴 댐이 있을 정도여서 관광객을 끌기 위한 전국각지의 고마치 브랜드는 셀 수 없을 만큼 많다.〈그림 19, 20〉또한 고마치를 자신들의 지역과 연관시키고자 하는 의도에서 일본 전국에 고마치와 관련한 전승은 100여 개가 넘을 정도이다.

고마치가 미인으로 자리잡게 된 것은 다음 노래에 기인하는 바가 크다.

> 꽃도 용모도 / 속절없이 시드네 / 허무하게도 / 내가 시름에 잠겨 /
> 지내는 그 사이에

헤이안시대 대표적인 가집 〈고킨슈〉에 실린 이 노래는 여성의 아름다움을 세월에 변화에 빗대어 읊은 뛰어난 노래로 꼽힌다. 이 노래로 인해 고마치는 세간에 아름다운 여성으로 각인되게 된다. 하지만 이 노래에서 헤이안시대를 살아간 미모의 여성의 좌절을 엿볼 수 있다. 고마치에 대해 고킨슈 서문을 쓴 기노 쓰라유키(紀貫之)는 다음과 같이 평하고 있다.

> 오노노 고마치는 옛날 소토오리히메의 계승자이다. 가슴 깊은 울림
> 을 가지고 있지만 강하지 않고, 말하자면 지체가 높은 여성이 아픈 것
> 과 비슷하다. 강하지 않은 것은 여성의 노래이기 때문일 것이다.

쓰라유키는 고마치를 잉교천황(允恭天皇)의 딸이라고도, 왕비라
고도 기록되어 있는 소토오리히메(衣通姫)에 비유하고 있다.[29] 소토
오리히메란 이름은 아름다운 광채가 옷을 뚫고 바깥으로 나올 정도
로 미모가 뛰어나다는 의미이다.

(1) 고마치의 몰락

미인의 대명사로 인식되었던 고마치상이 무너지기 시작하는 것은
'모모요가요이(百夜通い)'전설부터이다. '모모요가요이'전설이란 고
마치를 사랑한 후카쿠사소장(深草少将)에 대해 고마치가 집 입구에
탁자를 세워두고, "이 위에 계속해서 100일 밤 누워있으면 당신의
말을 듣도록 하겠소"라 하자 남자는 비가 오나 바람이 부나 밤이 되
면 찾아오다 100일을 하루 앞둔 99일째 되는 날, 눈이 오는 밤에 뜻을
이루지 못하고 죽었다고 한다. 중세 이후 이 '모모요가요이'전설은
민간에까지 유포되어 '고마치 해골설화'를 이루게 된다. 남자의 진실
한 마음을 받아들이지 않은 고마치는 늙어서 거지가 되어 전국을 유

---

29) 『古事記』에는 允恭天皇의 딸로 되어 있고, 『日本書紀』에는 왕비로 되어 있다.「此の天皇、
意富本杼王の妹、忍坂之大中津比売命に娶ひて生みませる御子、木梨之輕王、…次に
輕大郎女、亦の名は衣通郎女 [御名を衣通王と負はせる所以は、其の身の光衣より通
し出づればなり] …」(『古事記』)、「容姿絶妙れて比無し。其の艶しき色、衣より徹り
て晃れり。是を以て、時人号して衣通郎姫と曰す。」(『日本書紀』卷十三・允恭天皇).

랑하다 죽게 되고, 들판에 구르던 해골에 눈이 찔려 '가을바람 불 때마다 아 눈이 아프구나, 눈이 아파'라고 하며, 죽어서도 고통당하는 신세가 된다. 전설적인 미인에서 거지꼴로 전국을 떠돌아다니고, 죽어서는 억새에 눈이 찔리는 고통을 당하는 고마치의 모습을 통해 인생의 영고성쇠를 보여주고자 한 의도가 있었다고 하겠다.

가마쿠라시대(鎌倉時代) 초기에 쓰여진 『고콘초몬쥬(古今著聞集)』에는 고마치에 대해 다음과 같이 서술하고 있다.

> 고마치가 젊고 호색했을 때, 그 모습은 비할 것이 없었다. 『장쇠기 (壯衰書)』라는 것에는 중국의 삼황(伏羲, 神農, 祝融) 오제(伏羲, 神農, 祝融, 堯, 舜)의 비도, 한나라의 고조(高祖), 주공의 처도 이런 호사스러움을 누리지 못했다고 적고 있다. … 여러 남자들을 천하게 여겨 업신여기며 왕후, 비에 마음을 담고 있었던 차에 열일곱에 어머니를 잃고, 열아홉에 아버지가 돌아기시고, 스물 하나에 오빠와 헤어지며 스물 셋에 남동생이 죽자 세상 천지에 혼자가 되어 의지할 곳이 없어졌다. 대단했던 기세도 갈수록 쇠락해지고, 화려했던 미모도 해마다 초라해져서 마음을 두었던 사람들도 점차 찾아오지 않게 되자 집은 무너져 달빛만 쓸쓸하게 비추고 뜰은 황폐해 쑥대만 쓸데없이 무성하다. (古今著聞集)

고마치가 말년에 초라한 꼴이 된 것이 젊은 시절 자신의 미모를 믿고 남자들을 '천하게 업신여긴' 업보라는 내용이다. 헤이안시대 초기의 평가와는 180도 달라졌음을 알 수 있다. 이 사이에 과연 무슨 일이 있었던 것일까? 『고콘쵸몬쥬』의 이 이야기는 그 후 다른 문학에서 다양한 버전으로 반복되고 있다. 특히 여기서 언급한 『장쇠기』는 『다마즈쿠리 고마치 장쇠서(玉造小町莊衰記)』라는 이름으로 불리며 특별한 근거 없이 어느 사이엔가 고마치에 대한 이야기로 정착하

게 되고, 근세 이후 고마치 설화가 정착되는 데 큰 영향을 미치게
된다.

　이후 고마치는 천 명이나 되는 남성을 만나는 호색한 유녀(遊女)
로 그려지거나,[30] 근세 하이카이(俳諧)[31]에서는 호색의 결과 성적으
로 불구가 되었다는 노래가 만들어지기도 한다.

　　「백 일째에는 무엇을 숨기랴 구멍이 없는데(百夜日は何をかくそ
　　う穴がなし)」(『誹風柳多留』)

　이 노래를 보면 고마치가 성적 불구가 된 이유가 '모모요가요이'전
설의 후카쿠사소장과 관련이 있음을 알 수 있다. 근세가 되면 아이를
못 낳는 여성, 결혼하지 않은 여성, 병에 걸린 여성에 고마치를 대입
시키기도 한다.

　헤이안시대 절세 미인으로, 또 뛰어난 가인으로 추앙받던 고마치가
시대의 변천에 따라 점차 몰락해 가는 과정은 모두 고마치가 남긴
노래를 후대 사람들이 분석하는 과정에서 발생한 오해이자 날조이다.
왜냐하면 고마치와 관련된 설화나 전설 그 어느 것도 기록에 남아
있는 것이 없기 때문이다. 고마치에 대해 평가하는 주체는 늘 남성이
었다. 각 시대마다 남성들은 고마치라는 여성 스타의 모습을 추하고
괴물 같은 형상으로 만듦으로써 여성들에게 어떤 메시지를 전하고자
했던 것은 아닐까 생각된다. 여성이 주체적으로 남성을 거절하면 어떤
꼴이 되는지, 또 남성들과 대등하게 노래를 주고받는 고마치의 모습을

---

30) 「そもそも清和のころ、内裏に、小町といふ色好みの遊女あり。」「小町は、男に
　　逢ふこと、まづ千人と記したれども、逢うて逢はぬともみえたり。」(『小町草紙』).
31) 5, 7, 5의 총 17자로 구성된 근세 단가. 풍자를 주로 함.

남성을 밝히는 호색한 여성으로 그
린다든지 하는 가부장적인 이데올로
기를 유명한 여류 가인인 고마치를
통해 모든 여성들에게 표명하고자
싶었던 것으로 보인다. 오늘날 일본
인들이 환호하는 고마치 신드롬 뒤
에 감춰진 고마치의 노쇠하고 영락
한 모습들(구상도나 고마치 백세상
등)은 근대 이전 남성들이 고마치라
는 수퍼 스타에게 품었던 질투와 두
려움의 표상에 다름 아니라는 생각
이 든다.〈그림 21〉

그림 21. 오쓰시(大津市) 월심사(月心
寺)에 있는 고마치 백세상

4) 뱀이 된 기요히메淸姬

기요히메는 마음에 두었던 승려 안친(安珍)에게 배신당한 분노로
뱀으로 변하여 안진이 숨은 도죠지(道成寺)까지 쫓아가 그를 불태워
죽이는 인물이다. 안친, 기요히메 이야기로 불리는 이 설화는 일본인
들에게 여성이 한을 품으면 얼마나 무서워지는지를 가장 잘 보여주
는 일화로 꼽히고 있다. 이 설화의 원형은 헤이안시대 『대일본법화험
기(大日本国法華験記)』『곤자쿠이야기집(今昔物語集)』 등에 실려
있다. 젊고 잘생긴 스님이 노승과 둘이서 참배 여행을 가던 중 젊은
과부의 집에 숙박하게 되고, 그 과부에게 결혼을 강요당하자 돌아오
는 길에 청을 들어주겠다고 약속한다. 하지만 약속을 지키지 않자 승
려를 기다리던 과부는 속은 것을 알고 분통한 마음에 죽음을 맞게

된다. 죽은 후에 뱀이 된 여자는 도조지까지 승려를 쫓아가 종을 온몸으로 휘휘 감아 종속에 숨어 있던 승려와 종을 함께 태워버린다. 그 후 죽은 젊은 승려는 도조지 노승의 꿈에 뱀의 모습으로 나타나, 자신은 뱀이 된 여자의 남편이 되어 이런 모습이 되었다고 한탄한다. 이를 들은 노승은 법화경를 독경하고, 사도(邪道)에서 빠져나온 여자와 승려는 함께 구원을 받았다는 결말이다. 원념을 가졌던 두 남녀가 구원을 받는다는 불법의 가호를 설파하기 위한 설화로 보여진다. 그러나 설화의 내용이 극적이고 원한을 가진 여성이 뱀으로 변하여 남자를 태워 죽이는 자극적인 내용은 그 이후 다양한 문학의 소재로 이용되기에 충분했다.

중세 이후 이 이야기는 '도조지 전설'로 좀 더 상세한 스토리로 변하게 된다. 과부로 등장했던 여성은 기요히메라고 하는 아가씨로 바뀌게 되고, 안친에게 배신당한 기요히메가 맨발로 도조지까지 쫓아가지만, 안친은 자신은 다른 사람이라고 거짓말까지 하는 데다 구마노

그림 22. 伝土佐光重画 『道成寺縁起』

그림 23. 鳥山石燕 『今昔百鬼拾遺』 중 「道成寺의 鐘」

공겐(熊野権現)에게 도움을 청해 기요히메를 묶어두고 그 사이에 도망가려고 한다. 분노가 하늘을 찌를 듯한 기요히메는 결국 뱀이 되어 안친을 쫓아가는데, 안친은 여기에서도 뱃사공에게 자신을 추격하는 사람을 태워주지 말라고 부탁을 한다. 그러나 기요히메는 불을 뿜으며 히다카강(日高川)을 헤엄쳐 건너서 도조지에 숨은 안친을 쫓아간다. 안친은 어쩔 수 없이 범종을 내려달라고 해 그 안에 숨었다. 그러나 기요히메는 주저 없이 종을 휘감고 안친을 태워 죽인다.〈그림 22, 23〉 안친이 죽은 후 기요히메도 물에 뛰어들어 죽는다. 이 부분에서 헤이안시대와 같은 불교적 구원은 찾아볼 수 없다.

이 도조지 전설은 근세 가부키에서는 〈아가씨 도조지(娘道成寺)〉라는 제목으로 상영되는데, 여성의 집념, 배신당한 남성에 대한 처절한 응징이라는 주제가 대중의 큰 인기를 끌었다.〈그림 24〉

이상의 기요히메의 이야기에서 여성들은 안친을 응징하는 기요히메에게서 가부장제를 전복시키는 카타르시스를 느낄 것이고, 남성들

그림 24. 歌舞伎〈娘道成寺〉

은 무시무시한 기요히메의 모습에 공포를 느끼리라 생각된다. 그러나 이야기의 핵심은 여성의 집념은 자신을 사악한 뱀의 모습으로 만들고 만다는 저주, 남성에 대한 원한은 결국 상대도 죽고 자신도 죽게 되는 파국을 맞게 된다는 교훈일 것이다.

4 결론

줄리아 크리스테바는 여성 괴물의 섹슈얼리티는 비천함, 더럽혀진 신체, 절단된 신체라 하고 있다. 본고에서 언급한 하시히메나 고마치, 기요히메는 모두 비천하고 더럽혀지고 변형된 기형의 신체를 보여준다. 요즘 일본에서 요괴의 인기는 상당하다. 〈귀멸의 칼날〉이나 〈센과 치히로의 행방불명〉〈모노노케히메〉와 같은 애니메이션의 소재가 되기도 하고, 게임 캐릭터로도 인기를 끌고 있다. 미즈키 시게루의 〈게게게노 키타로〉는 일본 뿐 아니라 우리나라에서도 많은 사랑을 받고 있다. 돗토리에는 시게루 로드라는 요괴 거리를 만들어 관광지로 인기를 끌고 있기도 하다.

요괴는 혐오스럽기도 하지만 동시에 매력적인 면도 있다. 바바라 크리드는 그 이유에 대해 괴물은 우리로 하여금 일반적으로 터부시 되는 것들과 대면할 수 있도록 해주기 때문이라고 설명하고 있다.[32] 괴물들은 사회가 차이를 부정하고 일치를 강조하기 위해 부과한 터부에 대한 강력한 비판을 하기 때문에 공감을 불러일으킨다고도 한다. 본문에서 언급한 요괴들도 사회가 규정한 터부에서 벗어난다는

---

32) 바바라 크리드, 앞의 책, p.12

이유로 괴물이 되기도 하고, 추한 모습이 되기도 하며, 심지어는 뱀이 되기도 한다. 다른 한편으로 요괴라고 하는 것은 사회 구성원이 갖는 불안이나 공포감의 다른 모습이기도 하다. 헤이안시대에 다수 출현하기 시작한 요괴는 여성이 소외되는 시대정신을 반영하여 더욱 그로테스크한 모습으로 변모한다.

헤이안시대의 『쓰쓰미츄나공이야기(堤中納言物語)』에는 "요괴와 여자는 사람 눈에 띄지 않는 것이 좋다(鬼と女とは人に見えぬぞよき)"는 구절이 있다. 가부장적 부권사회체제가 공고해지면서 질투가 많은 여성이나 행실이 바르지 못한 여성들을 배제하고자 하는 움직임이 강화됐고, 교토가 거대 도시로 변화하는 과정에서 생겨난 부정관(穢れ観) 등으로 여성 천시 경향은 더욱 가속화되었다. 이에 대해 천황을 중심으로 한 남성 중심의 국가체제를 지키기 위한 노력이 여성이나 천민에 대한 차별로 이어지게 되었던 것이다. 결국 사회 규범에 부합되지 않는다는 판단을 받은 여성들은 요괴가 되었고, 도성 밖으로 쫓겨나는 신세가 된다. 다시 말해 헤이안시대에 증가한 요괴는 사회적으로 여성에 대한 차별이 심화되는 과정에서 탄생한 왜곡된 이데올로기의 산물에 다름 아닌 것이다.

회광반조回光返照의 미학
: 근대와 전통적 가족의 해체
- 오즈 야스지로의 〈동경 이야기〉

양종근

1 좀체 부모 맘 같이는 안 되나 봐

오즈 야스지로(小津 安二郎)의 대표적인 영화 〈동경 이야기(東京物語)〉(1953)에서 슈키치와 토미 부부는 동경에 살고 있는 자식들과 그 가족들을 만난 후 다음과 같이 대화를 나눈다.

토 미 겨우 열흘 동안에 애들을 다 만났네요. 손주들도 다 컸고.
슈키치 옛날부터 자식보다 손주가 귀엽다던데, 당신은 어땠소?
토 미 당신은요?
슈키치 역시 자식이 더 좋아.
토 미 그렇지요.
슈키치 하지만 자식도 성장하면 변하는군. 시게도 어릴 때는 더
　　　 순한 애였는데.
토 미 그랬었죠.
슈키치 딸내미는 시집가면 끝이야.

＊ 대구대학교 인문과학연구소 연구교수

토　미　코이치도 변했어요. 그 애도 더 다정한 애였는데.

슈키치　좀체 부모 맘 같이는 안 되나 봐. 변하긴 했어도 괜찮은 편이지.

토　미　괜찮고말고요. 아주 좋은 편이죠. 우린 행복한 거예요.

슈키치　그렇겠지. 그래, 행복한 편이지.

　동경에 살고 있는 자식들에게 대한 부모들 간의 정감 있는 대화는 대체로 이와 같은 패턴으로 진행된다. 어릴 때와 비교하기도 하고 현재 살고 있는 모습에 대해 대견해 하기도 하고, 걱정과 기대감을 드러내기도 하면서 종국에는 "우린 행복한 편"이라는 결론에 공감하면서 만족감과 안도감으로 끝을 맺는다. 자식이란 존재가 "좀체 부모 맘 같이는 안 되"는 것이 인지상정이라는 것을 받아들이기가 부모로서는 쉽지가 않다. 자식 세대들이 살아가는 시대가 부모 세대의 그것과는 다를 수밖에 없고, 그렇기 때문에 그들의 삶이 자신들의 삶과 다를 수밖에 없음을 인정하기가 쉽지 않다. 부모로서 귀감이 되고 싶고, 자식들에게 자신들의 삶을 인정받고 싶고, 자신들이 살아오면서 알게 된 삶의 진실 같은 것이 있다면 자식들에게 물려주고 싶다. 그러기 위해서는 세대 간의 다름을 손쉽게 받아들여서는 안 된다. 세상이 변해도 변하지 않는 삶의 법칙이 있고 도리와 규범이 있다.

　지속해야할 것과 변해야할 것 사이의 긴장과 갈등은 어느 시대에나 존재해 왔다. 자식들이 다소 마음에 들지 않아도, 어릴 적 예쁘게 바라봤었던 모습이 어느새 사라지고 각박한 인성에 속물적 근성을 드러내더라도 부모는 이런 모습까지도 보듬어 주어야 한다. 그래도 자식 농사를 잘 지은 편이라고 생각해야만 자식과 부모 모두에게 '윈-윈'이 되지 않겠는가. 이 흔하면서도 어정쩡한 결말에 손쉽게 고개를 끄덕여 주기 전에 좀더 들여다보자.

동경에 갔을 때, 슈키치는 젊었을 적 오노미치에서 친하게 지냈던 친구들을 만나서 함께 술자리를 가지게 된다. 젊었을 적 병무 담당관이었고, 지금은 대서소를 하고 있는 핫토리와 예전에 경찰서장을 지냈던 누마타가 그들이다.

누마타 한 잔 더.

슈키치 충분히 마셨네.

누마타 더 들어야지. 오랜만인데.

슈키치 그동안 계속 안 마셔서.

핫토리 자네는 주당이었는데. 지사가 오노미치에 왔을 때...

누마타 타케무라 지사.

핫토리 그때 그쪽도 대단했지. 하얗고 통통한 여자가 있었는데.

누마타 우메 말이군.

핫토리 그 애 좋아했지?

누마타 걔를 사이에 두고 지사랑 다퉜다니까.

핫토리 자네도 좋아했잖아.

슈키치 이거 정말 부끄럽네, 마시기만 하면 바보짓을 해서.

핫토리 아무튼 자네는 좋겠어. 애들이 다들 잘됐으니까.

슈키치 정말 그럴까.

핫토리 나는 한 녀석이라도 살아 남았으면 원이 없겠네.

누마타 둘 다 참 안됐어. 자네는 하나?

슈카치 차남이지.

핫토리 이제 전쟁은 질색이야.

누마타 동감이야. 하지만 자식이라는 건 없으면 없는 대로 쓸쓸하고 있으면 있는 대로 점점 부모를 애먹여. 있으나 없으나 고생이지. 마시지.

핫토리 이럼 쓰나. 얘기가 우울해졌잖아.

누마타 기운 내야지.

노년의 남성들이 옛 친구와 함께 하는 술자리에서 과거의 추억을 술안주로 삼는 것은 당연하다. 누가 술이 세다든가 하는 시시한 이야기들. 그런데 그들 사이에 공유된 추억의 여인이 있다. 젊잖아 보이는 슈키치도 좋아했고, 누마타와 타케무라 지사는 그 여인을 두고 다툴 정도였단다. 핫토리의 기억에도 '우메'라는 여인은 에지간히 기억에 남았던 것 같다. 슈키치가 술만 마시면 바보짓을 했다고 하는 것으로 봐서 그 여인은 술집주인이었거나 술집에서 일하는 아가씨였던 것 같다. 때는 바야흐로 2차 세계대전이 한창이던 시절이었고, 일본이 세계를 상대로 전쟁을 도발하던 시기에, 술집 여인을 두고 지사와 경찰서장과 시의 교육과장(슈키치)이 서로 욕심을 냈었다는 것이다. 전범국의 공무원다운 윤리적 타락의 단면이 드러나는 대목인데, 더욱 놀라운 것은 그 시절의 이야기를 즐거운 추억인양 떠들며 이야기한다는 점이다.

　그리고 마치 동전의 양면처럼 전쟁으로 인한 상처가 밝혀진다. 핫토리는 전쟁으로 인해 아들 둘을 잃어버렸다. 슈키치도 차남을 잃었다. 그들은 전쟁 때문에 자식을 먼저 떠나보낸 아픔을 공유하고 있다. 그들은 전쟁의 책임 당사자이자 가해자이면서도 동시에 바로 그 전쟁의 피해자이기도 한 셈이다. 그들은 전쟁에 질색을 하지만, 전쟁의 본질에 대해서 더욱 깊숙이 들어가지는 않는다. 다시 말해 전쟁을 일으키는 것이 아니었다거나, 전쟁으로 이끈 일본 제국의 위정자들을 비판하지 않는다. 전쟁에 대한 책임의식과 비판의식의 부재가 막연한 전쟁 혐오감을 드러내는 것으로 서둘러 마무리된다. 이런 그들에게 누마타는 자식은 없으면 쓸쓸하지만 있어도 애를 먹이니 고생인 것은 마찬가지라고 말한다. 위로의 뜻에서 한 말이겠지만 제대로 된 위로가 될 리가 없다.

이들의 대화 패턴은 술집을 옮겨서도 반복된다.

술집주인 여기, 뜨거운 거.

누마타　　한 잔 따라봐.

술집주인 오늘 많이 취하셨네.

누마타　　히라야마. 이 여자 어때? 누구 닮았지?

술집주인 또 시작이다.

누마타　　닮았잖아.

슈키치　　누구랑?

핫토리　　닮았어, 닮았어.

슈키치　　누구랑?

핫토리　　우메겠지.

누마타　　아니지. 우메보다 말랐잖아. 내 마누라야.

슈키치　　이제 보니 닮았네.

누마타　　닮았지. 요 부분이.

술집주인 그만 돌아가시지. 오늘 많이 취하셨어.

누마타　　투덜거리는 모습까지.

술집주인 지겹지도 않아요.

누마타　　말투도 비슷하다니까. 이봐. 한 잔 따라줘. 어서.

핫토리　　이제 전쟁은 질색이야.

누마타　　동감이야. 하지만 자식이라는 건 없으면 없는 대로 쓸쓸
　　　　　하고 있으면 있는 대로 점점 부모를 애먹여. 있으나 없으
　　　　　나 고생이지. 마시지.

핫토리　　이럼 쓰나. 얘기가 우울해졌잖아.

누마타　　기운 내야지.

　옮겨간 술집의 여주인에게 과거의 여인이었던 우메를 닮았다거나
아내를 닮았다거나 하면서 술을 따르라고 치근덕대는 모습은 눈살을
찌푸리게 한다. 그것이 그 시대의 일반적인 술집 풍경이라고 하더라

그림 1. 슈키치와 친구들은 오랜만에 술자리를 가진다.

도 우메를 두고 다투던 젊었을 때의 그들의 모습에서 크게 변한 것
같지는 않다. 지겹지도 않냐고 술집주인이 말하는 것을 보면 누마타
의 이러한 행동은 이번이 처음이 아니다. 그런 누마타를 아무도 제지
하지 않는다.

앞선 술자리에서 그랬듯이 한 차례의 낄낄거림이 끝나고 나서 그
들은 다시 자식 세대에 대한 이야기로 옮겨간다.

> 누마타 하여간 자네가 제일 행복해.
> 슈키치 어째서?
> 누마타 동경에는 아들딸이 잘살고 있고.
> 슈키치 그쪽이 그렇지.
> 누마타 그게 아니라니까. 며느리 눈치나 보고 날 귀찮아하지. 못
>   난 놈이야.
> 슈키치 그래도 아들이 인쇄 회사 부장이라며.
> 누마타 부장은 얼어 죽을, 아직 계장이야. 내 체면도 있으니까 남
>   들한테는 부장이라고 하지만. 뒤쳐진 거야.

슈키치 그런 말 말게나.

누마타 늦둥이 외아들이라 응석받이로 키운 탓이야. 자식 농사는
        네가 제일 낫다니까. 진짜 박사를 냈으니.

슈키치 요즘 박사 딴 의사는 널렸어.

누마타 부모의 기대만큼 자식은 미치지 못하나봐. 일단 심지가 약
        해. 불굴의 정신이란 게 없어. 그래서 내가 얼마 전에 아들
        놈에게 말했더니 동경에는 사람이 넘쳐나서 승진하기 어
        렵다나. 어떻게 생각해? 정말 한심한 얘기지? 젊은이의 근
        성이 전혀 없어. 이러려고 키운 게 아닌데.

슈키치 누마타 자네 많이 취했군.

누마타 그렇게 생각 안 해? 만족하는 거야?

슈키치 절대 만족스럽진 않지.

누마타 그렇지. 자네조차 만족 못한다고. 나 울적해졌어.

핫토리 이제 더는 못 마셔.

슈키치 누마타 들어보게. 나도 상경 전에는 아들이 잘나가는 줄
        알았었네. 그런데 말일세. 작고 외진 동네 의원이야. 자네
        마음 잘 아네. 자네 말처럼 나도 불만이야. 하지만 누마타,
        이거 다 부모의 욕심이야. 욕심은 끝이 없으니 그만두자고
        나는 그렇게 생각했네.

누마타 생각했다고.

슈키치 생각했어.

누마타 그렇군. 자네도 역시.

슈키치 녀석도 원래 안 그랬는데. 어쩔 수 없지. 역시 자네 말처럼
        동경은 사람이 너무 많아.

누마타 그런가.

슈키치 그냥 좋게 생각해야지.

누마타 그건 그래. 요즘 젊은 것들 중에는 부모를 쉽게 죽이는 놈
        도 있으니. 그에 비하면 훨씬 나은 셈인가.

서로 상대방이 자식을 잘 키웠다고 부러워하면서 자신들의 자식에 대해서는 불만을 쏟아낸다. 누마타는 아들이 부장이 아니라 계장이 며, 아내 눈치나 보는 공처가인데다가 아버지인 자신을 귀찮아한다고 말한다. 더욱 큰 문제는 '불굴의 정신' 혹은 '젊은이의 근성'이 없어 한심하다는 점이다. 이 말에 슈키치는 자신의 장남도 잘 나가는 의사 인 줄 알았는데, 작고 외진 동네의 의원일 뿐이라는 사실에 실망했다 고 말한다. 그러면서 자신들의 바람이 부모로서의 욕심일 뿐이니 그 냥 좋겠 생각해야 한다고 이야기를 마무리 짓는다. 그러면서 부모를 죽이는 자식도 있는데 라고 말하면서 자신들의 처지를 위로한다. 부 모 죽이는 자식 운운하면서 스스로를 위로하는 것은 실제로는 전혀 위로가 되지 못한다. 그런 종류의 자식들과 비교하면서 자신들의 자 식에 대해 만족한다는 것은 실제로는 전혀 만족할 수 없다는 말과 마찬가지이다.

그런데 그들이 말하는 불굴의 정신과 젊은이의 근성이란 무엇인 가? 그들이 자식들에게 불만을 가지는 이유는 무엇인가? 자신들처럼 아내 위에 군림하는 가부장의 당당함을 지니지 못해서? 승진을 못하 거나 큰 병원을 가지지 못해서? 아버지 세대의 불만에 대해 최범순은 다음과 같이 설명한다.

해당 장면 첫머리에서 울려 퍼지는 아시아·태평양 전쟁 시기 해군 군가는 이어지는 전사자 아들들에 관한 화제와 함께 전쟁이 전후 일본 가정에 드리운 어두운 그림자를 보여준다. 전사한 아들들에 이어진 화 제는 자녀에 대한 푸념이다. 이 화제를 주도한 인물은 오노미치의 경 찰서장 출신인 누마타라는 인물인데, 그는 아들의 변변치 못한 사회적 지위와 자신을 대하는 태도에 대해 불만을 늘어놓는다. 하지만 이러한 불만도 결국 "부모의 욕심"이라는 말로 수습되고 "부모를 죽이는 자

그림 2. 천황을 환영하는 히로시마의 시민들

식이 있는 마당에 그래도 우리는 낫다"라는 자위로 이어진다. 이 시기 영화가 벌써 친족살해 사건을 언급한다는 사실이 놀랍지만 그보다 중요한 것은 세 아버지로 대표되는 세대들이 자녀들에 대해 지니고 있는 인식이다. 해당 대화 장면은 도쿄라는 공간에 이미 확산되기 시작한 가정의 또 다른 실상을 보여주는데 그것은 '가족=사랑 공동체' 이미지와는 너무나도 동떨어진 모습이다. 오노미치에서 상경한 노부부가 경험한 것은 결코 특정 가족에 한정 된 이야기가 아니었던 것이다. [1]

최범순의 설명에서 동의할 수 있는 부분은 전쟁이 전후 일본 가정에 드리운 어두운 그림자가 존재한다는 주장이다. 전후 일본은 전쟁에 대한 사과나 반성 없이 미군정 하에서 곧바로 경제 성장에 주력했다. 한국전쟁으로 인해 경제적 호황이 시작되면서 1950년대 일본은

---

1) 최범순(2009).「전후 일본 영화 속 가정 이미지: 오즈 야스지로(小津安二郎)의 도쿄 이야기(東京物語)를 중심으로」.『일본어문학』제42권. 272.

경제적으로 주목할 만한 성장을 이루게 된다. 경제 성장을 위해 동원된 전후 세대들은 마치 전쟁을 하듯이 경제 부흥을 위해 최선을 다해야 했다. 경제가 유일한 사회의 동력이었으며, 식민 지배의 부끄러운 과거와 패전의 아픔은 경제적 보상을 통해 잊혀져야 했다.『민주와 애국: 전후 일본의 내셔널리즘과 공공성』(民主〉と〈愛国)을 집필한 오구마 에이지(小熊英二)는 전후 세대의 담론이 전쟁 세대의 담론과 그 메커니즘에 있어서 그리 다르지 않다고 주장한다. 그는 위의 저서 표지에 히로시마를 방문한 일본 천황의 사진을 싣고 있는데, 이 사진이 일본의 전후 세대의 심리를 상징적으로 표현하고 있다고 말한다.

히로히토 일본 천황이 히로시마를 방문한 것은 1947년 12월 7일이며, 원폭으로 인한 폐허 상태로부터 도시와 시민들 모두가 아직까지 벗어나지 못한 상황이었다. 나가사키와 함께 일본 패전의 상징인 도시에서 전범국이자 패전국의 지도자가 패전 이후 열렬한 환영과 환호를 받고 있는 모습을 위의 사진에서 볼 수 있다. 정상적인 국가라면 상상도 할 수 없는 장면이 펼쳐진 것이다. 오구마의 말처럼 "패전 후에도 일본인들은 여전히 천황의 신민이었으며 전후(戰後) 체제 역시 변화가 없음을 보여 주는 역사적 장면 중 하나"라고 할 수 있을 것이다. 전후에도 군국주의는 세련되고 새로운 언어의 외피를 두른 채 여전히 일본 사회에 상존해 있었으며, 전시 체제는 전후 체제에서 단절되지 못한 채 답습되고 있었던 것이다.

다시 영화로 돌아와 아버지들의 대화를 들어보면, 그들은 여전히 가부장적이고 군국주의적이었던 그들 세대의 가치를 버리지 못할 뿐만 아니라 이를 '불굴의 정신'이나 '젊은이의 근성'같은 말로 미화하기까지 한다. 그들 세대의 '불굴'과 '근성'이 식민주의와 제국주의를 위해 봉사했던 그들의 젊은 날의 열정과 신념이었다면, 그것은 부끄러운 정신이자 근성이었다고 말해야 하는 것이 아닐까. 그래서 최범순의 말처럼 "'가족=사랑 공동체' 이미지"가 근대 이후의 동경이라는 대도시 삶의 구성 방식인 핵가족 시스템으로 인해 사라진 것이 아니라, "'가족=사랑 공동체' 이미지"는 전근대적인 대가족 시스템에서 있었다고 상상된 이미지(imagined image)라고 봐야 정확할 것이다. 오즈는 자신의 영화가 부모와 자식의 성장을 통해 일본 가족 제도의 붕괴를 그리고 있다고 말하지만, 정확히 말하자면 붕괴되는 것은 가족 자체가 아니라 전통적이고 전근대적인 대가족 시스템이다. 다르게 말하자면, 전통적인 가족 시스템의 해체와 근대적인 가족 시스템의 구축 과정에서 발생하는 부모 세대와 자식 세대 간의 갈등과 충돌을 그의 영화는 그려내고 있는 것이다.

2 싸가지 없는 자식들 VS 눈치없는 부모들

오즈 야스지로의 〈동경 이야기〉는 일본적인 이야기를 일본적인 방식으로 그려낸 일본미(日本美)의 정수로 알려져 있지만, 그는 꽤 오랫동안 미국식 모더니즘에 경도되어 있었다. 가장 일본적인 〈동경 이야기〉 또한 레오 맥커리(Leo McCarey)의 〈내일을 위한 길(Make Way for Tomorrow)〉(1937)에서 모티프를 얻은 작품으로 알려져 있는데, 이 작품은 미국의 경제 대공황을 배경으로 하고 있으며, 은퇴한 노부부가 재산을 압류당하면서 겪게 되는 자식들과의 갈등을 그리고 있다. 재산을 압류당한 노부모를 자식들은 누구도 모시려 하지 않고, 결국 노부부를 아들과 딸이 나눠서 맡게 되면서 생이별을 해야 하는 안타까운 상황을 냉담하고 차분하게 그려내고 있다. 현실의 무게는

그림 3. 오즈 〈동경 이야기〉의 모티브가 된 〈내일을 위한 길〉 포스터.

생각보다 무거우며, 삶은 고통스럽다. 부모자식 간의 혈연도 준엄한 현실 앞에서는 짐스러운 부담일 뿐이며 이러한 현실을 목도하는 일은 참담하고 서글프다.

주지하다시피 〈동경 이야기〉는 시골의 노부부가 동경에 사는 자식들을 방문하면서 벌어지는 사건을 담담하게 그려내고 있다. 바쁘게 살아가는 자식들은 부모들이 반가우면서도 그들의 바쁜 일상이 부모로부터 침해되는 것에 부담을 느낀다. 부모들의 생각과는 달리 동경에서의 삶은 경제적으로 윤택하지도 않고 시간적으로 여유롭지도 못하다. 자식들은 부모들을 가까운 온천 지인 아타미로 여행을 보내드림으로써 자신들의 일상을 유지하려 하지만, 여행지에서 불편함을 느낀 부부는 예정보다 일찍 돌아오게 되고, 곤란한 상황에 처한 자식들을 위해 아내는 홀로 살고 있는 둘째 며느리 집에, 남편은 동경에 살고 있는 동향 출신의 지인의 집에 머물기로 결정한다. 그러나 지인의 집에 하룻밤 머물기 곤란한 상황이 되자 남편은 술에 취한 채 친구를 데리고 딸네 집에 돌아오게 된다. 자신들을 불편하게 여기는 자식들의 모습에 노부부는 서둘러 고향인 오노미치로 돌아오게 되고, 귀성 중에 건강이 악화된 아내는 고향에서 숨을 거두게 된다.

앞서 언급했듯이 이 작품이 만들어진 1950년대의 일본은 전후 경제 재건의 기치 아래 박차를 가하던 시기이며, 경제 발전을 통해 전쟁의 상처와 아픔을 치유하려던 때였다. 패전 후 10년이 지날 무렵이었던 1956년 7월 일본 정부는 「경제백서(經濟白書)」를 통해 '전후는 지나갔다.(もはや戦後ではない)'라고 공식적으로 선언하게 되는데, 이 시기 일본사회는 물질적 풍요와 향락적인 소비 속에서 마치 전쟁은 없었던 것처럼 전쟁의 참상을 잊어가고 있었다. 일본사회는 전쟁의 참상 뿐 아니라 그들이 저지른 전쟁 범죄의 죄악마저도 경제 발전의 환등상 뒤에 감춰둠으로써 반성과 속죄 없이 경제 지상주의적인 군국주의를 계승하고 있었다. 경제적으로 잘 나가는 일본은 과거를 돌아볼 여유가 없었으며, 군사적으로 잘 나갔던 일본은 그 과정에서 부끄러움과 반성없이 추억이 되고 전통이 된다. 아버지 세대에게 그들의 젊은 시절은 술집 여인들과 있었던 염문으로 기억되지만 자신들의 부도덕함에 대한 반성은 없다. 전쟁은 자식을 잃은 아픔으로 기억될 뿐, 자신들이 자식들을 사지로 내몬 장본인이라는 통렬한 각성도 없다. 그들은 자식들이 자신들의 젊은 날처럼 가부장으로서의 권위를 지키기를 바라고, 경제 발전의 도상에서 좀더 높은 자리에 자리잡기를 바란다. 마치 일본이 군사적으로 아시아를 호령하던 그때, 자신들이 가정을 호령했던 것처럼. 그 시절 지방의 유지로 잘 나가던 아버지들을 본받아 도시에서 좀더 경제적으로 윤택하게 살아가기를.

시골에서의 생활은 도시에서의 삶에 비해 시간적으로는 느리고 여유로우며 공간적으로는 넓고 개방되어 있다. 이웃들도 비교적 자유롭게 출입하며 안부를 묻고 인사를 나눈다. 시골에서의 삶은 고전적인 의미에서 공동체라는 말에 걸맞게 이웃들끼리 왕래와 교류를 통해 정보와 삶의 일부분을 공유한다. 노부부가 살고 있는 히로시마현의

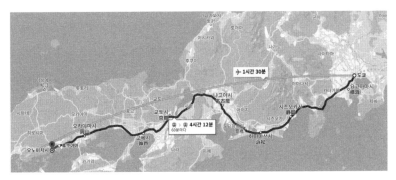

그림 4. 도쿄와 오노미치는 기차로 여행하기에 상당히 먼 거리다.

남동부에 위치한 오노미치는 동경으로부터 약 600Km 떨어진 시골로서 비행기로 1시간 30분이 걸리고, 지금의 초고속 신간센 편으로도 4시간이 넘게 걸리는 곳에 위치해 있다.

슈키치 부분가 여행을 준비하고 있는 동안 옆집 아줌마가 지나가다 인사를 나눈다.

이웃아줌마	안녕하세요.
토미	안녕하세요.
이웃아줌마	오늘 가세요?
토미	네. 오후 기차로.
이웃아줌마	그러세요.
슈키치	더 늦기 전에 애들이나 볼까 해서요.
이웃아줌마	얼마나 좋으실까 동경에서 다들 기다리겠네요.
슈키치	한동안 집을 비우니 잘 부탁합니다.
이웃아줌마	걱정하지 마세요. 아들딸이 다 잘 돼서 정말 좋겠어요. 정말 복도 많으세요.
슈키치	이거 쑥스럽군요.
이웃아줌마	다행히 날씨도 좋고.
토미	걱정해주신 덕분에.

이웃아줌마   그럼 잘 다녀오세요.
토미   고마워요.

정감어린 인사와 덕담이 오고가는 시골의 전형적인 모습을 통해
여행에 대한 기대감은 높아간다. 동경에서 성공한 자식들을 오랜만에
보러가는 길이니 얼마나 행복할 것인가. 첫째 아들 코이치는 동경에
서 어엿한 의사로 일하고 있고, 딸 시게는 미용실을 운영하고 있는
사장이다. 한껏 부푼 기대감을 안고 도착한 동경의 아들집은 그러나
생각보다 넓지 않다. 할아버지 할머니가 온다는 소식에 반가운 마음
도 잠시, 큰손자 미노루는 자신의 책상이 복도 밖으로 나와 있는 것을
보고 볼멘소리를 한다.

미노루   저 왔어요.
후미코   어서 와라.
미노루   할아버지 할머니는 아직?
후미코   곧 오실 거야.
미노루   엄마, 엄마.
후미코   왜?
미노루   내 책상이 복도에 있잖아.
후미코   할아버지 할머니가 오시잖니.
미노루   내 책상은 왜 빼?
후미코   그래야 잠자리를 만들지.
미노루   나 어디서 공부해? 시험이 있는데.
후미코   니 방만 방이니.
미노루   엄마, 어디서 공부하냐고. 엄마, 어디서 하냐고.
후미코   얘가 왜 이래. 니가 언제 공부했니.
미노루   했어, 했다니까.
후미코   거짓말.

할아버지 할머니를 위한 잠자리를 미노루의 방에 마련하다보니 책상을 둘 수 없을 만큼 방이 작은 것이다. 할아버지 할머니와 떨어져 살다보니 손자들은 살가운 정을 느끼지 못한다. 평소에 크게 공부에 관심이 없던 미노루지만 자신의 방을 빼앗기는 잠시 있을 불편함도 감내하기 싫다.

병원과 집은 함께 붙어 있고, 후미코는 두 아들을 키우며, 남편 코이치의 병원 일을 돕는 간호사 일도 함께 수행한다. 주사기를 소독하는 것이나, 남편이 급작스럽게 왕진을 가게 되자 병원을 비워두지 못하는 것으로 봐서 아직 간호사를 고용할 여력이 없는 것 같다.

딸인 시게도 바쁜 것은 마찬가지이다. 며칠이 지나도록 노부부는 동경 구경도 제대로 하지 못한다. 시게는 올케인 노리코에게 전화를 걸어 시부모에게 동경 시내를 구경시켜줄 것을 부탁한다. 노리코는 싫은 내색 없이 이 부탁에 응하는데, 무역회사에서 일하는 노리코는

그림 5. 노리코는 친자식들을 대신해 슈키치 부부에게 동경을 구경시켜 준다. 버스창에 비친 동경의 거리는 번화하고 붐빈다.

직장 상사에게 하루 휴가를 허락받고 다음 날 시부모를 극진하게 모신다. 남편이 죽고 없는 노리코에게 시부모의 접대를 부탁하는 시게의 경우없는 모습을 보면 얄밉고 화가 나기도 한다. 시게는 일이 있는 오빠가 부모님을 모시고 다니면 좋을텐데 라고 불평을 하기도 하는데, 자신의 사정만 신경 쓰는 개인주의적인 그녀의 성격을 잘 보여준다.

> 시 게   두 분 언제까지 동경에 계실까?
> 코이치   아무 말 없으셔?
> 시 게   응, 아직. 오빠. 내 생각인데 3천 엔쯤 낼 수 있어?
> 코이치   뭐하러?
> 시 게   나도 낼 거야. 2천 엔이면 될까? 역시 3천 엔은 들겠지.
> 코이치   뭐하게?
> 시 게   두 분을 이삼 일쯤 아타미에 보내드릴까 해서. 오빠도 바쁘고, 나도 요즘 강습회다 뭐다 쉴 틈이 없어. 노리코도 출근해야 하고. 어때?
> 코이치   괜찮은 생각 같은데.
> 시 게   아타미에 좋은 데 있거든. 전망 좋고 엄청 저렴해
> 코이치   좋겠는데. 거기 보내 드릴까?
> 시 게   두 분도 좋아하실 걸.
> 코이치   딱이네. 나도 좀 곤란했어. 좋아. 어디 데려가든 이삼 천은 드니까.
> 시 게   맞아. 이게 싸게 먹혀. 게다가 온천도 있으니까.

시게는 결국 묘안을 짜내고 이를 오빠인 코이치와 의논한다. 부모님에게 아타미 관광을 시켜드리는 것이 어떻겠냐는 시게의 제안에 자신도 곤란했다며 코이치는 뜻을 같이 한다. 남매의 대화는 귀찮고 성가신 부모와 며칠 떨어져 있을 수 있게 그들을 적은 비용으로 여행

그림 6. 아타미의 저렴한 숙소는 젊은이들로 북적이고 시끄러워 노부부는 휴식을 취할 수 없었다.

보내는데 동의하고 있다. "엄청 저렴해" "이게 싸게 먹혀"라고 말하는 시게의 말이나 "어디 데려가든 이삼 천은 드니까"라는 코이치의 말에서 자신들이 직접 모시지 못하는 안타까운 효심이 드러나는 것이 아니라 가성비와 효율성을 따지는 자본주의의 전형적인 사고방식이 드러난다.

이리하여 슈키치 부부는 아타미로 온천여행을 떠난다. 한적하고 조용하게 온천을 즐길 수 있을 거라는 예상과는 달리 숙소는 사람들로 북적거리고 떠들썩하여 휴식을 취할 수가 없다. 사람들이 단체로 와서 마시고 떠드는 저렴한 숙소는 젊은이들을 위한 곳이어서 노인들은 그 소란스러움을 견딜 수 없다. 고향 생각이 간절하다. 고향에 있는 막내딸 쿄코가 잘 있는지 걱정이 된다는 핑계로 부부는 고향으로 내려가기로 결심한다.

결국 아타미에서 하룻밤만 보낸 후 부부는 동경으로 돌아온다. 예정보다 일찍 돌아온 부모님을 보자 시게는 당황한다. 미용실 손님이 누구냐고 묻자 시골에서 온 아는 분이라고 둘러대고, 말로는 가부키도 보고 느긋하게 있으라고 말하지만 진심이 묻어나지 않는다. 7시부터 미용 강습회가 있기 때문인데, 부부는 다시금 시게의 집에서 머물지 못하고 다른 잠자리를 알아봐야 한다. 병원일로 바쁜 큰아들 집에 다시 가기는 뭣해서 토미는 노리코의 집에서 신세지고, 슈키치는 동향의 지인인 핫토리 집에서 신세지기로 한다. 노리코의 집에서 안락하게 지낸 토미와는 달리, 슈키치는 형편이 여의치 않은 핫토리의 집에서 머물지 못하고 누마타와 함께 셋이서 술을 마신다. 앞서 소개된 장면처럼 그들은 과거의 즐거웠던 추억을 곱씹다가 자식들 이야기에 불평을 나누다가 하면서 술에 취하게 된다. 며느리 눈치가 보이는 누마타를 데리고 딸의 집에 돌아온 슈키치는 딸의 잔소리를 들으며 잠든다.

> 시　게　내가 못 살아. 끊은 술은 왜 또 마셔. 저기요, 저기요. 아저씨! 아저씨! 아빠, 아빠! 별꼴이야. 아버지 원래 주당이었어. 회식만 하면 잔뜩 취해서 엄마를 이래저래 애먹였지. 정말 싫었어. 그러다 막내가 태어나자 사람이 변한 듯 딱 끊었지. 잘됐다 싶었는데 저 꼴이 뭐야. 오늘은 안 올 줄 알았는데. 아무나 데려 오고 정말 싫다! 짜증나네. 이게 뭐야. 오면 온다고 연락이나 하지. 한밤중에 술 먹고 오다니. 이래서 술꾼은 싫어. 혼자도 아니고 말야. 주책이야. 아이, 짜증나네.

시게는 속상한 슈키치의 마음을 헤아리지 못한다. 자식들이 번듯하게 보란 듯이 살고 있을 거라는 기대와 달리 좁은 집에서 일상을 허덕이듯 살고 있는 모습이 안쓰럽다. 바쁘고 힘든 줄 알지만 자신들을 좀더 살뜰하게 챙겨주고 상냥하게 보살펴주지 않는 자식들이 한편으로는 원망스럽기도 한다. 맘 편히 잠을 청할 곳이 없어서 이집에서 저집으로 떠넘겨지다시피 옮겨다니는 신세가 처량하기도 하다. 고향을 떠날 때 예상했던 것과 상황이 딴판이 되어 슈키치는 속상한 마음에 오랫동안 끊었던 술을 입에 댄 것이 잔뜩 취할 지경까지 마시게 될 줄은 몰랐다. 그런 아버지의 섭섭한 마음을 알 리 없는 시게는 짜증을 내며 주책이라고 퉁을 놓는다. 아버지의 친구를 '아무나'로 취급하고 젊었을 적 아버지를 소환하며 원망한다.

노부부는 다음 날 저녁 고향으로 돌아가는 기차에 오른다. 그러나 몸이 쇠약해진 토미는 고향까지 가는 도중에 기어이 몸이 안 좋아져 중간에 오사카에 있는 넷째 아들 케이조의 집에서 하루 신세를 진 후 고향에 도착한다. 동경에서 맘 편히 쉬지 못한 노부부에게 600Km에 달하는 장거리 기차 여행은 힘들 수밖에 없다. 저녁 9시에 출발해서 밤새 달려 다음 날 오후 1시 25분에 도착하는 약 16시간 25분이 걸리는 여행이다 보니 몸에 무리가 가지 않을 수 없다. 동경역에서 "이제 무슨 일이 생겨도 일부러 찾아오지 말거라. (…) 진심이다. 보통 멀어야지"라고 토미가 말하는 것은 닥쳐올 죽음에 대한 복선일수도 있지만, 장거리 기차 여행이 가져다 준 육체적, 심리적 거리가 실제로 멀게 느껴져서이기도 할 것이다. 이 먼 길을 자식들에게 오가게 함으로써 폐를 끼치기 싫은 부모의 마음에서 우러난 진심이라고 할 수 있을 것이다.

오사카에서 도착한 날 의사를 두 번이나 부를 정도로 다급했던 부부는 하루를 더 묵고 고향으로 돌아간다. 고향에 돌아온 후 얼마되지 않아 토미는 세상을 떠나게 된다. 케이조는 어머니의 연세를 묻는 역무원 동료의 질문에 "예순은 진작 넘었는데 일흔인가, 여든인가"라고 답한다. 살아 계실 때 효도하라는 말에 "있을 때 잘해야겠다"고 다짐하지만 그에게 효도할 기회는 다시 오지 않는다.

코이치는 후미코와 고향으로 내려간 부모님이 이번 여행을 만족해하셨을 것이라고 자기들 마음대로 생각한다. 고궁도 가고 아타미도 가고 했으니 한동안 동경 이야기로 꽃을 피울 거라고 말하며 자신들이 자식된 도리를 다한 것으로 판단한다. 그러던 중 어머니가 위독하다는 전보를 받고 고향으로 내려오고 기력을 회복하지 못한 토미는 숨을 거둔다. 장례식이 끝나고 시게는 "대문 밖이 저승이라더니. 그렇게 건강하셨는데. 이럴 줄 알고 오셨나봐. 아무튼 동경에 잘 오셨지. 건강한 얼굴도 봤고. 이런저런 이야기도 했고."라고 말하며 부모님의 동경 여행에 의미를 부여하지만, 부모님이 동경에 왔을 때 그들을 귀찮아하고 짜증내던 그녀의 모습을 환기해 보면 그 말에 선뜻 동의하기 어렵다. 시계의 얄미운 행동은 이후에도 계속되는데, 엄마가 두르던 풀잎 문양의 회색 장식 띠와 잔무늬 삼베를 자신이 가지겠다고 말하는 대목에서는 물욕에 찌든 모습을 보는 것 같아 안타까움이 든다.

시 게 오빠, 언제 가? 할 일이 많은데.
코이치 나도 마찬가지야.
시 게 오늘밤 급행 어때?
코이치 그래. 케이조는 어쩔래?
케이조 난 아직 괜찮아.
코이치 그래. 그럼 오늘밤에 가자.
시 게 네. 노리코는 괜찮지. 아버님 곁에 좀 있어줘.
슈키치 바쁠 텐데 됐다.

> 케이조　　나도 가야겠네. 출장 보고도 해야 하고, 야구 시합도 있거
> 　　　　　든. 같이 갈래.
> 슈키치　　그러냐. 바쁜데 와줬구나.

　장례식이 끝나자 자식들은 서둘러 각자의 위치로 돌아간다. 막내동
생 쿄코를 돌봐주거나 허전한 아버지를 챙겨주는 일을 노리코에게
맡겨둔 채 그들은 밤기차를 타고 돌아갈 예정이다. 있을 때 효도하겠
다던 케이조는 야구 시합이 있다는 핑계로 함께 길을 나서려고 한다.
도회지에 사는 자식들의 이와 같은 모습에서 현대인들의 삭막하고
메마른 정서를 보게 되는 일은 유쾌하지 않다. 그것은 매사에 바쁘다
는 핑계로 주변 사람들을 돌아보지 못하는 자신의 모습을 보는 것
같아 한편으론 씁쓸하고 한편으론 반성하게 된다.
　자식들은 비워둔 자신의 자리로 한시 바삐 돌아가야 하고, 그들의
일상은 다시 시작되어야 한다. 그렇지 못하면 경쟁에서 뒤처지게 되

그림 7. 무리한 여행으로 토미는 끝내 숨을 거둔다.

고, 급기야는 살아남을 수 없을지도 모른다는 불안감이 엄습해 오기 때문에, 그들은 좀더 슬픔을 오래 나누고, 서로의 상처를 보듬을 정신적인 여유가 없다. 현대인의 각박한 삶을 십분 이해한다손 치더라도, 그럼에도 불구하고, 개인주의적인 모습과 노리코를 대하는 뻔뻔한 모습에서 짜증이 나는 것은 어쩔 수 없다. 그런데 노리코는 왜 이들의 민폐스러운 요구를 다 받아 주는 것일까. 전통적인 부모 세대와 근대적인 자식 세대의 갈등과 충돌 사이에서 전형적인 가족 드라마에서 노리코가 차지하는 역할은 무엇일까. 어쩌면 관객들의 짜증은 노리코를 향해 있는 것인 아닐까.

3 전근대와 근대의 경계에 선 노리코

노리코는 슈키치와 토미의 셋째 아들인 쇼지의 아내다. 쇼지는 8년 전에 제 2차 세계대전에 참전했다가 행방불명 되었다. 재혼도 하지 않고 혼자 살면서 동경에서 회사에 다니고 있는 그녀는 동경 여행을 온 시부모를 극진히 보살피고 정성껏 대한다. 바쁘다는 핑계를 대는 친자식을 대신해 죽은 남편의 부모님을, 그것도 휴가를 내면서까지 모시고 다니며 동경 관광을 시켜드린다. 그런 후에 그녀는 자진해서 시어른들을 자신의 집에 모시고 가는데, 그녀의 집은 공동주택으로 좁고 누추하다. 좁은 자신의 집에 시어른을 모시고 이웃으로부터 술과 술잔을 빌려 술상을 차린 후에 도란도란 이야기하는 장면에서 지극정성으로 시부모를 대하는 노리코의 진심이 느껴진다.

그녀의 진심을 느껴서 였을까. 아타미로부터 예정보다 일찍 동경에 돌아온 노부부는 미용 강습회 때문에 형편이 여의치 않는 시게 집에

그림 8. 노리코는 시어머니인 토미를 언제나 정성스럽게 모신다.

서 나오지만, 큰아들 코이치 집에 가기에도 마음이 편치 않아, 노리코
의 집에서 신세를 지기로 한다. 아들 집보다 아들 죽고 혼자 사는
며느리 집이 더 맘이 편하지만 집이 좁아 둘 다 신세를 질 수가 없다.
결국 토미만 노리코의 집에서 하룻밤을 머무는데, 이 때에도 노리코
는 시어머니인 토미를 정성스럽게 대한다.

> 토　미　애야. 노리코.
> 노리코　네.
> 토　미　이런 말하면 속상할지 모르지만...
> 노리코　뭔데요?
> 토　미　쇼지 말이다. 죽은 지 벌써 8년이나 됐는데. 네가 저렇게
> 　　　　사진을 놓아둔 걸 보면 나는 네가 아무래도 가엽구나.
> 노리코　어째서요?
> 토　미　하여간 너는 아직 젊은데다.
> 노리코　이제 젊지 않아요

토 미   아니다. 정말이다. 나는 너한테 미안한 마음에 종종 아버
        님과도 얘기하지만 좋은 사람이 있으면 언제든 사양 말고
        시집가거라. 진심이다. 그러지 않으면 우리도 정말 편치가
        않구나.

노리코 그럼 좋은 데가 있으면.

토 미   있다. 있고말고. 너라면 있고말고.

노리코 그럴까요?

토 미   너를 이제껏 고생만 시켜왔는데, 이리 살게 하다니 너무너
        무 미안해서.

노리코 뭘요. 제가 좋아서 이런 거예요.

토 미   하지만 얘야. 어디 그렇겠니.

노리코 아뇨, 괜찮아요. 저는 혼자가 편해요.

토 미   지금은 편할지 몰라도 점점 나이를 먹어갈수록 역시 혼자
        는 외로울 텐데.

노리코 괜찮아요. 전 나이를 안 먹기로 했거든요.

토 미   좋은 애야. 너는.

　　남편 쇼지가 죽은 지 8년 동안 혼자 살고 있는 노리코를 보는 시부
모의 마음은 편치가 않다. 아직 앞날이 창창한 젊은 나이에 혼자가
된 것도 안쓰럽고 착한 심성을 지니고 있으니 누굴 만나더라도 사랑
받으며 행복하게 살 수 있을 텐데. 혹시나 시댁의 눈치를 보고 있는
것이라면 그럴 필요가 없을 뿐만 아니라 오히려 시부모로서 미안하
고 고마울 뿐이며 좋은 곳이 있다면 주저 없이 재혼하기를 바라는
마음을 토미는 노리코에게 전한다. 토미의 염려와 바람에 노리코는
"혼자가 편하다"든가 "나이를 먹지 않기로 했다"고 답하며 사양의 뜻
을 내비친다. 지금은 혼자가 편할지 몰라도 나이를 먹게 되면 외로울
것이라는 토미의 말은 같은 여성으로서 진정으로 노리코의 행복을 기
원하는 마음이 담겨져 있다. 그럼에도 "나이를 먹지 않기로 했다"는

노리코의 답변에 토미는 "좋은 애야"라고 대꾸한다. 토미는 노리코의 재혼을 진심으로 원하지만, 마음 한 켠에 죽은 아들이 잊혀지는 것에 대한 아쉬움을 지니고 있었는지도 모른다. 시부모의 희망사항을 완곡히 거절하는 노리코를 좋은 애라고 말하는 것은 논리적으로는 모순인 것처럼 보인다. 같은 여성으로서 토미 마음속의 모순까지 읽어냈는지는 모르지만 노리코는 한사코 그와 같은 제안을 물리친다.

그러나 토미가 죽고 난 후 시아버지인 슈키치와의 대화에서 노리코는 자신의 속내를 솔직하게 드러낸다.

슈키치　어머니도 걱정했지만 네 앞날에 관해서 말이다. 역시 이대로는 안 되겠다. 아무 사양 말고 좋은 데 생기면 언제든 시집가라. 아들놈은 그만 잊도록 해라. 네가 계속 혼자 있으면 되레 마음이 편치 않다. 힘들잖니?

노리코　아뇨. 전 괜찮아요.

슈키치　말은 그렇지. 너 같은 착한 애는 없다고 어머니도 칭찬했었지.

노리코　어머님이 저를 너무 좋게 보셨어요.

슈키치　너무 좋게 보기는...

노리코　맞아요. 저는 어머님 생각처럼 좋은 사람이 아니에요. 아버님까지 그리 생각하시면 저야말로 맘이 편치 않아요.

슈키치　그런 말 마라.

노리코　사실이에요. 저는 뻔뻔해요. 두 분이 생각하시는 만큼 언제나 쇼지 씨 생각만 하지는 않아요.

슈키치　아들놈은 잊어도 괜찮다.

노리코　요즘은 떠올리지 않는 날도 있어요. 잊는 날이 많아요. 솔직히 이대로 살아갈 자신이 없어요. 이렇게 혼자 살다가 도대체 어떻게 될지... 한밤중에 생각하곤 해요. 하루하루가 무의미하게 지나가니 너무 허전해요. 저도 모르게 뭘

	기다리나 봐요. 뻔뻔하죠.
슈키치	뻔뻔하기는 뭘...
노리코	아뇨, 뻔뻔해요. 이런 말 어머님한테는 못했어요.
슈키치	그걸로 됐다. 역시 넌 착하구나. 솔직하니.
노리코	아니에요.
슈키치	이건 어머니 시계인데... 지금은 한물갔겠지만. 어머니가 젊을 때부터 간직한 거지. 유품으로 받아둬라.
노리코	하지만 어떻게...
슈키치	괜찮다. 받아주면 좋겠다. 네가 써 주면 어머니도 분명 좋아할 게다. 부디 받아 두거라.
노리코	감사합니다.
슈키치	나는 네가 마음 편히 먹고 행복한 앞날을 보내길 기원한다. 진심이다. 묘한 일이다. 자신이 키운 자식보다 어찌 보면 남인 네가 훨씬 더 우리한테 잘해줬어. 정말 고맙구나.

슈키치는 장례식을 마치고 동경으로 돌아가려는 노리코에게 동경에서 잘 대접해준 것과 장례식에서 애쓴 것에 대해서 고마운 마음을 전한 후 토미와 마찬가지로 재혼을 권유한다. 그런데 노리코는 토미와 대화할 때에 숨겨왔던 자신의 본심을 슈키치에게 솔직하게 말한다. 자신은 쇼지를 생각하지 않을 때가 많고, 이대로 살아갈 자신도 없으며, 하루하루가 무의미하고 허전하다고. 이런 자신이 너무 뻔뻔하게 느껴진다고 말한다. 전통적인 여성상을 간직하고 살아온 시어머니 토미에게 차마 말할 수 없었던 자신의 속마음을 솔직하게 말하면서 자신을 좋게만 바라보는 시어른들을 속이고 있는 것 같아 마음이 편치 않다고 말한다. 도시에서 여인의 몸으로, 그것도 과부의 몸으로 혼자 살아가는 것은 힘든 일이다. 경제적으로 궁핍함을 면하기 어렵고, 여성으로서 사랑받고 행복해지고 싶은 욕망을 해소할 방도가 없

그림 9. 노리코는 동경으로 돌아오는 기차 안에서 토미가 물려준 시계를 들여다본다. 이 장면은 그녀의 삶이 앞으로 변모하게 될 것이라는 사실을 암시한다.

다. 도시의 여성들은 점차 자신의 삶을 주체적이고 능동적으로 만들어가고 있지만, 노리코는 그들에 비해 뒤처지는 것 같고 그들과 다른 길을 가고 있는 것 같아 불안하다. 스스로를 전통적인 '착한 여성'의 틀 안에 가두어 버린 채 개인의 욕망을 외면하고 살아가는 일상은 버겁고 힘들 수밖에 없다. 심리적 불안과 갈등이 마음속에서 일어날 때마다 노리코는 자신이 뻔뻔하다고 느끼며 죄책감에 사로잡히게 된다. 그런 자신을 착하게 봐주는 시어른들을 보면 자신이 위선자처럼 느껴져 더욱 괴롭다.

그런데 슈키치로부터 의외의 답변이 돌아온다. "착하구나"라고. 자신의 속마음을 숨겼던 토미에게서도 착하다는 말을 들었는데, 자신의 복잡한 심경을 솔직하게 털어놓은 슈키치에게서도 노리코는 착하다는 말을 들은 것이다. 이렇든 저렇든 노리코는 시어른들에게 착한 며느리일 수밖에 없다. 그녀의 착한 심성은 그녀가 시어른들을 환대할 때 이미 확인할 수 있었으며, 인간인 이상 그와 같은 고민을 한다는 것은 너무도 당연한 일이기 때문이다. 그녀는 자신의 고백처럼 뻔뻔한 것이 아니라 자신의 욕망에 충실히 살아가는 다른 도시인들처럼 그녀도 과거의 인연과 과거의 삶의 방식을 버리고 새로운 자신만의 미래를 위해 나아가야 한다.

슈키치가 토미의 유품인 시계를 노리코에게 전하는 것은 의미심장하다. 시계야말로 근대의 산물이며, 근대적인 시간의 척도를 의미하기 때문이다. 뒤에 다시 언급하겠지만, 기차와 시계가 근대를 상징하는 대표적인 문물이라고 봤을 때 동경으로 돌아가는 기차 안에서 토미에게 물려받은 시계를 꺼내 보는 노리코의 모습은 새로운 출발을 다짐하는 모습으로 해석할 수 있다.

이와 같은 해석이 가능한 것은 노리코와 쿄코 사이의 대화를 통해서도 확인할 수 있다. 슈키치와 대화를 나누기 전에 노리코는 오빠와 언니에게 불만을 지닌 쿄코의 마음을 달래준다.

쿄 코 언니가 오늘까지 있어줘서 다행이에요. 언니 오빠들은 좀
       더 있어줬으면 했는데.
노리코 모두들 바쁘셔서 그래.
쿄 코 정말 해도 너무해요. 자기들 얘기만 하고 후딱 가버리다니.
노리코 일이 있으니까 어쩔 수 없어.
쿄 코 언니도 똑같이 바쁘잖아요. 자기들밖에 몰라요.
노리코 하지만 쿄코.
쿄 코 어머니가 죽자마자 유품을 달라질 않나. 엄마를 생각하면,
       너무 괘씸해요. 남한테도 이러진 않아요. 부모자식은 더
       따뜻해야죠.

노리코   나도 어릴 때는 쿄코처럼 그렇게 생각했어. 자식은 나이가
         들면 점점 부모와 멀어지는 게 아닐까. 큰언니쯤 되면 부
         모님과 다른 그분만의 삶이란 게 있는 거야. 큰언니가 나
         쁜 건 절대 아니라고 생각해. 누구나 다 자기 삶이 가장
         중요해지거든.
쿄 코   그런가요? 부모자식이 그런 거라면 자식을 키운 보람이
         없잖아요.
노리코   그러게. 하지만 다들 그런 게 아닐까? 점점 그렇게 되더라.
쿄 코   그럼, 언니도?
노리코   그래, 그러기는 싫어도 역시 그렇게 될 거야.
쿄 코   인간사가 싫어지네요.
노리코   맞아. 싫은 거 천지야.

  부모자식은 더 따뜻한 관계여야 한다는 쿄코의 볼멘소리에 노리코
는 큰언니가 나쁜 것이 절대 아니며 부모님과는 다른 그들만의 삶이
있는 것이고 자신의 삶을 중요시하는 것을 비난해서는 안 된다고 말
한다. 자식은 성장하게 됨에 따라 부모와 다른 가치관과 삶의 방식을
따를 수밖에 없고, 자신의 삶을 살다 보면 부모와는 자연스럽게 멀어
질 수밖에 없으며, 그러기는 싫지만 자신도 역시 그렇게 될 수밖에
없다는 것이다. 쿄코는 시골에서 부모님과 함께 살아가기 때문에 전
통적인 가족관을 고수하고 있는 인물이라고 볼 수 있는데, 그녀의 관
점에서는 도시로 떠난 오빠와 언니의 사고방식, 특히 가족을 대하는
그들의 방식을 도무지 인정할 수가 없는 것이다. 쿄코는 노리코가 오
빠와 언니를 같이 비판해주기를 바랐겠지만 돌아오는 대답은 기대와
는 정반대였다. 노리코에게서조차 그런 말을 듣게 되자 쿄코는 인간
사가 싫어진다고 말하는데, 이는 그녀가 근대적인 삶의 방식과 가족
관을 수용할 준비가 아직 안 되어 있음을 나타낸다. 반면에 노리코는

이제 전통과 근대 사이에 더 이상 갈등하지는 않을 것 같다. 쿄코에게 코이치와 시계를 변호해준 것은 실은 '자신만의 삶을 살고 싶다'는 내면의 욕망을 허용하고픈 자기 자신을 변호하는 것이다.

4 몇 가지 상징과 기법들

지금까지 오즈의 〈동경 이야기〉를 일본의 근대화 과정과 관련지어 가족 서사를 중심으로 고찰해 보았다. 마지막 장에서는 이 영화에서 차용하고 있는 몇 가지 상징과 기법들을 알아보고자 한다. 오즈에게 기법은 영화 그 자체라고 불러도 무방할 만큼 독특한 영화적 기법을 활용하여 오즈만의 독특한 일본색을 표현하고 있다.

대만의 영화감독 허우샤오셴(侯孝賢)은 오즈 야스지로의 탄생 100주년을 기념하는 작품 〈카페 뤼미에르〉(Café Lumière, 咖啡時光)를 연출한다. 〈카페 뤼미에르〉는 전철이 지나가는 장면으로 시작하는데, 이는 오즈의 〈동경 이야기〉 도입부에 기차가 오노미치 마을을 지나가는 장면을 연상시킨다. 허우샤오셴은 정확하게 〈동경 이야기〉의 주요한 상징이 기차라는 것을 알고 있었던 것이다. 오즈가 기차라는 장치를 전통적 가족의 붕괴와 개인적 삶의 추구라는 주제와 결부시켰다면, 허우샤오셴은 100년이 지난 동경에서 난마처럼 얽힌 채 도시 전체를 쉴 새 없이 오가는 전철이라는 장치를 통해 현대인의 고독과 불안이라는 정서를 담담하게 그려내고 있다. 허우샤오셴의 고정된 카메라, 롱테이크 등의 정적이고 절제된 미장센은 오즈를 참조하고 있는데, 이와 같은 영화적 장치를 통해서 인생과 사회와 역사에 대한 깊은 사색과 성찰을 보여준다고 평가받고 있다.

그림 10. 〈카페 뤼미에르〉(외쪽)의 첫 장면은 동경의 전철에서부터 시작한다. 이는 〈동경 이야기〉(오른쪽) 도입부에서 기차가 지나가는 장면을 연상시킨다.

〈동경 이야기〉가 노부부의 '동경 여행기'를 다루고 있고 이 여행이 애초에 기차가 없었다면 불가능했을 것이라고 유추할 수 있다면, 이 영화는 그 자체로 '기차'에 관한 이야기라고 할 수 있을 것이다. '기차 이야기'라고 제목을 잠시 바꾸게 되면, "기차로 인해 발생한 가족의 붕괴"라는 이 영화의 주제가 더욱 선명하게 드러난다. 박우성이 잘 정리했듯이 이 영화는 "철도라는 근대적 교통망이 일본 사회에 야기한 전복의 풍경들"[2]을 보여주고 있다. 기차가 없었다면 자식들은 동경에서 살 수 있었을까. 기차가 없었다면 노부부는 동경에 갈 엄두조차 내지 못했을 것이며, 시골에 앉아서 성공한 자식들을 상상하며 뿌듯해 하며 지낼 수 있었을 것이다. 하지만 자주는 아니라 하더라도 가끔씩이라도 볼 수 없다면 가족이 무슨 소용이겠는가. 이 영화에서 기차는 처음에는 가족을 이어주는 가교의 모습으로 등장한다. 600Km 나 되는 멀리있는 자식들을 하루 정도 꼬박 달리면 가서 만날 수 있다니. 기차는 이전이라면 상상도 할 수 없는 가족 상봉을 이루어주는 인간적인 수단인 것이 분명하다.

---

2) 박우성(2008). 「오즈 야스지로 영화에 나타난 일본 근대의 풍경 비판」.『씨네포럼』(9). 27.

그러나 다른 한편으로 기차는 사람들을 쉽게 만나게 할 수 있는 능력을 지닌 만큼 사람들을 쉽게 헤어지게 할 수 있는 능력도 지니고 있다. 어머니 토미의 장례식이 끝나고 노리코를 제외한 자식들은 밤기차로 동경으로 돌아간다. 그리고 다음 날부터 그들은 잠시 미뤄둔 일상으로 재빨리 복귀한다. 애도는 짧게 끝이 나고 슬픔은 복귀한 일상 속에 묻힌다. 일본 근대화의 대표적인 상징인 기차는 현대인들의 바쁜 일상을 상징적으로 대변한다. 바쁜 일상 속에서 현대인들은 단자화(單子化)되고 개별화된다. 도시적 삶이 확대되고 농촌의 공동체적 삶이 붕괴되면서 단자화된 개인들은 핵가족 중심의 삶의 패턴에 악착하고 이웃이나 대가족으로부터 이탈하여 삶의 반경을 축소시키고 그 속에 갇히게 된다. 근대의 발전과 변화의 속도를 따라잡기 위해서, 점차 가열되는 경쟁으로부터 살아남기 위해서, 자신과 자신의 가족을 안전하게 지켜내기 위해서 현대의 개인들은 일상의 안위를 최고의 가치로 두고 살아갈 수밖에 없다. 농촌 공동체의 인심과 인정, 인간애와 배려는 치열하게 살아가는 현대의 도시인들에게는 사치일 뿐이다. 근대와 전근대의 차이가 각기 도시와 시골을 거점으로 충돌 없이 공존하고 있는 상황에서 기차는 종종 이와 같은 차이를 서로 확인하게 만들고 갈등을 불러일으키곤 한다. 〈동경 이야기〉는 기차라는 주요 상징을 통해 근대화 과정에 있는 전통적인 가족 공동체의 붕괴를 시골의 노부부 상경기를 통해 쓸쓸하게 보여주고 있다. 근대화라는 역사의 필연적인 물줄기를 되돌리는 것은 불가능할 뿐만 아니라 바람직하지도 않다. 이 영화가 쓸쓸한 이유는 이러한 필연적인 역사적 과정에서 우리가 잃어가고 있는 것을 담담하지만 분명하게 보여주고 있기 때문이다. 노리코가 자신의 삶을 살 수 있기를 응원하면서도, 그렇게 되었을 때 슈키치가 겪게 될 허전함과 쓸쓸함이 가슴

한구석을 무겁게 짓누른다. 노리코와 슈키치가 모두 행복할 수는 없다는 사실, 그것이 인생이고 역사의 순리라는 인식, 이 한계상황이 주는 무게감이 비감한 정서를 자아낸다. 작품 말미에 나오는 포스터 (Stephen C. Foster)의 동요 〈massa's in de cold ground〉를 번안한 일본 동요 〈春風〉의 가사가 주는 여운이 오래도록 가슴에 남아있는 것도 이러한 이유 때문인 것 같다.

> 여기 살던 사람은 지금 어디 있을까
> 오랜만에 찾아와 우두커니 서 보니
> 황혼에 물 드는 하늘을 더듬으며
> 울려 퍼져 오는 저녁 종소리
> 집비둘기의 푸드덕 날갯짓에
> 흩어져 사라지는 처마 끝자락
> 푸르른 바람에 물가는 산들거린다

〈동경 이야기〉의 주제는 슈키치 부부의 동경 여행과 토미의 죽음이라는 스토리에도 담겨 있지만, 오즈가 이 영화에서 활용하고 있는 다양한 기법을 통해서도 확인할 수 있다. 김려실의 말처럼 "일명 오즈조(小津調)로 불리는 독특한 형식미학을 구축한 그의 홈드라마는 장르적 관습과 소재의 한계를 뛰어넘어 오늘날에는 일본영화의 정전(正傳)이 되어 있다."3)고 할 수 있는데, 그 중에서 가장 널리 알려지고 특징적인 것은 다다미 쇼트(tatami shot)이다. 다다미 쇼트는 다다미에 앉아 있는 등장인물들의 눈높이에 맞춰 앵글을 낮춘 채 카메라를 고정하는 촬영 방식을 말한다. 이러한 기법은 일본식의 생활 풍습

---

3) 김려실 (2014). 「〈도쿄 이야기〉의 공간 표상 연구」. 『코기토』 (75). 128-129.

그림 11. 다다미에 앉아 있는 등장인물의 눈높이에 카메라 앵글을 맞추는 촬영기법을 '다다미 쇼트'라고 한다.

에 맞춰 카메라를 위치시킨 것으로 일본적인 영화의 탄생에 크게 기여했다고 평가받는다. 다다미 쇼트의 정적인 카메라 촬영은 불필요한 카메라워크를 지양하여 산만한 시선 분산을 막고 마치 연극을 보고 있는 듯한 느낌을 주어, 정적이고 관조적인 분위기에서 인물과 인물의 대사에 몰입하도록 만든다. 최용성은 "다다미 쇼트로 불리는 방식을 통해, 일상적 가족의 모습을 서구적인 방식과는 다른 미학적인 차원에서 드러내고 있다."[4]고 오즈의 작품을 평가하고 있는데, 이는 정확한 지적이라고 할 수 있다.

다음으로 오즈의 영화에서 특징적인 것은 등장인물들이 한 프레임 안에서 같은 방향을 바라보는 '등방향성'이다. 사토 타다오를 인용하면서 민병록은 "오즈는 같은 인물들이 서로 바라보면서 논의하는 것보다는 같은 방향으로 앉아서 이야기하는 것을 좋아한다. 즉 오즈는 대립하는 인간관계를 좋아하지 않고 공감을 하고 수긍하는 인간관계를 좋아하기 때문에 같은 방향으로 인물을 배치한다. (…) 즉 대립과

---

4) 최용성 (2009). 「세계화 속의 아시아 영화: 지역성 안에서의 일상성의 발견」. 『아시아영화연구』 2권 2호. 107.

그림 12. 오즈의 영화에서는 종종 등장인물들이 같은 방향을 바라보고 있다.

갈등을 배제하고 둘 이상의 인물이 일체감으로 합하고 있는 것이다. 이것은 오즈의 인간 자신을 의미하는 것보다는 시대의 변화에 대한 두려움, 위기감 등의 토대 위에서 절실하게 느꼈기 때문일 것이다."[5] 라고 등방향성의 의미를 설명한다. 때때로 이 기법은 인물들의 자세와 구도를 부자연스러운 것처럼 보이게 만들기도 한다. 하지만, 많은 경우 이러한 인물 배치는 장면을 좀더 온화하고 따뜻하게 만드는 데 도움을 준다.

다음으로는 필로우 쇼트(pillow shot)를 꼽을 수 있는데, 필로우 쇼트란 명확한 설명이나 이유 없이 5초 내지 6초 정도의 상당한 시간 동안 유지되는 시각적 요소를 담은 장면전환(cutaway)을 의미한다.[6]

---

5) 민병록 (1993). 「오즈 야스지로의 불규칙적인 관심선의 고찰: 「동경 이야기」를 중심으로」. 『영화평론』 5권. 210.

6) 이 용어는 Noël Burch가 그의 저서 『먼 곳의 관찰자에게: 일본영화의 형식과 의미』(To the Distant Observer : Form and meaning in the Japanese Cinema)에서 오즈의 촬영기법을 설명하면서 만든 것이다. 일본 구전가요에는 노래 중간 중간, 별 의미 없이 관습적인 수식어로 쓰이는 구절, 즉 특정한 단어 앞에 붙여서 그 의미를 강조하거나, 정서를 환기시키거나, 어조를 고르게 하는 기능을 하는 '마쿠라고토바'(枕詞(まくらことば))라는 구절이 있다. 이 단어에서 '마쿠라'만 딴 후에 구절을 뜻하는 '고토바'를 빼고 대신에 쇼트를 넣어 신조어를 만들었는

필로우 쇼트는 영화가 시작될 때 또는 장면이 진행 중일 때도 삽입할 수 있다. 최소한 오즈의 작업에서 이러한 필로우 쇼트는 차분함과 평온함을 주입하고 그의 영화를 우아하고 위엄 있게 만드는 데 기여한다.[7]

필로우 쇼트는 차분하고 고요한 느낌을 주며 진행 중인 내러티브를 방해한다. 이 기법은 관객들에게 숨을 쉴 수 있는 기회를 제공하고 이전 장면을 숙고하도록 하며, 다음 장면을 위한 휴식과 마음의 준비를 위한 여유를 제공한다. 일반적으로 사건의 연속성을 통해 관객의 몰입감과 동일화 효과를 극대화하는 것과는 정반대로, 짧은 시간 동안의 풍경 쇼트는 연속성을 방해함으로써 화면에서 펼쳐지는 감정을 공유할 수 있는 시간을 주고 이를 통해 감정의 강화를 불러일으킨다.

대표적인 예로 토미가 죽은 후의 연속되는 필로우 쇼트를 들 수 있다. 토미의 죽음은 5개의 필로우 쇼트를 연속적으로 보여줌으로써 차분하고 경건하게 처리된다. 정적인 오노미치의 풍경들이 하나씩 펼쳐짐에 따라 관객들은 토미의 죽음을 관조적인 자세로 마음속에 새기게 된다. 가장 긴 필로우 쇼트가 제시됨으로써 이 부분이 영화 전체의 주제를 나타내는 가장 중요한 부분임을 알 수 있는데, 죽음 이후에도 다른 누군가의 삶의 이야기는 계속되고, 그렇게 유한성 속에서 덧없이 살아가고 죽어가는 것이 인생이라고 말하는 듯하다. 인간의 존엄성이 삶의 유한성을 다루는 작가의 종교적인 태도로 인해 신성한 분위기를 자아낸다. 필로우 쇼트는 다다미 쇼트와 롱테이크 기법과

데, '마쿠라'가 한자로 '베개'를 뜻하는 '침(枕)'이어서 '필로우 쇼트'가 되었다.
7) https://dangerousminds.net/comments/yasujiro_ozu_and_the_enigmatic_art_of_the_pillow_shot 참조.

그림 13. 필로우 쇼트는 토미의 죽음에 대한 오즈의 애도를 의미한다.

함께 근대의 속도를 지체시키고 사색과 성찰을 위한 짧은 여유를 제공한다. 근대화의 노정은 계속되어야 한다. 그러나 그렇다고 해서 모두 앞만 보고 달려야 하는 것은 아니다. 오즈는 근대화의 일방통행로 한 가운데에서 "잠시 쉬었다 가도 좋지 않겠느냐"고 제안하거나 "가끔은 뒤를 돌아보시오"라고 충고함으로써 시대를 반성하게 하고 시대에 개입한다.

찰스 실버(Charles Silver) 도널드 리치(Donald Richie)를 언급하면서 "그가 오즈의 작품이 지닌 영적, 종교적 특징에 대해 언급하지만, 역설적이게도 그렇게 할수록 오즈의 세계관이 완벽하게 '인간중심적(people-centered)'이라는 것을 강조하게 된다."[8]고 설득력 있게 주장한다. 오즈에게서 가장 매력적인 것은 "'인간의 불완전함에도 불구하고 누구나 노력하면 행복해질 수 있다'는 오즈의 세계관"[9]이다. 오즈는 차분하고 단순하게 삶의 리얼리티를 포착하고 이를 충만한 연민

---

8) https://www.moma.org/explore/inside_out/2012/07/10/yasujiro-ozus-tokyo-story/
9) 문관규 (2014). 「오즈 야스지로 영화의 편집 미학」. 『영화연구』 (62). 79-80.

그림 14. 코이치 집 장면 전(왼쪽), 시계 집 장면 전(가운데), 노리코가 토미의 위독에 대해 전화를 받기 전(오른쪽)에 배치된 필로우 쇼트. 이 장면들은 등장인물들의 삶이 근대화에 영향을 받고 있다는 사실을 보여준다. 이러한 암시 또한 필로우 쇼트의 역할들 중 하나이다.

과 따뜻한 휴머니즘을 통해 표현한다. 근대화 과정이 거스를 수 없는 시대적 요청이라 하더라도 그 과정으로부터 소외되는 사람들, 영혼이 황폐해지는 사람들, 길을 잃고 방황하는 사람들을 오즈는 외면하지 않는다. 그리고 근대화라는 동일한 현상이 각기 다른 인물들에게 반향하는 다양한 목소리에 귀를 기울인다. 오즈는 그 과정에서 "그럼 인간은? 개인은?"이라고 질문한다. 이 질문을 통해서 오즈는 우리들로 하여금 가끔씩 멈칫거리며 뒤돌아보게 만들고, 앞으로 나아가는 길에 혹시 잊고 있는 것, 잃어버린 것이 있는지를 확인하게 한다. 이런 방식으로 오즈는 사회에, 시대에 개입한다. 들뢰즈의 말처럼 "정치로부터 단절한 것이 아니라, 정치와는 전혀 다른 방식으로 그 자체가 전적으로 정치적이 된 것"[10]이 오즈의 영화라고 할 수 있다.

10) 조성훈 (2012). 『들뢰즈의 씨네마톨로지』. 갈무리. 238.

▌참고문헌

김려실 (2014). 「〈도쿄 이야기〉의 공간 표상 연구」. 『코기토』 (75). 127-155.

문관규 (2014). 「오즈 야스지로 영화의 편집 미학」. 『영화연구』 (62). 79-107.

민병록 (1993). 「오즈 야스지로의 불규칙적인 관심선의 고찰: 「동경 이야기」를 중심으로」. 『영화평론』 5권. 199-214.

박우성 (2008). 「오즈 야스지로 영화에 나타난 일본 근대의 풍경 비판」. 『씨네포럼』 (9). 25-37.

오구마, 에이지 (2019). 『민주와 애국 :전후 일본의 내셔널리즘과 공공성』. 조성은 역. 돌베개.

조성훈(2012). 『들뢰즈의씨네마톨로지』. 갈무리.

최범순 (2009). 「전후 일본 영화 속 가정 이미지: 오즈 야스지로(小津安二郎)의 도쿄 이야기(東京物語)를 중심으로」. 『일본어문학』 제42권. 253-277.

최용성 (2009). 「세계화 속의 아시아 영화: 지역성 안에서의 일상성의 발견」. 『아시아영화연구』2권 2호. 99-123.

Burch, Noël (1979). To the Distant Observer : Form and meaning in the Japanese Cinema. Berkeley :University of California Press,c1979.

https://www.moma.org/explore/inside_out/2012/07/10/yasujiro-ozus-tokyo-story/

https://dangerousminds.net/comments/yasujiro_ozu_and_the_enigmatic_art_of_the_pillow_shot

영화 『마지막 황제』

- 청나라 12대 선통제宣統帝 푸이溥儀의 삶

서주영

1 영화 『마지막 황제』

애신각라(愛新覺羅)·푸이(溥仪, 이하 푸이)는 20세기에 그 누구보다 극적인 인생을 살았다. 청나라의 마지막 황제로서, 또, 만주사변(滿洲事變, 1931) 이후에는 일본의 괴뢰 국가였던 만주국(滿洲國)의 강덕황제(康德皇帝)로서 삶을 살았다. 이후 러시아군에 붙잡혀 러시아의 하바롭스크(Khabarovsk) 전범수용소에서 5년간 수감 되었고, 중화인민공화국으로 넘겨진 다음에는 무순전범관리

그림 1. 베이징 식물원에서 중산복을 입은 푸이

소(撫順戰犯管理所)에서 10년 동안 복역하며 삶을 참회하는 글을 남으며, 출소 이후에는 자금성 부근 중국과학원(中國科學院) 아래의 북경식물원(北京植物園)에서 식물을 돌보는 일을 했다. 황제에서 죄

* 대구대학교 인문과학연구소 연구교수

그림 2. 오른쪽에 서 있는 아이가 푸이 (3세)다. 아버지 순친왕이 안고 있는 사람이 동생 푸제다.

수로, 다시 평민으로 이어진 그의 극적인 신분적 변화를 돌아볼 때, 그가 삶에서 선택한 그 무엇 하나도 쉬운 일은 없었으리라는 것은 분명해 보인다.

이탈리아 감독 베르나르도 베르톨루치(Bernardo Bertolucci)는 1987년에 푸이의 일생을 담은 『마지막 황제(The Last Emperor, 1987)』를 세상에 내놓았다. 이 영화는 푸이의 삶을 건조하지만, 대단히 감성적으로 전달하고 있다. 우선 건조하다는 것은 영화의 형식적인 면과 관련이 있다. 이 영화는 푸이의 일생을 크게 황제 등극에서부터 1919년 신해혁명 이후 자금성에서의 퇴출 시기까지를 전반부로, 또, 천진(天津) 시기에서 만주국 황제 시기까지를 중반부로, 무순전범관리소에서 북경식물원의 직원으로 임종을 맞이하는 시기를 후반부로 삼고 있다. 영화의 서사 진행은 후반부의 삶을 현재 진행형 진행하고, 이 과정에서 후반부와 전·중반부의 접점을 역사적 사건의 순서에 따라 삽입하는 방식으로 전체 서사를 진행한다. 즉, 영상의 전체 서사는 연대기적 서술이지만, 전·중반부의 삶은 푸이가 현재에서 과거를 되돌아보는 형태가 된다. 또한, 영화는 푸이의 삶을 실제 문헌 기록에 근거하여 서술하고 있는데, 이런 점은 이 영화가 그의 삶을 지극히 객관적인 시각으로 담담하게 서술하고 있다고 평가할 수 있다.

일부 사건을 제외한다면, 이 영화에서 허구로 구성된 사건은 거의

없다. 따라서, 관객은 영상이 담아내는 푸이에 대한 역사적 사실을
마치 역사책을 읽듯 바라보게 된다. 여기에다 감독이 푸이의 내면세
계 표현을 위해 군데군데 삽입한 상징적 영상은 풍부한 정서적 함축
성을 지니고 있어서, 그의 상황을 강렬하게 집약하여 표현하고 있기
때문에, 인물의 평면성을 입체성으로 바꿔주는 효과를 불러와 인물이
가진 생동감을 배가시켜서 관객은 어린 나이로 황제가 된 그의 슬픔
에 공감할 수 있다. 하지만, 여기에는 하나의 의도가 존재한다. 즉,
영화가 담아내는 객관적 사건이 철저히 푸이의 시각에서 서사화된다
는 것이다. 즉, 관객은 푸이의 시각으로 사건을 바라보면서, 그의 입
장에 감정이 이입되는 경험을 하게 되지만, 동시에, 중요한 역사적
사건들이 어린 황제로서 시각이 제한된 푸이의 당시 시각에 맞춰 배
경음악, 또는 지나가는 배경으로만 드러나게끔 섬세하게 편집되었기
때문에, 관객으로서는 중요한 역사적 사실에 대한 역사적 평가가 결
여된 정보를 얻게 되는 것이다.

　다시 말해서, 관객은 푸이의 경험을 대단히 정제된 사실 형태로
관찰하는 듯하지만, 그 시야가 푸이의 시야 속으로 제한되는 문제
가 있다. 이것은 영화가 형상화하는 인물에게 부여한 미화된 수사

그림 3. 푸이가 태어난 순친왕부(醇親王府)는 현재 〈송경령동지고거(宋慶齡同志故居)〉가 되었다.
시청취(西城區) 호우하이(後海)에 있는 이 기념관은 저우언라이(周恩來)가 순원(孫文)의 부인 송칭링
(宋慶齡)을 위해 마련해 준 것이다.

를 자칫 그대로 받아들일 위험이 존재한다는 의미다. 특히 매우 동화적으로 표현된 주인공 푸이와 무순정치범수용소 소장 진위엔(金源)의 관계는 인물의 전기를 다룬 영화에서 기대되는 리얼리즘적 요소를 차감시키고 있다. 아래에서는 영화에 나타난 역사적 사실과 관련된 내용을 보충하고, 그 속에 담긴 문화적 코드를 분석함으로써, 영화가 드러내고자 하는 의미와 그 비판적 이해에 도달해 보고자 한다.

② 얼떨결에 황제(1908)

그림 4. 금위대장은 『패왕별희』로 제46회 칸영화제 황금종려상을 수상했던 중국의 저명한 영화감독 천카이거(陳凱歌)가 연기했다.

영화의 첫 장면은 황제의 직속 군대인 금위군이 서태후의 칙명을 들고 밤에 푸이의 집인 순친왕부(醇親王府)를 찾아오는 장면이다. 이후 푸이는 어머니의 품을 벗어나 유모와 함께 가마에 실려 거대한 자금성으로 들어간다. 이렇게 3살의 푸이는 자희태후(慈禧太后, 서태후)에 의해 황제로 지명되면서, 광서제(光緖帝)의 뒤를 이어 선통제(宣統帝)가 된다. '선통'은 푸이의 치세 시기인 1909년에서 1912까지를 의미하는 연호다.

푸이는 1906년 2월에 순친왕(醇親王) 재풍(載灃)의 장자로 태어났다. 서태후가 그를 차기 황제로 지목했을 때, 그는 겨우 3살이었다

(1908년 11월 13일). 푸이는 어떻게 황제가 된 것일까? 이 문제에 대한 해답은 푸이가 속한 순친왕(醇親王)의 가계에 있다. 청나라 8대 황제 도광제(道光帝, 1820-1850)에게는 9명의 아들이 있었는데, 4째 아들 혁저(奕詝)가 함풍제(咸豐帝)가 된다. 그리고, 그의 7번째 아들 혁현(奕譞)이 순친왕(醇親王)에 봉해진다. 이 혁현의 부인이 바로 자희태후의 여동생 완정(婉貞)이다. 완정은 서태후와 함께 1852년 함풍제의 부인 선발에 참여했지만, 탈락하여 순친왕 혁현의 부인이 된 것이다.

서태후와 함풍제의 유일한 아들 재순(載淳)이 6세의 나이로 동치제(同治帝, 재위 : 1861-1875)가 된다. 그런데, 동치제는 18세의 나이로 요절해 버린다. 아들을 앞세워 권력을 잡은 서태후로서는 불안하기 그지없는 상황이었다.[1] 서태후는 후계자를 물색하다가 여동생인 완정의 2째 아들 재첨(載湉)을 광서제로 임명한다. 즉, 언니의 아들과 여동생의 아들이 모두 황제가 된 것으로, 이는 청대 역사상 전무후무한 일이었다.

광서제는 서태후를 싫어했다. 그는 자신이 친정을 시작하자마자

---

[1] 사실 서태후란 말에는 자희태후에 대한 완곡한 풍자가 있다. 자금성(紫禁城)에서 황제의 비빈이 거주하는 곳은 황제의 침소인 건청궁(乾淸宮)을 중심으로 동육궁(東六宮)과 서육궁(西六宮)으로 나뉜다. 방위의 서열은 동쪽이 서쪽보다 서열이 높은데, 자희태후는 비록 함풍제(咸豐帝)의 유일한 아들을 낳았지만, 신분이 함풍제의 정식 비가 아니라 란귀인(蘭貴人)에 불과했다. 당시 귀비(貴妃)의 신분으로 정식 비의 지위를 가진 사람은 자녕태후(慈安太后)였다. 자녕태후는 서열상 동쪽 동육궁을 차지했고, 자희태후는 서열이 낮아서 서육궁에 거했는데, 각각 동태후와 서태후로 불렸다. 따라서, 서태후라는 말에는 동태후보다 지위가 낮다는 의미가 존재하고 있고, 이는 자희태후에 대한 완곡한 비판적 의미를 담고 있다

무술변법을 실시하여 서태후에게 반기를 든다. 하지만, 서태후는 정변(1898)을 통해 광서제를 제압하여 유폐시키면서, 자신이 섭정을 이어나갔다. 그런데, 얼마 있지 않아 그녀는 어느덧 자신이 죽음에 가까워지고 있음을 느끼고, 새로운 황제를 선출할 필요성을 느끼게 된다.

푸이의 아버지 재풍(載灃)은 순친왕 혁현(奕譞)의 5번째 아들인데, 서태후의 여동생인 완정의 소생은 아니다. 그래서 서태후와 연결고리가 그다지 크지 않다고 볼 수 있다. 하지만, 이 재풍의 아내가 유란(幼蘭)이란 사람인데, 그녀는 서태후의 애인으로 알려진 영록(榮祿, 1836 - 1903)의 딸이다. 즉, 서태후가 푸이를 황제로 선택한 배경에는 친족관계와 애정 관계가 얽히고설켜 있다.

영화에서 소개하는 서태후의 모습은 지옥의 마귀 같은 모습으로 나타난다. 자욱한 향로의 향 속에서 라마승과 후궁들을 거느리고, 살아있는 거북이를 끓인 탕을 마시며, 긴 손톱이 자란 손으로 애완견

그림 5. 영화에서 서태후가 죽은 다음 입에 물리는 구슬은 야명주다. 영화에서 나오듯이 장개석(蔣介石)이 북경을 점령한 이후 서태후의 무덤을 도굴하여 이 진주를 자신의 부인 송미령(宋美齡)에게 주었다고 알려져 있으며, 이후 이 진주의 행방은 묘현해졌다.

'모란(牡丹)'을 쓰다듬고 있다. 그녀는 푸이를 만나 자신을 '라오포이에(부처一老佛爺)'라고 소개한다. '라오포이에'란 말은 본래 민간에서 대단한 기예를 가진 노련하고 능력이 상당한 인물을 뜻하는 슬랭으로[2] 궁중에서 태감들이 황제의 아버지 태상황 또는 그 어머니 황태후를 지칭했던 언어다.[3] 이 단어는 근대 문헌에서 서태후를 지칭하는 고유명사처럼 사용되는데, 정치적 위기 속에서도 보란 듯이 회생해 오는 서태후를 사뭇 비꼬는 뜻이 있어 보인다. 이런 점에서 보면, 그녀가 스스로 자신을 이렇게 부르지는 않았을 것이지만, 3살의 푸이를 보고 당시 유행하는 말을 던진 것은 개연성이 아예 없다고는 할 수 없다.

영화에서 서태후는 그녀가 푸이를 황제로 지목한 당일 죽음을 맞이하는 것으로 표현되지만, 실제 역사는 조금 다를 뿐만 아니라 더 묘한 상황이 벌어졌다. 푸이가 황제로 지목된 지 하루 뒤인 14일에 광서제가 죽고, 하루 뒤인 15일에 서태후가 죽는다.[4] 이렇게 하루 사이 최고 권력자가 줄줄이 죽어버리는 일이 부자연스럽다고 느껴지지 않는다면 이상할 것이다. 푸이의 영어 선생이자 정치고문을 지낸 레지널드 존스턴(Reginald Johnston)의 저서 『자금성의 황혼』에는 광서제와 서태후의 죽음에 대해, 서태후가 광서제를 죽이고 자신은 자살했다는 설과 서태후가 죽자 광서제를 두려워한 환관이 광서제를 독

---

2) 이 단어에서 '노'는 '늙었다'는 뜻이 아니라 '신통광대'하다는 의미다.

3) 『노신전집』제7권, 777쪽, 3번 주석.

4) 서태후가 죽은 장소는 자금성(紫禁城)의 서쪽이자, 현재 중국 지도자들의 거처로 알려진 중남해 부근의 '의란전(儀鸞殿)'이다. 현재 이곳은 외부인이 들어갈 수 없어서, 『마지막 황제』영화에 나온 자희태후의 마지막을 담은 곳이 실제 이곳인지는 확실히 알 수 없다.

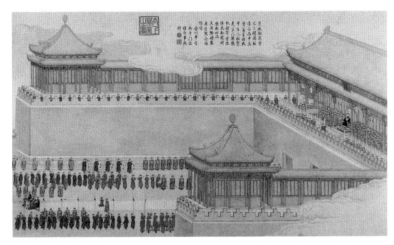

그림 6. 이 그림은 자금성의 오문(午門)에서 사천(四川)의 반란을 평정한 보고를 받는 건륭제를 그린 청나라 화가 서양(徐揚)의 그림이다. 가운데 누각에는 건륭제가 앉아 있고, 좌우의 누각에는 궁수가 진열해 있다. 오문은 영화에서 푸이가 가마에 실려 자금성으로 입궁하는 장면, 존스턴이 입궁하는 장면, 푸이가 자금성에서 쫓겨 나가는 장면에서 등장한다. 이처럼 이 문이 자주 등장하는 이유는 문의 형체가 특이하고 위압적인 모습을 하고 있기 때문이다.

살했다는 설, 그리고, 위안스카이(袁世凱)가 독살했다는 설 등을 언급했다.[5] 실제로, 2008년 광서제의 머리카락을 조사한 결과 다량의 비소가 발견되었기 때문에, 광서제의 독살은 이미 사실로 밝혀지게 된다.[6]

이 설 가운데 딱히 진실로 밝혀진 것은 없지만 모두 개연성이 있다. 존스턴은 비록 첫 번째 설에 대해 부정적 시각을 보였지만, 서태후의

---

5) 레지널드 존스턴 저, 장사돈·김성배 역, 『자금성의 황혼』, 파주, 돌베개, 2008, 108쪽.

6) 中国法制网 ,『光绪帝死因研究工作报告发布』(http://www.legaldaily.com.cn /fxjy/content/2018-12/12/content_7717570.htm)(2018-12-12). 『清光绪帝死因鉴证』(北京出版社, 2017)를 참조.

그림 7. 영화에는 가형(枷刑)을 받는 여성과 낙타를 보여주는데, 모두 북경의 전근대적 성격을 보여주는 장면이다. '가(枷)'의 무게는 대략 7kg에서 30kg 사이로 알려져 있다. 또, 낙타는 북경성 외부에서 황궁으로 물자를 수송하는 주요 방식이었다. 현대문학가 라오서(老舍)의 소설 『낙타상자(骆驼祥子)』에서 '낙타' 역시 이런 배경에서 출현했다.

입장에서는 죽음 이후에 발생할지도 모를 광서제의 재집권이 상당히 부담스러웠던 것만은 분명하다. 그녀의 과거 정치적 이력이 드러내는 과감성과 잔인성, 또, 차기 황제 푸이가 서태후와 긴밀한 관계를 맺고 있는 신분이란 점 등등 고려해 볼 때, 그녀가 죽는 순간에도 권력을 움켜쥐고서 자신의 사후 세계를 철저히 구축하고 떠났던 것으로 생각해 볼 수도 있다. 『마지막 황제 溥儀』의 저자이자 저널리스트 에드워드 베어(Edward Behr, 1926~2007) 역시 이 견해에 좀 더 무거운 방점을 찍고 있다.[7] 그러나, 결과론적이기는 하지만, 이 모든 일의 최대 수혜자는 후일 푸이를 몰아내고 스스로 황제가 되었던 위안스카이인 것만은 분명하다.

---

7) 에드워드 베어 저, 이희구 역, 『마지막 황제 溥儀』, 서울, 한마음사, 1989, 45쪽.

❸ 슬픈 어린 황제 – 자금성 1908

어머니와 3살 때 작별한 푸이는 10년 동안 어머니를 보지 못한다. 그에게서 어머니란 존재는 그가 가장 필요할 때 없었고, 이런 그의 곁을 지킨 것은 유모였다. 하북성(河北省) 출신의 유모 왕초(王焦)씨는 20세 때 푸이의 유모가 된다. 그녀의 딸(영화에서는 아들로 나온다)은 젖이 없어 굶어 죽었다고 알려져 있다. 영화에서 유모는 자장가에 해당하는 요람곡 『밝은 달 고요한 바람(月兒明風兒靜)』를 부르며 자신의 아이를 위로한다.

그림 8. 청대 유모 사진

琴声儿轻,调儿动听,	가벼운 금 소리, 아름다운 가락 속에
摇蓝轻摆动.	요람이 가볍게 흔들리네
娘的宝宝闭上眼睛,	내 아기 눈을 꼭 감고서,
睡了那个睡在梦中。	잠이 들었네, 아 자면서 꿈을 꾸네.

- 중국 동북지역 민요 『요람곡』

그녀는 푸이가 8세가 되던 해에 푸이의 새로운 어머니들, 즉 도광제와 광서제의 남겨진 부인들에 의해 쫓겨난다. 하지만, 유모에 대한 정이 각별했던 푸이는 유모를 다시 궁으로 불렀고, 왕연수(王連壽)란 이름을 하사했으며, 1924년 푸이가 궁을 쫓겨나 천진(天津)으로 갔을 때, 그리고 만주국(滿洲國) 장춘(長春)에 있을 때 항상 그녀를 대동했다. 하지만, 1945년 푸이가 소비에트 연방에 체포된 이후 그녀는 그만 살해되었다.

그림 9. 푸이가 자금성에서 거주한 곳은 양심전(養心殿)이다. 황제의 침소는 청대 4대 황제 강희제까지 건청궁(乾淸宮)을 사용하다가, 뒤를 이은 옹정제(雍正帝)부터 건청궁 왼편에 있는 양심전을 침소로 활용하고, 건청궁에서 업무를 보았다.

영화에서 푸이는 그녀를 '나비'라고 불렀다. 이 비유를 동양적인 의상을 통해 해석해보자. 동양의 나비는 장자의 '호접몽'과 관계된다. 즉, 나비는 현실과 꿈 사이를 이동하는 존재이자 현실과 꿈의 경계를 허무는 존재다. 즉, 푸이에게 유모는 어머니가 부재한 상황에서 어머니를 대신했던 존재이며, 동시에 자신의 과거 존재를 현재의 자신과 이어주는 존재였다고 해석될 수 있다. 그녀의 부재는 자신이 과거와 단절되었다는 느낌을 강하게 주었을 것이고, 외로움을 강하게 만들어주었을 것이다.

이처럼 어머니와 아버지를 어린 시절 떠나게 된 푸이는 14세 때 푸제(溥杰—푸이의 동생)를 만났고, 이들은 함께 자금성에서 동문수학하며 우의를 다진다. 어린 시절 이들은 분명히 좋은 관계였을 것이지만, 푸이

그림 10. 푸제는 훗날 일본인인 사가 히로(嵯峨浩)와 결혼한다. 그들의 금슬은 매우 좋았다고 알려져 있다.

는 푸제가 입은 옷의 색을 보고 황제의 권위를 침해했다고 생각했다. 즉, 이들 사이에는 군신의 관계가 혈연보다 더 강하게 작용하고 있다.

푸이가 황제가 되면서, 그에게는 동치제의 부인 3인과 광서제의 부인 1명으로 구성된 4명의 새로운 어머니가 생겼다. 이 가운데 유융태후(隆裕太后)는 푸이의 큰아버지인 광서제의 부인이었기 때문에, 푸이와는 가까운 사이가 되지만, 푸이가 특히 싫어했다. 아마도, 광서제의 선대인 동치제의 부인 3명에게 눌려있던 그녀가 어린 푸이에게 자신의 권력을 강하게 행사해 태후에 오르려 했기 때문일 것이다.[8] 이들은 자신의 경쟁자가 될 수 있는 푸이의 유모를 푸이에게서 떨어뜨려 놓기 원했고, 이를 통해 자신들의 푸이에 대한 장악을 강화했다. 푸이는 이들의 존재가 무척 싫었을 것이다.

황궁에서 만난 사람 가운데 푸이와 가장 가까운 사람은 환관일 것이다. 환관은 황제를 위해 무엇이든지 하는 존재이자 동시에 가장 천시받는 존재다. 황제의 똥을 받아내며, 황제에게 먹을 것, 입을 것,

그림 11. 태감이 존스턴에게 소개비를 요구하는 장면. 깐깐한 영국 신사 존스턴은 영수증을 요구하는 것으로 이에 응했다. 청나라 문화와 영국 문화가 충돌했고, 푸이는 태감을 벌주는 것으로 존스턴의 손을 들어주었다.

---

8) 부걸 애신각라 등, 저, 역, 『마지막 황제의 비사(秘史)』, 서울, 지영사, 1997, 30쪽.

놀이를 제공한다. 이들은 황제에게 자신의 절대 권력에 대한 인식을 확인하고 강화하는 존재이기에 푸이를 인간으로서의 황제가 아니라 신적인 황제로 느끼도록 만들었다. 이런 면에서 그들은 황제의 인간적 면모를 가리고 권력적 모습을 각인시키는 존재들이다. 이들의 짓밟힌 자존심은 외부에 대한 권위적인 모습으로 드러났다. 이들은 외부인이 자신이 돌보는 황족들과 관계를 맺으러 오는 경우, 문고리 권력을 십분 활용하여 자신의 실추된 자존심을 보충했는데, 예를 들면, 자신이 모시는 황족을 찾아오는 사람에게 물을 뿌리고, 고가의 옷값을 받는 것이었다.[9] 영화에서는 푸이의 영어 선생인 존스턴에게 소개비를 받는 장면으로 표현되었다.

황제라는 직업은 비록 만인지상의 권력을 의미하지만, 푸이에게 있어 이 공간은 『트루먼 쇼』의 세트처럼 현실 속 가상의 공간 이상도 이하도 아니었다는 점에서, 황궁에서의 생활은 푸이의 인격이 현실을 떠나 비현실 속에서 형성되게 했다는 것도 충분히 이해된다.

푸이는 황제가 된 초기에는 스스로 정치 결정을 하지 못했다. 나이 어린 푸이를 대신 청나라를 통치했던 사람은 그의 아버지 순친왕 재풍인데, 그의 정치적 역량은 형편없었다고 알려져 있다. 자신이 가장 기대어야 할 인물인 위안스카이를 파면했으며(1910, 푸이 5세), 더욱이 성급한 철도 국유화를 주장한 성선회(盛宣懷)를 등용하여 청나라의 파멸을 앞당겼다. 당시 청도 국유화는 청나라가 자립하는 필수적 방법 가운데 하나로 인식되었고, 이런 자각 속에서 철로를 중국인의 소유로 하자는 보로운동(保路運動)이 시작되어 민간 자본이 대거 투입되고 있었다.[10] 철로를 민족주의로 해석한 것은 외세의 침입 앞에

---

9) 에드워드 베어, 위의 책, 59쪽.

그림 12. 성선회(盛宣怀)는 장지동(張之洞)의 뒤를 이어 철도 국유화를 적극적으로 주장했다. 그의 이런 결정은 청나라의 붕괴를 가속시켰다.

자주권을 획득하자는 의미 있는 일이다. 하지만, 중국 민간 철도 회사들의 철로 건설 능력은 외국 기업에 비해 현저하게 떨어졌을 뿐만 아니라, 철로 사업으로 한몫을 잡으려는 인물들의 욕심이 이 철로 국유화를 부패를 향한 각축장으로 만들었기 때문에, 철로의 건설은 세월이 요원했다. 여기다 철도 국유화를 추진하는 청정부의 관료주의가 더해지면서 중국 철로는 실로 처참한 상황에 놓이게 된다.

청나라 정부는 완공되기 전인 철로를 국가 소유로 하면서 투자된 민자에 대한 보상을 철로의 운행 이윤으로 5년에서 10년에 걸쳐 무이자로 상환하겠다는 입장을 취했다.[11] 아직 완공되지 않은 철로, 그리고, 완공한 다음에도 수년에 걸쳐 돈 한 푼 받을 수 없게된 사천(四川)·호북(湖北)·호남(湖南)·광동(廣東) 지역의 민간 투자자들의 정부에 대한 불만은 하늘을 찔렀다. 결국 1911년(푸이 6세)에 호북성 무창(武昌)에서 무장봉기가 발생한다. 그리고, 이 특별한 정치적 이념 없이 순수한 불만에서 시작된 봉기는 이후 손문에 의해 정치적 운동으로 확장되었고, 1919년 난징(南京)에 중화민국 임시정부가 수립되는 신해혁명(辛亥革命)으로 귀결된다.

---

10) John K. Fairbank 저, 김한식 역, 『캠브리지 중국사·청제국말·하』, 서울, 새물결, 2007.

11) 신승하 저, 『근대중국: 개혁과 혁명-중화제국 마지막 왕조의 몰락(下)』, 대명출판사. 517-519쪽.

영화에서는 비록 지나가는 등장인물이지만, 위안스카이는 이홍장(李鴻章)을 이어 북양군(北洋軍)의 총수가 된 인물로 이 시대를 언급하면서 빼놓을 수 없는 사람이다. 북양군은 양무운동(洋務運動)의 핵심 인물인 이홍장(李鴻章)이 독일과 영국에서 들여온 신기술을 통해 최신 증기 함대와 이를 운용할 수 있는 신식 해군을 북경 주변의 봉천(奉天), 요녕성 (遼寧省), 산동성(山東省), 하북성(河北省) 연안을 따라 배치하여, 북경을 수호하는 역할을 부여했던 군대다.

그림 13. 위엔스카이(1859-1916)는 삼국시대 조조처럼 난세의 효웅(梟雄)으로 평가받는 인물이다.

이 북양군의 총수는 당연히 청나라 조정이 가장 신임하는 인물이 되어야 했고, 이 직위를 해제할 때는 매우 신중한 고려를 해야 했지만, 재풍은 어느 것도 돌보지 못했다.

위안스카이는 결정적 배신을 3번이나 하는 역사적으로 배신의 아이콘이다. 그의 이 3번의 배신은 매번 역사의 흐름을 결정짓는 배신이었다. 첫 번째 배신은 자신을 북양군 총수로 임명한 광서제를 배신하고 무술변법에 대항하는 보수파를 이끌던 서태후의 편에 선 것이다. 이로써 무술변법은 정지되고 광서제는 유폐된다(1898). 두 번째 배신은 청나라를 배신하고 중화민국의 편에 서서 푸이를 폐위시킨 것이다(1911, 푸이 7세). 세 번째 배신은 중화민국을 배신하고 스스로 황제가 된 것이다(1915, 푸이 10세).

영화에서 위안스카이가 자금성에서 행동하는 장면은 군악을 울리며 차를 타고 들어와 계단을 올라가는 것이 전부다. 이 대사가 거의 없는 매우 단순한 장면은 나름 의미가 깊다. 어느 날 푸이는 자신의

그림 14. 황제만이 사용하는 어로(御路)를 올라가는 위안스카이

동생 푸제가 황색 옷을 입은 것을 나무란다. 푸제는 푸이가 황제가 아니며 진짜 황제는 따로 있다고 말한다. 이 당시 위안스카이가 중화민국의 총통이 되었지만, 푸이는 이 사실을 알지 못하고 있었다. 화가 난 푸이와 억울한 푸제는 군악대 소리에 이끌려 밖으로 뛰어나가 건청문(乾淸門) 기와 위에서 위안스카이의 입궐을 바라보게 된다.

　영화에서 위안스카이는 건청문과 보화전(保和殿) 사이에 난 길을 황색 나산(羅繖)으로 태양을 가린 체 자가용을 타고서 군악을 울리며 륭종문(隆宗門)을 통해 들어온다. 이 장면을 동생 푸제와 함께 물끄러미 바라보던 푸이는 위안스카이가 보화전(保和殿)으로 올라가는 장면을 보고 기와를 던지며 화를 내고 눈물을 흘린다. 푸이가 이토록 화를 내며 울분을 삼키는 이유는 다음과 같다. 륭종문은 외정과 내정 사이에 있는 문으로, 문무 대신이 황제와 관련이 있는 공적인 사무로만 진입할 수 있고, 그 외의 일로 사용하는 것을 엄격히 금하고 있다.[12] 즉, 위안스카이는 푸이의 허락도 없이, 더군다나 륭종문을 들어왔음에도, 푸이를 만나러 오지도 않고 보화전을 올라갔다. 더군다나

---

12) 고궁박물관· 륭종문관련 해설. https://www.dpm.org.cn/explore/building/236496.html

보화전을 오르면서 자금성에서 황제 전용으로 사용되는 가운데 계단인 어로(御路)를 사용한 것은 명백한 월권이다. 이 이야기는 자금성(紫禁城)의 설계 취지가 황제 권력과 밀접한 관련이 있다.

자금성(紫禁城)의 '자(紫)'는 자미원(紫微垣)을 뜻하는데, 사미원은 천제(天帝)가 있는 곳으로, 중국 천문학에서 삼원(三垣) 가운데 북쪽 하늘인 중원(中垣)을 지칭하는 곳으로, 북극성을 중추로 삼는다. 즉, '자'란 자금성이 하늘의 궁전을 본뜬 형태란 것을 의미하는 단어다. '금(禁)'은 황제가 모든 것을 통치하며, 그 외의 인물은 모두 황제의 지배를 받는다는 황제 절대 권력을 의미한다.

자금성의 '금지'는 이처럼 황제 권력과 밀접한 관련이 있는데, 이것을 가장 극명하게 보여주는 것이 어로(御路)다. 어로는 북경성 전체어서 가운데를 관통하는 중추선 위의 모든 길인데, 청나라 황족의 용맥을 상징하게 되며, 이 길은 황제를 제외한 모든 사람의 통행이 금지된다. 영화는 위엔스카이가 이 길을 걸어 올라가는 장면을 통해 그의 황권에 대한 도전과 황제가 되려는 야욕을 모조리 보여주었다.

영화에서 푸이가 푸제와 함께 위안스카이를 바라보는 지점도 의미가 있다. 이들이 있는 곳은 건청문의 지붕인데, 건청문은 황제의 침실인 건청궁과 황제의 집무실인 태화전 사이에 있는 문이다. 그가 이 문의 지붕에서 위안스카이를 바라볼 수밖에 없는 이유는 무엇일까? 영화에서 푸이가 주변에 그 폐쇄 이유를 묻지만, "그냥 벽일 뿐이다"라는 대답과 "자금성 안에서만 황제"라는 대답이 나온다. 전자는 별로 언급할 필요가 없지만, 후자의 말은 '소조정(小朝廷)'이란 역사적 사건과 관련이 있다.

소조정'의 정식 명칭은 '손청황실소조정(遜清皇室小朝廷)'이다. 이 글자는 중화민국 임시정부에 '권력을 선양한 청황실의 작은 조정'

그림 15. 건청문(乾淸門) 기와에서 위안스카이의 입궁을 바라보는 푸이와 푸제

이란 의미를 가진다. 신해혁명 1년 뒤인 1912년 1월 손문의 중화민국과 위안스카이의 북양군은 청황실의 처분에 대한 협약을 진행하는데, 그 결과 황제 권력의 폐지와 황족 생활의 보전을 골자로 하는 '황실우대조건'이 제정된다. 자금성은 크게 황제의 사적 공간인 후삼궁(後三宮)—건청궁(乾淸宮) 교태전(交泰殿) 곤녕궁(坤宁宫)—과 황제의 공적 공간인 전삼전(前三殿)—태화전(太和殿), 중화전(中和殿), 보화전(保和殿)—으로 구분되는데, 이 조건에 의하면 황족은 이제 후삼궁과 이화원, 원명원 같은 황실 정원에서만 자신의 과거 권위를 유지할 수 있다. 건청문이 폐쇄되는 장면은 태화전으로 상징되는 전삼전의 황제권의 상징성이 박탈당한 것을 보여주는 장면이자 역사적 사실의 영화적 해석이 된다. 이 굴욕적인 조건은 광서제의 황후인 융유태후(隆裕皇太后)가 수용하고, 같은 해 2월에 푸이의 『퇴위조서』를 반포한다. 이 시기 푸이는 7세의 아이였다.

4 **탐색의 과정 – 소조정(小朝廷, 1919)**

어린 시절 황제가 된 푸이는 정서적으로 매우 불안전한 삶을 살았다고 이해될 수 있다. 3살 때 집을 떠나 육친과 이별하고, 유일하게 자신의 생명이 가진 뿌리를 확인해 줄 수 있는 유모와도 이별한다. 그는 자신이 처한 세계를 이해하기에는 너무나 어린 나이였다. 신해혁명이 일어났을 때 그는 겨우 6세였고, 강제로 퇴위 된 시기도 7세였다.

영화에서는 푸이의 인생에 중대한 의미를 가진 역사적 사건을 구체적 설명 없이 담담히 표현하고 있는데, 이는 영화가 푸이의 시각으로 바라보는 세계를 그리고 있기 때문이다. 즉, 푸이는 청나라 말기의 황궁이란 환경을 통해서는 세계를 직접 마주할 수 없었던 것이다. 그를 제외한 황궁의 인물 대다수는 황제라는 존재에 의존하여 자신의 지위를 보장받는 존재다. 중화민국이 폐위된 황제에 대한 전통적 생활 환경의 보전을 약속했기 때문에,[13] 황궁의 인물들은 푸이가 황제의 권력을 모조리 빼앗겨 식물 황제로 존재하더라도, 푸이 스스로 황제의 직분을 버리지 않는다면, 그들의 삶이 위험에 처할 이유가 없다

그림 16. 5.4운동을 표현하고 있는 영화의 장면

---

13) 애신각라 부걸, 위의 책, 137-148쪽 참조.

고 판단했을 것이다. 이들은 푸이가 외계와 접촉하는 것을 열심히 막았고, 자금성의 보물을 판매하여 사리사욕을 채우는 것은 이 위험에 대한 일종의 노후 보험을 든 것이다.

푸이가 세계와 직접 마주하기 시작한 것은 14세 무렵 레지널드 존스턴을 만나고서 시작된다. 레지널드 존스턴은 푸이의 초기 인생에 가장 큰 변화를 준 인물로 평가된다. 그는 스코틀랜드의 에든버러에서 태어나 옥스포드 대학에서 석사학위를 받았으며, 푸이와 만나기 전까지 위해위(威海卫)의 사무관으로 근무했다. 유가(儒家)의 대가로 알려진 그는 정치적으로는 영국식 정치체제인 입헌군주제를 지지했으며, 국제 정치적으로는 친일 행보를 보였다. 푸이가 일본을 선택한 것도 존스턴의 영향을 적지 않게 받았다고 알려져 있는데, 그는 푸이의 만주국에 대한 기대감을 보이기도 했다. 이런 점 때문에, 그를 동아시아적 환상에 빠진 것으로 보기도 하고, 그를 일본의 첩자로 해석하는 사람도 있다.

1919년 44세의 존스턴은 14세의 푸이를 자금성 안에서 영어 선생과 제자의 신분으로 만난다. 1919년은 5·4 운동이 일어났던 시기다. 일본은 서양이 1차 세계대전(1914)으로 정신없자 산동성(山東省)의 할양을 핵심으로 하는 21개 조를 위안스카이에게 요구하고, 위안스카이는 일본을 이용해 황제가 될 생각으로 이를 수락한다. 하지만, 위안스카이가 1년 뒤인 1916년에 죽어버리자, 이 조약 역시 유명무실해진다. 이후 1919년 프랑스 파리의 평화회의에서 1차 세계대전 승전국이었던 영국, 프랑스, 이탈리아, 미국 등은 일본의 21개조를 인가해 준다. 5·4 운동은 이 내용에 대한 민중 궐기였다. 위안스카이를 계승한 북양 군벌정부는 이런 민중봉기를 탄압했지만 극심한 반대 여론이 생기자 이 조약을 폐기해버린다.

그림 17. 자전거를 끌며 오문을 통해 태화전으로 들여가는 레지널드 존스턴. 영화에서 가장 극적이고 인상적인 장면 가운데 하나다

　존스턴의 출현으로 푸이는 인생에서 가장 알찬 시간을 보낸다. 영화에서는 이 만남의 주선을 푸이의 황궁에서의 스승인 진보침(陳宝琛)이 추천한 것으로 나오지만, 사실은 이홍장(李鴻章)의 아들 이경방(李經芳)의 추천이 컸다. 이들은 공식적으로는 2시간 수업을 한 것으로 되어 있지만, 존스턴이 외국인 국사(國師), 즉 정치적 고문의 역할을 했다는 것은 잘 알려진 사실이다.

　영화에서는 그를 철저히 푸이의 인생 스승으로 묘사하는데, 그 형상은 푸이가 그를 통해 비로소 자신의 모습을 자각한 것으로 나타난다. 어쨌든 그는 봉건적 사상에 물든 황제를 근대적으로 바꾸는 계몽 스승의 형상이다. 그는 전통적 가르침 대신 각종 새로운 지식을 푸이에게 전했는데, 특히 국내외 정세 판단을 위해 여러 신문을 교재로 사용했다. 영화에서는 그가 푸이에 미친 영향을 자전거와 안경을 통해 상징적으로 드러내고 있다. 자금성 안에서 푸이를 보좌하는 인물들은 자전거를 전통적 황제가 타기에는 너무 경망한 것이라고 생각했고, 안경을 황제의 신체적 결함을 외부로 드러내는 도구로 생각했다. 하지만, 푸이는 이 모든 것을 뿌리치고 이 도구들을 사용함으로써

그림 18. 만주 귀족 옷을 입고 있는 레지널드 존스턴(1922).

스스로의 자립성을 증명한다.

영화에서 푸이와 존스턴의 만남은 매우 인상적으로 그려진다. 특히 자전거를 들고 자금성의 오문을 걸어가는 장면은 대단히 인상 깊은 연출로 다가온다.

존스턴과의 첫 만남에도 숨은 의미가 있다. 이들이 처음 만났을 때, 벽에 걸린 글을 바라보는 존스턴에게 푸이는 이렇게 말한다. "아시다시피 그건 공자와 장자의 대화록이죠." 이 말을 들은 존스턴은 묘한 웃음을 보이면서 이렇게 대답한다. "존중에 관한 것이죠(Concerning respect)". 이 대화와 '존스턴의 웃음' 대한 이해는 벽에 걸린 글을 '존중(respect)'으로 해석한 부분에 달려있다. 우선, 벽에 걸린 글은 13경 가운데 공자가 증자에게 효를 강의한 것으로 여겨지는 『효경(孝經)』이다. 부모의 효를 국가로 확장하여 통치기반을 형성했던 고대국가의 통치자는 『효경』을 버리지 못했다. 문제는 『효경』에는 장자와 공자의 대화가 없다. 이것은 무슨 의미인가? 그리고, 이들은 왜 이런 이상한 대화를 했는가? 존스턴의 웃음은 푸이의 의도를 파악한 것에서 비롯된다. 푸이는 중국학의 대가라 알려진 존스턴을 시험한 것이다. 이 당돌한 푸이에 대해 '존중(respect)'라는 대답은 황제의 존엄을 해치지 않고서 이 글귀가 『효경』임을 표현한 것이며, 동시에 그의 스승에 대한 행동을 지적하는 말이다. 그는 충분히 자신의 능력을 입증했고, 황제는 고개를 끄덕임으로써 이를 인정했다.

영화에서 몇몇 사물은 푸이의 마음을 상징하는데, 쥐는 푸이의 본심을 의미한다. 얼핏 이 불경스러울 수도 있는 비유를 이렇게 해석하는 이유는 다음과 같다. 실험용 흰 쥐는 색으로는 순백의 가치, 갇힘과 탈출의 이미지를 본래 갖고 있는데, 영화에서는 이것이 숨김과 표현의 영역으로 확장되어 그의 숨겨둔 본심으로 나타난다. 푸이는 존스턴과 매우 깊은 이야기를 나누는 관계로 발전하는데, 이 과정에서 푸이가 본심을 이야기할 때 쥐가 나타난다. 푸이가 "자동차를 가지고 싶다"고 할 때, 그리고, "민국이 되었지만 나는 만주 사람"이라고 말할 때 나타나는데, 전자에 대해 존스턴은 "쥐가 도망치려고 한다"라고 말하고, "비밀이 다시 나오려한다"라고 말한다. 이 말은, 푸이가 황궁을 탈출하고 싶어하는

그림 19. 진보침(陳宝琛)은 황제 푸이의 선생이며 유명한 장서가다. 푸이가 만주국 황제가 되기 전까지 충성을 다 했다. 영화에서 애꾸눈으로 표현된 것은 존스턴의 새로운 교육을 강조하고, 그의 시각이 중국적인 편향이 있음을 의도한 것일 수 있지만, 지나치게 과장된 것으로 생각된다. 에드워드 베어의 비판적인 글도 영향을 미친 것으로 보인다.

한편, 자신의 정체성이 만주인이라는 내면 깊은 진심을 존스턴과 나누었음을 말하며, 이후 그의 삶이 진행되는 방향성을 상징한다.

쥐의 마지막 등장은 푸이가 어머니의 부고를 들었던 시기다. 푸이의 어머니는 1921년, 푸이가 16세가 되던 해에 아편 중독으로 사망한다. 이 시기는 위안스카이의 죽음으로 분열된 북양군(직계와 환계)과 봉천 군벌(장작림)이 서로 패권을 급박하게 다투던 시기였기 때문에, 푸이의 존재는 철저하게 무시되었던 시기였다. 푸이는 자신이 육친의 장례조차 참여하지 못하는 황제란 사실에 분노하여 쥐를 오문 중앙에 던져서 죽이는데, 이는 시대적 정치 상황에 부딪혀 그의 천륜에

대한 마음의 표현이 좌절되는 것을 상징한다.

또 하나의 상징은 흰 비단을 사이에 두고 누구인지를 맞추는 놀이 장면이다. 영화에서는 식사를 마친 존스턴이 떠나려 하는 순간 자금 성 밖에서 총성이 울리는데, 이 소리를 들은 푸이는 황제가 되면서부 터 늘 살해의 위협 속에서 살았고, 현실 정치에 대한 지식과 이해가 깊어질수록 자신도 다른 황제처럼 민중에 의해 죽임을 당할 수도 있다고 말한다. 그의 이 불안함은 밖의 세계를 직접 보고 싶은 욕망과 직결된다. 혼란이 그치지 않았던 당시 정치적 상황에서 그의 이런 활동은 분명히 문제를 일으키게 될 것이지만, 푸이의 외부에 대한 궁금 증은 자아를 알아가는 과정에서 필연적인 것이다.

"시끄러운 도시를 보고 싶다"라고 말하는 푸이지만 세상 밖으로 나가는 것이 쉽지만은 않다. 푸이는 환관들과 천을 가리고 인물을 맞 추는 놀이를 통해 이런 욕구를 간접적으로 해소하는데, 비단은 그를 밖으로 못 나가도록 통제하는 보이지 않는 힘, 또는 그가 가진 외부를 향한 순수한 욕망을 의미한다고 할 수 있지만, 후자의 해석에 좀 더 마음이 기운다. 얼굴이 모호하게 비치는 비단을 경계로 마주한 사람 은 상대를 손으로 만지며 눈코입의 위치, 얼굴 윤곽을 통해 상대를 맞춘다. 푸이는 흰색 비단 위를 구르면서 다른 사람에게 자신의 존재 가 인식되는 느낌을 받는다. 흰 비단은 그를 제한하는 환경이다. 그는 이 환경을 넘어, 타인과 직접 교감함으로써 자신이 누구인지, 또 상대 가 어떻게 생각하는지를 알고 싶은 것이다. 즉, 비단을 가리고 인물을 맞추는 장면은 자신에게 허락되지 않았던 상황에 대한 욕망을 드러 내며, 또한 이것이 간접적으로 해소된 것을 표현한 것이다.

5 개혁과 결혼, 그리고 퇴출(1922-1924)

푸이는 1922년 17세의 나이로 어머니가 죽은 다음 해에 곽포라(郭布羅)·완용(婉容)이란 만주 귀족 여성과 결혼한다. 그녀는 신식 교육을 받았던 여성으로 영화에서는 모던 걸로 표현된다. 푸이는 그녀와 함께 소조정 개혁에 돌입한다. 학자이자 시인, 서예가로 높은 평가를 받던 정효서(鄭孝胥)를 등용하여 틀어놓은 수돗물처럼 술술 빠져나가는 황실 제정을 재정비하고, 스스로 변발을 잘라버리기도 했으며, 황실 물품 재고 조사에 불만을 품은 환관들이 불을 지르자 환관을 해고하는 등의 개혁을 단행한다.

하지만, 군벌들의 패권 다툼 속에 푸이의 복위를 시도하는 복벽(復辟)이 1917년 입헌군주제를 지지하는 강유위(康有爲)와 봉건적 사상을 가진 군인 장훈(張勳)의 주도로 일어났다. 비록, 이 사건은 12일 만에 끝나지만, 당시 시대적 상황에서는 큰 충격을 지식인들에게 주었다. 자신의 혁신적 면모를 강조하여 대권을 노리던 군벌 풍옥상(馮玉祥)은 '황실우대조건'을 무시하고, 1924년 푸이를 자금성에서 쫓아버린다. 영화에서는 테니스를 치던 상황에서 풍옥상이 몰려들어 푸이를 쫓아내는 것으로 표현했다. 영화적 각색에 대해 해석을 내려보면, 황제의 개혁은 더 큰 현실의 변화 앞에서는 그저 코트 안에서 벌어지는 열띤 경기에 불과할 뿐이며,

그림 20. 문수는 1921년 11세의 나이로 푸이의 아내가 된다. 영화에서처럼 문수는 푸이가 아무렇게나 골랐던 아내인데 가문이 좋지 못하고 용모가 완용에 비해 모자라 푸이의 사랑을 받지 못했다.

그림 21. 존스턴, 완용, 그리고 완용의 영어 선생인 미국 여성 이사벨 잉그램(Isabel Ingram) (1924)

그림 22. 정효서는 몰락해가는 푸이에게 끝까지 충성을 바쳤던 인물이지만, 만주국에서 푸이를 대신해 일본의 만행을 승인해준 문제가 있다.

그의 삶을 실제로 구원해 줄 수 없었다는 의미일 것이다. 이때 푸이의 나이는 19세였고, 존스턴은 영국으로 돌아간다.

푸이는 자금성을 나와 천진(天津)에서 생활했다. 이곳에서의 삶은 말 그대로 사교계의 황태자라고 하겠다. 천진은 각국의 조계지가 있던 국제도시였고, 서양의 사교 클럽이 극도로 발달한 곳이었다. 그는 자신을 속박했던 자금성을 벗어나 자신의 과거 지위와 소지한 자금을 통해 천진 사교 클럽을 누비는 자유를 만끽한다. 사교 클럽에서의 노래, 완용과의 즐거운 춤에 매몰되어 삶을 낭비하던 그에게 찾아온 변화는 제2부인 문수(文秀)의 이혼 소송이었다. 그녀는 이혼을 통해 황제의 첩이라는 지위를 벗어버리고 자유를 향해 발을 내디딘다. 실제 역사 기록에 의하면, 그녀는 교사 등등의 직업을 갖고 결혼도 했지만, 과거 자신이 제2 황후였다는 사실로 인해 구경거리가 되었고, 가난 속에서 죽음을 맞이했다고 전해진다.

1925년 손문의 죽음 이후 국민당의 영수가 된 장개석은 북벌을 단행하여 1928년에 북경을 점령하고, 북경의 지위를 북평(北平)으로 하락시킨다. 청황실에 적대적인 장개석을 피하고, 장래를 도모하기 위해 푸이는

1931년 11월 만주국의 수도 장춘(長春)으로 향한다. 이 시기 일본은 이미 같은 해 9월에 열차전복을 빌미로 만주사변을 일으켜 만주를 손에 넣은 상황이었다. 이 시기 그는 하나 된 중국을 지지하고 일본에 반대하는 자신의 스승인 진보침과 결별한다. 오직 정효서만이 그와 동행할 뿐이었다.

6 만주국滿洲國 강덕황제康德皇帝 – 만주(1934)

일본은 만주를 발판으로 대동아공영권(大東亞共榮圈)을 실현하려고 했다. 문자 그대로 범 동아시아 공동 발전 권역을 의미하는 이 계획에는 일본을 중심으로 조선·만주·중국·몽골을 종속시켜 세계 공동 정부의 꿈을 실현하려는 일본의 야욕이 담겨있다. 일본 천황 히로히토(裕仁)는 이 계획의 핵심 지역으로 풍부한 자원과 중국·러시아와의 높은 접근성을 가진 만주(滿洲)를 선택했다. 일본은 제1차 세계대전의 연합군 신분으로 패전국으로 전락한 독일이 차지했던 중국 북부를 차지하기 위해 열차 폭팔 사고를 조작하여(류타오후사건 柳條湖事件) 만주국을 세운다(1932.03.01). 일본은 자신의 만주국 지배에 대한 국제사회의 비난을 피하기 위해서 영국이 중심이 된 리튼 조사단(Lytton Commissio, 1932)을 통해 만주국의 독립성을 국제적으로 인정받으려 했다. 하지만, 리튼 조사단은 류타호우사건의 허위성과 만주국의 독립성에 부정적 결론을 내렸고, 이는 일본의 국제연맹 탈퇴로 이어지게 된다.

이 시점에서 일본은 푸이가 만주국의 황제가 된다면, 국제사회에 만주국의 독립성을 주장할 명분을 세울 수 있다고 생각했다. 푸이는 일본에 기대어 다시 중국의 황제가 되려는 꿈을 꾸었기 때문에, 서로를 이용하게 된다. 푸이를 포섭하기 위한 일본 정부의 노력은 필사적이었고, 일본의 유능한 인물을 계속해서 푸이에게 접촉시켰다. 영화에서는 일본이 푸이에게 보낸 실제 인물들 가운데 2명을 대표적으로 그렸다.

그 가운데 한명은 아마카스 마사히코(甘粕正彦)다.[14) 아마카스는 1923년 무정부주의자 오스키 사카에(大杉栄) 가족을 잔인하게 살해했는데, 이 가운데는 6살 아이도 있었다. 비인도적인 잔인한 행동이었지만, 일본군의 비호를 받는 그는 3년 복역 후 출소하여 1931년 만주사변과 만주국 건국에 관여했다. 만주에서 만주영화협회 이사장, 만주작곡가협회 고문 등을 맡으며 문화예술 공작에 참여하였다. 그가 프로듀싱했던 사람이 중국인 코스프레를 하며 '야래향(夜来香)'이란 곡으로 1940년대 중국 7대 가수의 반열에 오른 야마구치

요시코(山口淑子)다. 아마카스는 1945년 일본이 패전에 가까워지고 소련이 만주국을 침공해오자 청산가리를 먹고 목숨을 끊었다. 영화에서는 권총 자살로 묘사된다.

또 한 명은 가와시마 요시코(川島芳子)라고 불리는 여성이다. 남장 여성으로 유명한 그녀의 본명은 애신각라·셴위(愛新覺羅·顯玕)이며, 숙친왕의 14

그림 23. 아마카스 마사히코

---

14) 아마카스 마사히코는 영화 OST를 담당한 일본의 세계적 작곡가 사카모토 류이치(坂本龍一)가 연기했다.

녀다. 숙친왕은 일본의 힘을 빌려 황제의
복벽을 시도했던 인물인데, 그는 자신의 딸
인 셴위를 가와시마 나니와(川島浪速)라
는 일본인의 수양딸로 보낸다. 그녀는 훗날
일본군 스파이가 되어 금벽휘(金碧輝)라
는 이름으로 상해·만주에서 활동했다. 공
식적으로는 1948년 3월 25일에 장개석에게
사로잡혀 사형당하는 것으로 나오지만 계
속 생존했다는 설이 돌 정도로 전설적인
스파이로 역사에 남았다.

그림 24. 가와시마 요시코

이 당시 푸이는 일본의 만주국을 기반으로 만주인의 황제가 된다
는 환상 속에 있었던 것 같다.

> 내가 환영객의 대열 옆을 지나가니 희흡(푸이의 새로운 대신)이 일
> 장기 사이에 뒤섞인 황룡기를 가리키며 말했다. "저것을 가지고 있는
> 사람은 모두 만주족입니다. 저 사람들은 폐하가 오시기를 20년간 기다
> 리고 있었습니다." 이 말을 듣고 내 눈에는 눈물이 핑 돌았다. 나는 미
> 래가 희망에 넘쳐 있다는 확신을 더욱 굳게 다졌다.
> - 『아마카스 마사히코(甘粕正彦)의 위장 환영식에 참여하며』[15]

위의 글을 보면, 푸이는 시대적 영향을 받아 자신이 한족이 아니라
만주족이란 사실을 늘 의식하고 있었던 것으로 보인다. 그는 가공된
민족적 환영 속에서 중국 대신 민족을 선택했던 것 같다. 그리고 일본
에 대한 믿음도 굳건했던 것 같다. 만주황제 푸이의 일본 방문을 기록
한 『호종방일공기(扈從訪日恭記)』에 실린 30세의 푸이가 지은 시

---

15) 에드워드 베어 저, 위의 책, 186쪽.

한 수가 푸이의 청년기 시절 환상을 전달하고 있다.

海平如鏡,　　거울처럼 평평한 바다
萬里航行,　　배로 만 리 길을 간다.
兩邦攜手,　　양국이 손을 맞잡고
永固東方。　　동방을 영원히 지키리라.[16]

- 푸이

　만주국 수도 장춘에서 일본으로 가는 길을 '평평한 바다'를 건너는 듯하다고 했으니, 이는 그의 마음이 평온하다는 의미다. 그는 일본의 야욕을 꿈도 꾸지 못하고, 만주국이 일본과 힘을 합쳐 동아시아를 수렴하는 국가로 나아가자는 건설적인 생각으로 가득차 있었다. 하지만, 푸이는 이후 일본이 구성한 프로젝트에 도장을 찍기만 하는 허수아비의 삶을 살아가게 된다. 그의 이 시기의 삶을 바라보면 화려함보다 비참함이 더 강하다. 그의 주변에는 충신이 줄어들고 간신이 들끓었다. 1935년 푸이의 총리대신 정효서가 일본에 의해 해고되었고, 장경혜(張景惠)라는 마약상이 총리가 된다. 또, 주변에는 문자학으로는 유명하지만 친일 골동품 사기꾼으로도 유명했던 나진옥(羅振玉) 같은 사람이 득실거렸다. 그리고, 그는 일본에서 돌아오자마자 자신의 친위대가 무장해제 된 것을 발견한다. 그리고, 일본에서 학교를 다닌 푸제가 일본인을 부인으로 맞이하여 아이까지 생겨나자 황제 지위에 대한 불안감은 배가된다.
　완용의 임신은 만주국 황제로서 일본과 대결하는 그의 인생에 결정적인 약점으로 작용했다고 표현하고 있다. 이렇게 된 원인은 완용

---

16) 에드워드 베어 저, 위의 책, 203쪽.

이 만주국에서의 삶에 만족하지 못하면서 시작된다. 완용이 임관식 리셉션에서 꽃을 뜯어먹는 장면은 그녀의 슬픈 감정선을 드러내는 장면이다. 그녀는 푸이에게 아이를 가지자고 말하지만, 푸이는 그녀가 아편을 피운다는 이유로 거절한다. 사실 여러 부인을 거느렸던 푸이가 자식 하나 없는 것은 실제로 미스테리한 사건이다. 이 사실에 관해 여러 해석이 있지만, 에드워드 베어는 푸제의 말을 인용하며 동성애의 가능성을 시사했다. "나중

그림 25. 만주국 강덕황제로 즉위한 푸이

에 알았지만, 형은 아이를 낳을 수 없는 체질이었다."17)

　다만, 영화의 이 서사에는 오류가 존재한다. 푸이가 자신의 황제 대관식을 시행한 것은 1934년이 맞지만, 동생 푸제가 일본 후작 사가(嵯峨) 가문의 장녀 사가 히로(嵯峨浩)와 결혼한 것은 1937년의 일이며, 1938년에 딸을 낳는다. 하지만, 이런 오류가 전체 서사에 큰 영향을 주기 보다는 보다 집약된 형태로 서술되어 서사의 긴밀도를 높이고 있다. 푸이에게 후손이 없으면 푸제의 자손이 그 뒤를 잇도록 한 것은 사실이고, 푸이가 이것 때문에 위기감을 느끼는 것도 사실이기 때문이다.

---

17) 에드워드 베어, 위의 책, 94쪽.

7 갱생(1950)과 죽음(1967)

영화에서는 푸이가 무순전범관리
소에서 일상생활을 타인에 의지하는
모습과 주변에 대한 배려가 전혀 없는
행동을 보여줌으로써, 황제가 아닌 평
민의 삶으로 옮겨가는 과정의 고된 모
습을 보여주고 있다. 동시에 자신의
죄를 당에 고해바쳐 구원을 받아 행동
이 개조되는 일종의 자아비판적 시스
템 속의 삶이었다는 것도 보여주고 있
다. 자아비판 시스템은 자기 죄를 당
에 고하고, 당으로부터 용서받아 새로
운 모습을 보여주는 시스템이다. 하지

그림 26. 어린 시절부터 푸이를 보좌
했던 리궈시웅은 영화에서 푸이를
떠나 자신의 삶을 찾아가는 전향을
성공한 인물로 나타난다.

만, 그는 자신의 형량을 줄이기 위해 주변과 입을 맞추고, 불쌍하게
보이기 위해 기소되지 않은 죄를 인정하는 등의 행동을 하는 모습을
보인다.

이 과정에서 가장 눈에 띄는 것은 그를 14세부터 무순전범관리소
까지 33년간 시중들었던 리궈시웅(李国雄)의 변화다. 그는 부의의
자서전에서 '큰 이(大李)'라고 불렸다. 그는 푸이보다 2년 앞선 1957
년에 출소했다. 이국웅은 형무소 시절 글을 익혔고 자신의 삶을 변화
시켰기 때문에 형무소에 대한 기억이 긍정적이다. 하지만, 자신의 인
생 대부분을 모두 바친 푸이의 시종으로서의 기억에 대해서는 대단
히 부정적이다. 리궈시웅(李国雄)이 떠남으로써 푸이는 진정으로 혼
자 남게 되고, 홀로 자아를 직면한다. 그는 중국민족에게 용서받기

힘든 죄를 저질렀지만, 갱생이 인정되어 1959년에 54세의 나이로 특별사면령을 받아 사회로 돌아온다. 그는 진정으로 변화하였는가? 아니면, 살아남기 위해 거짓을 말하였는가? 이 시기의 그에 대해 이렇게 질문을 할 수 있을 것이다.

영화에서는 그의 죽음을 상당히 상징적으로 그려내고 있다. 아무도 없는 자금성을 문표를 끊고 들어가야 하는 그의 모습은 변화된 시대 속의 새로운 신분을 의미한다. 그는 이곳에서 목에 붉은 머플러를 한 소년을 만난다. 붉은 머플러는 공산당원임을 증명하는 표식이다. 그는 아이로부터 자신의 과거 존재를 증명하라는 말에 자신만 아는 비밀의 장소에서 과거 즉위식 당시 진보침에게서 받았던 여치 통을 꺼내서, 자신이 황제였음을 증명한다. 그리고, 아이가 이 통에서 나온 곤충을 바라보는 동안 푸이는 사라진다.

푸이는 1967년 62세의 나이로 죽는다. 즉위에서(4세) 이 기간까지는 58년의 세월이 흘렀다. 그렇다면. 이 긴 시간 동안 이 곤충이 어떻게 살아있을까? 또, 왜 푸른색이 황금빛으로 변했을까? 그리고 그것이 의미하는 바는 무엇일까? 우선 이 곤충은 푸이를 비유하고 있다. 이 곤충은 푸이가 황제 즉위에서 죽음까지를 관통하는 시간을 공유하고 있고, 색이 녹색에서 황색을 변한 것은 푸이의 신분이 황제라는 것을 고려한 연출로 보인다. 이 황색 곤충의 외면을 보면, 비록 위엄을 갖춘 신비한 곤충이며, 상자 안에서 풍족한 삶을 사는 것 같지만, 주인이 원할 때 가져와 울음을 울도록 길러진다. 이런 운명 역시 푸이의 일생에 대한 적절한 비유라고 생각된다. 그는 3세에 원하지 않는 황제가 되어 혈연과 단절된 삶을 강요받고, 아무런 권력이 없는 황궁에 갇혀서 살게 되었으며, 만주국에서는 일본의 꼭두각시로 살았으며, 신중국이 되어서는 모택동 지지자의 삶을 살았다. 그에게 자유와

그림 27. 중화인민공화국 10주년(1959)을 맞아 석방된 푸이(좌)는 1961년 중남해(中南海)의 이년당(頤年堂)에서 마오저둥(毛澤東)과 만나 함께 식사를 했다. 봉건 황제와 인민의 지도자가 함께 만난 이 자리는 신구 교체의 완전한 성공을 자축하는 기념행사의 의미가 있다고 보인다.

선택이란 것은 하나도 없었다. 이 황색 곤충이 마개가 열린 상자 밖으로 나옴으로써 생명의 자유를 얻게 되듯, 그는 죽음으로써 비로소 자유로운 영혼이 되었다.

역사에서 푸이는 1967년 신장암으로 죽는다. 1966년 시작된 문화대혁명은 1967년 본격적 궤도를 달렸다. 정치가들은 반혁명분자라는 감투를 자신의 정적에 씌워 제거했고, 1968년에 마오저둥을 대적할 만한 세력이 존재하지 않게 될 무렵, 홍위병의 하방이 시작되면서 홍위병은 해체된다. 이 시기 푸이는 홍위병의 공격 대상이었다. 홍위병들은 그가 입원했던 병원을 찾아 그가 특별한 치료를 받는지 감시했고, 두려움에 빠진 병원은 그의 치료를 포기했다. 그는 병원에서 죽음을 맞이했고, 시신은 저우언라이가 거두어갔다. 그의 장례는 1979년에야 치뤄졌다.

중국 정부는 무엇 때문에 그의 갱생프로젝트를 실행했던 것일까? 그의 갱생 프로젝트는 그의 자서전 『나의 반평생(我的半平生)』과 함

께 모두 주은래(周恩來)의 지시로 이루어졌다. 그가 1963년에 중국
정협제4기위원회위원(全國政協第四屆委員會委員)이 되었다는 점
을 고려한다면, 그의 갱생 프로젝트를 중국 정부의 정치적 포석으로
보지 않을 수 없다. 신중국으로서는 과거 황제마저 갱생되었다는 것
을 보여줌으로써 대화합의 시대를 선전함과 동시에, 중국에서 과거
봉건적 잔재를 희석시키는 좋은 도구였을 것이다.

8 나가며

영화는 푸이의 시각으로 되새긴 그의 역사다. 그리고 영화가 그리
고있는 푸이의 시각은 혼란의 시대를 정면으로 바라보고, 그의 애환
에 대한 정서적 동조가 존재하고 있기 때문에, 영화의 시각은 어려운
삶의 고난을 저극적으로 돌파하고자 한 마지막 황제 푸이를 바라보
고 있다. 프랑스인이면서 뉴스위크 기자로 활동했던 에드워드 베어

그림 28. 극동국제군사재판(極東國際軍事裁判)의 전범 증인석에서 선서를
하는 푸이. 극동재판소는 제2차 세계대전과 관련된 동아시아 전범을 재판했
다. 푸이역시 전범으로 기소되어 무순정치범수용소에서 수감생활을 한다.

(Edward Behr, 1926~2007)는 각종 인터뷰와 자료를 통해 『마지막 황제 부의』라는 책을 저술하여 푸이의 삶을 재조명했는데, 그는 푸이의 인생에 대해 이렇게 평가했다.

> 그를 진짜 전향자로 보건, 또는 끝까지 연기를 했던 교묘한 기회주의자건 한 인간의 가슴 아픈 이야기다. … 그의 이야기는 몇 개의 측면으로 이해될 수 있다. 하나는, 그가 사후 영웅으로 추대되었으나, … 일개 매국노의 이야기다. 다른 측면에서, 자신이 이해할 수도 지배할 수도 없는 세계에 붙잡힌 젊은 청춘의 이야기이기도 하다. …… 자기와 타인의 큰 희생을 대가로 살아남았다. …… 그의 삶을 상상해보면, 그는 …… 어린 소년이었고, …… 자금성을 자전거에 올라타고 달리는 10대의 청년이며, 천진 거리에서 양복을 맞춰 입은 신사이고, 천황 앞에서 장갑을 빼려고 애쓰는 괴뢰 황제다. 젊은 시절의 그는 끔찍하고 황량한 미래를 … 미쳐 깨닫지는 못했을 것이다.
>
> - 에드워드 베어 『마지막 황제 溥儀』 중에서[18]

하지만, 어린 시절의 상처와 보통 사람이란 이름으로 푸이에게 민족과 국가적 반역죄에 대해 면죄부를 줄 수 있을까. 중국인들은 푸이에 대해 비교적 관용적이며, 호기심과 동정적 심정으로 바라본다. 어쩌면, 푸이가 동란의 시기를 거치며 황제에서 평민으로 살게 된 모습에서 오는 극적 변화를 자신들의 고난사와 비교하며 자기 위안을 삼을지도 모른다. 하지만, 푸이가 청대 말 황제가 아니라 과거 중국의 고대 황제로 살았다면 어떤 정치를 했을까? 그는 이제 역사의 한 조각으로 남아 자금성의 권위와 함께 역사로 사라졌다.

그의 일대기를 보면서 가장 그에게서 받은 가장 큰 인상은 그의

---

18) 에드워드 베어, 위의 책, 296-297쪽.

생존에 대한 욕구다. 어린 나이부터 부모의 보호 없이 권모술수가 횡행하는 황궁이란 곳에서, 또, 청대말·민국초라는 초유의 거대한 혼돈 속에서, 그리고 사회와 신분이 천지가 개벽하는 변화를 거치는 중화민국 초기에도 살아남았다. 그는 중국 황제를 버리고 만주 황제를 선택했고, 만주국을 버리고 일본을 선택했으며, 황제의 자존심을 버리고 평민의 아이덴티티를 받아들여 신중국에서 완벽한 개조를 이룬 모범적 인간으로 인정받았다. 그의 삶에 대한 마지막 평가라고 할 수 있는 이 전향에 관해 에드워드 베어는 "자기만 알 것이다"라 평했지만, 따리(大李, 李國雄)의 증언도 돌아볼 필요는 있다.

> 그의 책은 진실과 아무런 관계도 없다. 부의는 자기 비하의 심정에서 자기를 실제 이상으로 약하고 무력하게 꾸미고 있다.

> 그것은 모두 가식이었다. 그는 자기가 변했다는 것을 사람들이 믿어주기를 기대하고 있었다. 그러니 항상 의식적으로 연극을 하고 있었다.
> - 에드워드 베어 『마지막 황제 溥儀』 중에서 따리의 인터뷰[19]

생명의 존엄은 황제라고 해서 더 높지는 않지만, 그렇다고 다른 사람에 비해 낮지도 않다. 또, 인간의 진실성은 스스로 만드는 것이지 외부의 강압에 좌우되는 것이 아니기에, 그의 갱생에 관한 진실성 여부를 통해 처벌한다는 것은 그다지 현명한 일은 아니다.

하지만 황제라는 지위가 가지는 상징성의 무게, 그리고 선택의 영향력에 있어 그 책임은 타인보다 크다. 인간에게 주어진 선택의 자유는 책임을 동반한다. 그래서, 선택에 대한 평가는 곧 그의 삶에 평가

---

19) 에드워드 베어, 위의 책, 292쪽.

로 이어진다. 그가 만주에서 벌어지는 일본의 잔학행위를 전혀 몰랐다는 이유로, 또 일본의 강압 때문에 어쩔 수 없었다는 이유로 만주국에서 비정상적인 일본의 정책에 허가 도장을 찍어주었다고 인정하기 어렵다.

그는 만주국 황제로서 이 사실을 충분히 알고 이해할 수 있는 지위에 있었다. 최소한 그는 자유의지를 가진 인간으로서 일본의 요구를 거부할 수 있었다. 독일 나치 친위대 대령으로 유대인을 잡아들이는 일을 했던 아돌프 아히히만(Adolf Eichmann)은 학살 죄, 전범 죄 등 15개의 죄명으로 기소되지만, 그는 이 모든 것을 국가적 명령에 따랐다는 이유로 무죄를 주장했다. 독일의 한나 아렌트(Hannah Arendt)는 그에 대하여 "악의 평범성(Banality of evil)"을 주장했다(한나 아렌트 『예루살렘의 아이히만』, 1963). '악의 평범성'은 비판적 사고 없이 순전한 무사유로 행하는 일이 악이 될 수 있다는 것이다. 이렇게 본다면 푸이의 변명은 생존을 위한 책임 전가의 변명에 가깝다.

푸이는 만주국의 황제가 되어 중국의 분열을 도모했고, 일본의 중국 침략을 도왔다. 그는 비인간적 생체실험에 대해서 묵인했고, 일본이 군자금을 위해 마약 재배와 판매를 하는 것을 허가했다. 그는 일본의 천황 히로히토(裕仁, 1901-1989)의 강력한 지원자 역할을 성실히 수행한 것이다. 중국인의 입장에서 보면 그는 용서받기 힘든 존재다. 하지만, 그는 자신의 행위에 비해 선처를 받았다. 2차 세계대전의 최고 책임자인 히로히토도 일본 천황의 처벌이 일본 국민에게 큰 충격을 주기 때문이란 이유로 처벌을 면했다(루스 베네딕 『국화와 칼』, 1946). 그러나, 이들에 의해 상처받은 사람들은 무엇으로 보상받을 것인가? 그리고, 처벌과 반성 없는 갱생이 존재하는가? 이와 같은 질문은 여전히 유효할 것이다.

▌참고문헌

레지널드 존스턴 저, 장사돈 · 김성배 역, 『자금성의 황혼』, 파주, 돌베개,
    2008.
루쉰 저, 루쉰전집번역위원회 역, 『루쉰전집』, 서울, 그린비출판사, 2010.
애신각라 부걸 저, 조일문 and 한인희 역, 『마지막 황제의 비사(秘史)』,
    서울, 지영사, 1997.
애신각라 푸이 『我的前半生』, 북경, 北京联合出版有限公司.
에드워드 베어 저, 이희구 역, 『마지막 황제 溥儀』, 서울, 한마음사, 1989.
존 · K. 페어뱅크, 『캠브리지 중국사』 11하, 서울, 새물결, 2007.
베르나르도 베르톨루치, 『마지막 황제』, 1987.
爱新觉罗 · 溥仪, 『我的前半生』, 北京联合出版有限公司, 2018.

| 집필자 소개 |

권　은　한국교통대학교 한국어문학과 교수
권응상　대구대학교 중국어중국학과 교수
한상철　목원대학교 기초교양학부 교수
허영은　대구대학교 일본어일본학과 교수
서주영　대구대학교 인문과학연구소 연구교수
양종근　대구대학교 인문과학연구소 연구교수

대구대학교 인문과학연구소
동아시아도시인문학총서 5

도시의 확장과 변형 – 문학과 영화편 –

초판 1쇄 인쇄 2021년 6월 21일
초판 1쇄 발행 2021년 6월 29일

기　　획 | 대구대학교 인문과학연구소
집 필 자 | 권은·권응상·한상철·허영은·서주영·양종근
펴 낸 이 | 하운근
펴 낸 곳 | 學古房

주　　소 | 경기도 고양시 덕양구 통일로 140 삼송테크노밸리 A동 B224
전　　화 | (02)353-9908　편집부(02)356-9903
팩　　스 | (02)6959-8234
홈페이지 | http://hakgobang.co.kr
전자우편 | hakgobang@naver.com, hakgobang@chol.com
등록번호 | 제311-1994-000001호

ISBN　979-11-6586-399-9 94800
　　　　979-11-6586-396-8 (세트)

값 : 14,000원

■ 파본은 교환해 드립니다.